LILY BARD – 3

Sombre célébration

Du même auteur
aux Éditions J'ai lu

Si douce sera la mort

LA COMMUNAUTÉ DU SUD

1. *Quand le danger rôde*
2. *Disparition à Dallas*
3. *Mortel corps à corps*
4. *Les sorcières de Shreveport*
5. *La morsure de la panthère*
6. *La reine des vampires*
7. *La conspiration*
8. *Pire que la mort*
9. *Bel et bien mort*
10. *Une mort certaine*
11. *Mort de peur*

SOOKIE STACKHOUSE PRÉSENTE : INTERLUDE MORTEL

LES MYSTÈRES DE HARPER CONNELLY

1. *Murmures d'outre-tombe*
2. *Pièges d'outre-tombe*
3. *Frissons d'outre-tombe*
4. *Secrets d'outre-tombe*

LILY BARD

1. *Meurtre à Shakespeare*
2. *Fin d'un champion*

Charlaine Harris

LILY BARD – 3

Sombre célébration

Traduit de l'anglais (États-Unis)
par Tiphaine Scheuer

J'AI LU

Titre original :
SHAKESPEARE'S CHRISTMAS

Éditeur original :
St. Martin's Press

À Dean James, lecteur, écrivain, ami,
et libraire extraordinaire.

Remerciements

Je tiens à remercier tous ceux qui m'ont donné des informations et des conseils pendant que j'écrivais ce livre : le préfet de police retraité Phil Gates, par l'intermédiaire de Ann Hilgeman, le détective privé Norma Rowell, et M. Nolte, spécialiste des empreintes digitales.

Chapitre 1

Ma situation était aussi surréaliste que l'un de ces cauchemars au ralenti dont Hollywood bourre les films de série B.

J'étais assise sur le plateau d'un pick-up Dodge Ram qui roulait. Telle une reine, je trônai sur un fauteuil de jardin bancal, finement camouflé par un tissu en peluche rouge bordé de franges. Une foule se pressait de chaque côté de la rue, agitant les bras et poussant des cris. De temps en temps, je plongeais la main dans le seau en plastique blanc posé sur mes genoux pour en ressortir une poignée de bonbons que je lançais aux spectateurs.

Même si j'avais des vêtements – car je sais bien que ce n'est pas le cas dans tous les rêves – ces derniers n'étaient guère classiques. Je portais un bonnet de Père Noël rouge avec un gros pompon blanc qui se balançait au bout, un pull d'un vert éclatant, ainsi qu'un horrible corsage artificiel en houx épinglé sur ma poitrine. J'essayais de sourire.

Lorsque je repérai un visage familier dans la foule, sur lequel était plaqué un sourire non dissimulé, je lançai un nouveau bonbon à la menthe avec une précision délibérée. Ce dernier alla toucher mon voisin, Carlton Cockroft, en pleine poitrine, effaçant son petit sourire narquois pendant au moins une seconde.

Le pick-up fit une pause, poursuivant ainsi la progression familière et agaçante qui avait commencé quelques minutes après que la parade se fut engagée sur Main Street. L'un des groupes qui se trouvait devant nous s'était arrêté pour brailler un chant de Noël, et je dus sourire et agiter la main aux mêmes foutues personnes, encore et encore, jusqu'à la fin de la chanson.

Les muscles de mon visage me faisaient mal.

Au moins, avec ce pull vert et la couche de sous-vêtements thermiques au-dessous, j'étais bien au chaud, ce qui n'était pas forcément le cas des filles qui avaient accepté avec enthousiasme de monter sur le char de Body Time situé juste devant nous. Elles aussi portaient des bonnets de Père Noël, mais en dehors de cela, elles n'avaient que de légères tenues d'entraînement, puisque, à leur âge, il était plus important de se mettre en valeur que d'être confortablement installée et de préserver sa santé.

— Comment ça va derrière ? lança Raphael Roundtree en se penchant par la vitre du pick-up pour me jeter un regard curieux.

Je lui rendis son regard. Raphael portait un manteau, une écharpe et des gants, et le chauffage était monté à fond dans la cabine de la camionnette. Son visage rond et brun affichait une expression de franche suffisance.

— Très bien, répondis-je d'un ton féroce.

— Lily, Lily, Lily, dit-il en secouant la tête. Remets-moi vite ce sourire en place, chérie. Tu vas nous faire fuir les clients au lieu de les attirer.

Je levai les yeux au ciel pour lui indiquer que j'exigeais un peu de patience. Mais, au lieu de tomber sur un ciel gris, mon regard rencontra la fausse verdure ringarde suspendue en travers de la rue. Partout, les décorations de la saison avaient pris le pouvoir. La ville de Shakespeare n'a pas vraiment de budget alloué aux décorations de Noël, et cela fait maintenant quatre ans que je vois cette petite ville de l'Arkansas se parer des mêmes décors chaque mois de décembre. Un lampadaire sur deux était orné d'une grosse bougie suspendue à un « chandelier » courbé. Les autres réverbères arboraient des cloches. La pièce maîtresse de la ville (puisque la crèche avait dû être enlevée) était un immense sapin de Noël dressé sur la pelouse du palais de justice ; les églises parrainaient une grande fête publique pour le décorer. Par conséquent, il était plus convivial qu'élégant – ce qui, réflexion faite, correspondait bien à Shakespeare. Une fois le palais de justice dépassé, la parade toucherait bientôt à sa fin.

Il y avait un petit sapin avec moi à l'arrière du pick-up, mais c'était un faux. Je l'avais décoré avec des rubans dorés, divers ornements dorés, et des fleurs artificielles blanches et également dorées. On pouvait lire, sur une étiquette discrète suspendue à l'arbre : DÉCORATION DE SAPIN EFFECTUÉE SUR RENDEZ-VOUS. BUREAUX ET DOMICILES.

Ce nouveau service que je fournissais était définitivement destiné à ceux qui optaient pour l'élégance.

Des bannières installées de chaque côté du pick-up déclaraient : COURSES ET MÉNAGES DE SHAKESPEARE, suivi de mon numéro de téléphone. Comme Carlton, mon comptable, me l'avait si fortement conseillé, j'avais finalement fait de ma propre personne mon business. Il m'avait en outre suggéré de commencer à établir une présence publique, ce qui allait tout à fait à l'encontre de mes principes.

Et j'avais fini dans cette foutue parade de Noël.

— Souris ! lança Janet Shook, qui marchait sur place derrière le pick-up.

Elle me regarda avec insistance avant de se tourner vers les quarante enfants, à vue de nez, qui la suivaient, et s'exclama :

— Allez, les enfants, c'est parti ! Faisons honneur à Shakespeare !

Les enfants, étonnamment, n'exprimèrent aucune opposition, peut-être parce qu'aucun d'entre eux ne dépassait les dix ans. Ils participaient tous au programme « En sécurité après l'école » parrainé par la ville, qui employait Janet, et semblaient heureux de lui obéir. Ils se mirent tous à faire des mouvements de pantins.

Je les enviais. Malgré le tissu isolant, je commençais à ressentir les effets de cette immobilité forcée. Bien que Shakespeare connaisse généralement des hivers très doux, la radio locale nous avait informés que la température enregistrée aujourd'hui était la plus froide de toutes les parades de Noël depuis sept ans.

Les enfants de Janet avaient les joues rouges et les yeux brillants, tout comme Janet elle-même. Les gestes de pantins s'étaient transformés en une sorte de danse. C'est ce qu'il me semblait, du moins. Je ne suis pas vraiment branchée culture populaire.

J'étais toujours en train de forcer mes lèvres à sourire aux visages qui m'entouraient, mais c'était vraiment pénible. Je fus submergée de soulagement quand le pick-up se remit en route. Je me mis de nouveau à lancer des bonbons et à faire des saluts de la main.

C'était l'enfer. Mais, contrairement à l'enfer, il y avait une fin. Au bout d'un moment, le seau fut vide et la camionnette atteignit son point d'arrivée, le parking de la supérette. Raphael et son fils aîné m'aidèrent à ramener le sapin à l'agence de voyage pour laquelle je l'avais décoré, et ils réinstallèrent la chaise en plastique dans leur propre cour. Même s'il protesta, je remerciai Raphael et le dédommageai pour son temps ainsi que pour l'essence.

— Ça valait le coup rien que pour te voir sourire pendant si longtemps. Tu vas avoir le visage tout endolori, demain ! s'exclama Raphael en jubilant.

J'ignore ce qu'il est advenu de la couverture rouge en peluche, et je ne veux pas le savoir.

Jack ne montra pas réellement de compassion quand il m'appela de Little Rock ce soir-là. En fait, il riait.

— Est-ce que quelqu'un a filmé le défilé ? demanda-t-il, convulsant presque sous l'hilarité.

— J'espère que non.

— Allez, Lily, décoince-toi, dit-il.

Je percevais toujours l'ironie dans sa voix.

— Qu'est-ce que tu fais pendant ces vacances ?

Selon moi, c'était une question délicate. Jack Leeds et moi nous fréquentions depuis environ sept semaines. Une relation trop fraîche pour que passer les fêtes de Noël ensemble soit une évidence, et trop fragile pour discuter franchement de la manière dont s'organiser.

— Je dois rentrer chez moi, dis-je d'un ton monotone. À Bartley.

Un long silence.

— Ça te fait quelque chose ? demanda prudemment Jack.

Je me forçai à être honnête. Franche. Ouverte.

— Je dois aller au mariage de ma sœur Varena. Je suis demoiselle d'honneur.

Là, il ne riait plus.

— Depuis quand tu n'as pas revu ta famille ? demanda-t-il.

C'était étrange de ne pas connaître la réponse.

— Je dirais peut-être… six mois ? Huit ? On s'est vus un jour à Little Rock… vers Pâques. Mais Varena, ça fait des années.

— Et tu n'as pas envie d'y aller, maintenant ?

— Non, répondis-je, soulagée de pouvoir dire la vérité.

Quand j'avais pris mes dispositions pour avoir ma semaine, j'avais d'abord causé un certain choc à mes employeurs en leur annonçant une telle nouvelle, puis ces derniers avaient presque tous été unanimement ravis d'apprendre que j'assistais au mariage de ma sœur. Ils n'auraient pas pu être plus prompts à me dire qu'il n'y avait aucun problème à ce que je m'absente une semaine. Ils m'avaient demandé l'âge de ma sœur (vingt-huit ans, trois de moins que moi), de son fiancé (un pharmacien, veuf, avec une petite fille) et ce que j'allais porter à la cérémonie. (Je n'en savais rien. Quand elle avait dit s'être fixée sur les robes de demoiselles d'honneur, je lui avais envoyé un peu d'argent avec ma taille de vêtement, mais je n'avais jamais vu sa sélection.)

— Alors quand est-ce que je vais pouvoir te voir ? demanda Jack.

Je ressentis une vague de contentement. Je n'étais jamais sûre de ce qui allait se passer entre nous. Il me semblait possible qu'un jour, Jack arrête tout bonnement de m'appeler.

— Je serai à Bartley toute la semaine avant Noël, dis-je. J'avais planifié de rentrer chez moi le 25.

— Ça te manque de faire Noël à la maison ?

J'entendis la surprise de Jack résonner à travers le téléphone.

— Je serai à la maison – ici – pour Noël, dis-je sèchement. Et toi ?

— Je n'ai rien prévu. Mon frère et sa femme m'ont proposé, mais ils n'avaient pas l'air vraiment sincères, si tu vois ce que je veux dire.

Jack avait perdu ses deux parents au cours des quatre années précédentes.

— Tu veux venir ici ?

Les traits de mon visage se contractèrent sous l'angoisse tandis que j'attendais sa réponse.

— Bien sûr, répondit-il, d'une voix si douce que j'étais certaine qu'il savait ce que m'avait coûté cette proposition. Est-ce que tu mettras du gui ? Partout ?

— Peut-être, répondis-je en tentant de ne pas paraître aussi soulagée que je l'étais, ni aussi heureuse.

Je me mordis la lèvre pour étouffer tout un tas de choses.

— Est-ce que tu veux un repas traditionnel de Noël ?

— De la dinde ? demanda-t-il avec espoir. Avec de la farce au pain de maïs ?

— C'est possible.

— De la sauce à la canneberge ?

— Je peux faire ça.

— Des petits pois anglais ?

— Des épinards Madeleine, contrai-je.

— Ça me va. Qu'est-ce que je peux amener ?

— Du vin.

Je buvais rarement de l'alcool, mais il me semblait que c'était l'occasion de prendre un ou deux verres avec Jack.

— D'accord. Si tu penses à autre chose, appelle-moi. J'ai du boulot à finir ici la semaine prochaine, puis j'ai un entretien pour un travail éventuel. Donc je ne serai certainement pas là avant Noël.

— En fait, moi aussi j'ai beaucoup de choses à faire en ce moment. Tout le monde veut que je fasse des heures supplémentaires, avec les fêtes qui arrivent, et que j'installe des sapins dans leurs bureaux.

Nous étions encore à plus de trois semaines de Noël. Ça faisait une longue période sans voir Jack. Même si je savais que j'allais devoir travailler dur pendant tout ce temps, puisque je considérais également ce retour chez moi pour le mariage comme une sorte de corvée, je ressentis un pincement au cœur en pensant à ces trois semaines de séparation.

— Ça me semble bien long, dit-il soudain.

— Oui.

Après avoir admis cela, nous fîmes tous deux rapidement marche arrière.

— Bon, je t'appelle, dit vivement Jack.

Tout en me parlant au téléphone, il devait être affalé sur le canapé de son appartement de Little Rock. Il avait certainement relevé ses cheveux noirs en queue-de-cheval. La température basse devait avoir souligné la cicatrice sur son visage, fine et blanche, légèrement plissée là où elle commençait, à la naissance de ses cheveux, près de son œil droit. Si Jack avait eu rendez-vous avec un client aujourd'hui, il portait un pantalon chic et une veste de sport, des chaussures élégantes, une chemise habillée et une cravate. S'il avait effectué une simple surveillance, ou travaillé sur son ordinateur, ce qui constituait finalement la routine essentielle d'un détective privé, il devait porter un jean et un sweat-shirt.

— Qu'est-ce que tu portes ? demandai-je alors.

— Je pensais que c'était à moi de te poser la question.

Il semblait de nouveau amusé.

Je gardai un silence obstiné.

— Oh, d'accord. Je porte – tu veux que je commence par le haut ou par le bas ? – des Reebok ; des chaussettes de sport blanches, un pantalon de sport bleu et un tee-shirt de chez Marvel Gym. Je viens juste de rentrer de mon entraînement.

— Tu t'habilles, pour Noël.

— Costume ?

— Oh, t'as peut-être pas besoin d'aller jusque-là. Mais chic.

— D'accord, dit-il avec prudence.

Cette année, Noël tombait un vendredi. Pour l'instant, je n'avais que deux clients le samedi, et ni l'un ni l'autre ne serait ouvert le lendemain de la fête. Peut-être que je pourrais m'en occuper le matin de Noël, avant l'arrivée de Jack.

— Amène des vêtements pour deux jours, dis-je. On pourra profiter du vendredi après-midi, du samedi et du dimanche. (Je réalisai soudain que j'étais allée un peu vite en besogne, je pris alors une vive inspiration.) Enfin, si tu peux rester tout ce temps. Si tu en as envie.

— Oh, oui, répondit-il, d'une voix qui semblait plus rude, plus profonde. Oui, j'en ai envie.

— Tu souris ?

— On peut dire ça, affirma-t-il. De toutes mes dents.

Je souris légèrement à mon tour.

— D'accord, on se voit à Noël alors.

— Où as-tu dit que ta famille habitait ? Bartley, c'est ça ? J'en parlais à un ami il n'y a pas deux jours.

Savoir qu'il parlait de moi me fit un drôle d'effet.

— Oui, Bartley. C'est dans le Delta, un peu au nord et complètement à l'est de Little Rock.

— Hmm. C'est bien que tu revoies ta famille. Tu me raconteras tout ça.

— OK.

J'étais plutôt contente de me rendre compte que je pourrais effectivement en parler à mon retour, que je n'allais pas rentrer chez moi dans le silence et le néant, à ressasser pendant des jours et des jours les tensions dans ma famille.

Mais au lieu de l'avouer à Jack, je lui dis :

— Bonne nuit.

Je l'entendis répondre tandis que je reposai le combiné. Nous avions toujours du mal à mettre un terme à nos conversations.

Il y a deux villes nommées Montrose, en Arkansas. Le lendemain, je me rendis dans celle qui avait des magasins.

Depuis que je ne travaillais plus pour les Winthrop, j'avais plus de temps libre que je ne pouvais me le permettre : c'était la seule raison pour laquelle j'avais écouté Carlton quand il m'avait proposé de faire une apparition dans la parade de Noël. Jusqu'à ce que de nouveaux clients optent pour mes services, j'avais deux matinées disponibles par semaine. Ce matin-là, j'étais allée m'entraîner chez Body Time (c'était le jour des triceps), j'étais rentrée me laver et me changer, et je m'étais arrêtée au bureau du journal local de Shakespeare pour passer une annonce (« Offrez à votre femme ce qu'elle souhaite secrètement pour Noël : une aide ménagère. »)

Et me voilà dans les boutiques, obligée d'écouter contre mon gré – une fois de plus – les chants de Noël enregistrés, entourée de personnes qui faisaient leurs achats avec une sorte d'exaltation. J'étais sur le point de faire ce que je détestais plus que tout : dépenser de l'argent alors que je n'en avais que peu, et le dépenser en vêtements.

Dans ce que je considérais comme ma vie antérieure, la vie de planificatrice dans une entreprise de nettoyage que j'avais laissée à Memphis, j'avais eu une sacrée penderie. Dans cette vie, j'avais eu de longs cheveux bruns et mes bras tremblaient dès que je soulevais plus de deux haltères de neuf kilos. Et j'avais également été d'une naïveté incroyable. Je croyais que toutes les femmes étaient des femmes, sous la peau, et que sous la couche de conneries, les hommes étaient fondamentalement décents et honnêtes.

Ce souvenir m'arracha un bruit de dégoût involontaire, et la femme aux cheveux blancs qui était assise sur le banc à moins d'un mètre me dit :

— Oui, c'est légèrement étouffant au bout d'un mois n'est-ce pas ?

Je me tournai pour la regarder. Petite et trapue, elle avait choisi de porter un pull de Noël avec des rennes brodés et un pantalon vert. Ses chaussures auraient pu porter le slogan « le confort optimal du marcheur ». Elle me sourit. Elle était seule, comme moi, mais elle avait beaucoup plus à dire.

— Ils ont lancé la saison des ventes tellement tôt, et les boutiques ont installé leurs décorations presque avant d'avoir enlevé celles de Halloween ! Ça vous gâche totalement l'ambiance, n'est-ce pas !

— Oui, admis-je.

Je me tournai de nouveau pour jeter un coup d'œil dans la vitrine et voir mon reflet… juste pour vérifier. Oui, j'étais Lily, nouvelle version, les cheveux courts et blonds, les muscles comme des bandes dures et élastiques, prudente et alerte. Les étrangers avaient généralement tendance à adresser leurs remarques à quelqu'un d'autre que moi.

— C'est une honte ce qu'on fait de Noël, dis-je à la vieille femme avant de m'éloigner.

Je sortis la liste de mon sac. Elle ne réduirait jamais si je ne prenais pas la peine d'effectuer un premier achat qui me permettrait de rayer quelque chose. Ma mère avait soigneusement listé toutes les activités et animations qui ponctueraient les préparatifs du mariage et avait mis des astérisques devant celles auxquelles je devais absolument assister. Elle avait ajouté des notes quant à la tenue à arborer, au cas où j'aurais oublié ce qui convenait à la société de Bartley.

Je devinais, écrite à l'encre invisible, la requête tacite que j'honore ma sœur en portant des vêtements corrects et que je fasse un effort pour être « sociable ».

J'étais une adulte, trente et un ans. Je n'étais pas suffisamment puérile, ou folle, pour mettre mes parents et Varena mal à l'aise en portant une tenue inappropriée ou en ayant un comportement déplacé.

Mais alors que j'entrai dans la meilleure boutique du centre commercial, que j'observai les innombrables portants de vêtements, je me sentis complètement désorientée. Il y avait beaucoup trop de choix pour une femme qui avait simplifié sa vie au maximum. Une vendeuse vint me demander si j'avais besoin d'aide, et je secouai la tête.

Cette paralysie était humiliante. Je me remuai les méninges. Je pouvais le faire. Il me fallait…

— Lily, dit une voix chaude et profonde.

Je relevai la tête, de plus en plus haut, jusqu'à rencontrer le visage de mon ami Bobo Winthrop. Son expression avait perdu le côté enfantin qui l'avait rendu si agréable. Il avait maintenant dix-neuf ans.

Sans réfléchir, je passai mes bras autour de lui. Lors de notre dernière entrevue, il était impliqué dans une tragédie familiale qui avait déchiré le clan

Winthrop. On l'avait alors transféré dans une université hors de l'État, quelque part en Floride. Il semblait en avoir profité : il était bronzé et avait visiblement perdu un peu de poids.

Il me serra dans ses bras avec encore plus d'empressement. Puis, quand je reculai pour le regarder de nouveau, il me déposa un baiser sur la joue, mais fut suffisamment avisé pour arrêter avant que ça ne devienne gênant.

— Tu as quitté l'école pour les vacances ? demandai-je.

— Oui, et ensuite, je reviens ici, à l'Université de l'Arkansas.

Cette dernière possédait un grand campus à Montrose, même si la plupart des jeunes lui préféraient le plus grand établissement situé à Fayetteville, sur la branche de Little Rock.

Nous échangeâmes un regard, approuvant ainsi tous deux tacitement l'idée de passer sous silence les raisons qui avaient poussé Bobo à quitter l'État pendant un temps.

— Qu'est-ce que tu fais aujourd'hui, Lily ? Tu ne travailles pas ?

— Non, répondis-je brièvement, en espérant qu'il n'allait pas m'obliger à expliquer le fait que sa mère ne m'employait plus, désormais, et qu'en conséquence, j'avais perdu quelques autres clients.

Il m'adressa un regard que je ne pouvais décrire que comme évaluateur.

— Et tu fais du shopping ?

— Ma sœur se marie. Je dois rentrer chez moi pour la cérémonie et les réjouissances qui précèdent l'événement.

— Donc, tu es ici pour trouver une tenue, dit Bobo en m'observant une minute de plus. Et tu n'aimes pas faire du shopping.

— Exactement, répondis-je tristement.

— Tu dois aller à une soirée de remise des cadeaux ?

— J'ai une liste, lui précisai-je, bien consciente du ton lugubre de ma voix.

— Fais-moi voir ça.

Je lui tendis la feuille.

— Une soirée cadeaux… non deux. Un dîner. Plus le dîner de répétition. Et le mariage. Tu es demoiselle d'honneur ?

Je hochai la tête.

— Donc c'est elle qui a ta robe ?

Je hochai de nouveau la tête.

— Alors de quoi tu as besoin ?

— J'ai un joli tailleur noir, dis-je. (Bobo me regarda, dans l'expectative.) C'est tout.

— Oh, waouh, Lily, reprit-il d'un ton qui lui redonnait soudain son âge. Tu n'as jamais fait de shopping ou quoi ?

Ce soir-là, j'étalai mes nouveaux achats sur mon lit. J'avais dû utiliser ma carte de crédit, mais tout ce que j'avais trouvé pourrait me servir pendant longtemps.

Un joli pantalon noir bien coupé. Pour l'une des soirées, j'allais l'assortir à une veste en satin doré et un chemisier en soie blanc cassé. Pour la deuxième, je le porterais avec un haut en soie bleu électrique et une veste noire. Je pourrais mettre les chaussures qui allaient avec le tailleur noir ou la paire de ballerines en cuir bleu que j'avais achetée. Et mon beau tailleur noir serait parfait pour le dîner de répétition. Pour la cérémonie, j'avais une robe blanche sans manches, que je pouvais porter l'hiver avec une veste noire, et seule en été. J'avais la base de chaque tenue, et j'avais aussi acheté une paire de boucles d'oreilles en or et une broche en or. Je possédais déjà des boucles en diamants et une broche droite, en diamants également, que j'avais héritée de ma grand-mère.

Tout ceci grâce aux conseils de Bobo.

— Toi, tu dois lire les magazines de filles d'Amber Jean, l'avais-je accusé.

Bobo avait une jeune sœur.

— Nan. C'est la seule sagesse que j'ai à offrir, en matière d'achats : tout doit aller ensemble et être coordonné. J'imagine que je tiens ça de ma mère. Elle a des portants entiers de vêtements qu'elle peut combiner et associer.

J'aurais dû m'en souvenir. Je mettais de l'ordre dans la penderie de Beanie Winthrop deux fois par an.

— Est-ce que tu es retourné vivre chez tes parents ? lui avais-je demandé alors qu'il allait partir.

J'hésitais quelque peu à poser à Bobo des questions qui pouvaient se rapporter à sa famille, tant la situation des Winthrop était compliquée.

— Non. J'ai un appartement ici. Sur Chert Avenue. Je viens d'emménager, pour être prêt pour le semestre de printemps.

Bobo avait rougi et pour la première fois, il avait semblé embarrassé.

— J'essaie de passer un peu de temps à la maison, pour que ma famille ne se sente pas trop... abandonnée, avait-il repris en passant ses doigts dans ses cheveux blonds ébouriffés. Et toi, comment tu vas ? Tu vois toujours ce détective privé ?

— Ouais.

— Tu t'entraînes toujours ? avait-il ajouté à la hâte pour s'éloigner du terrain dangereux.

J'avais hoché la tête.

Il m'avait de nouveau serrée dans ses bras avant de reprendre ses courses, quelles qu'elles soient, me laissant avec une vendeuse nommée Marianna. Elle s'était approchée quand Bobo m'avait rejointe, et maintenant que ce dernier était parti, elle était coincée avec moi.

Une fois surmonté mon choc à la vue des étiquettes, il devint presque agréable d'avoir des vêtements neufs. Je coupai lesdites étiquettes et accrochai mes nouveaux achats dans la penderie de ma chambre, en espaçant les cintres pour ne pas froisser les affaires. Quelques jours plus tard, je me surpris à regarder les tenues de temps en temps, en ouvrant la porte du placard avec méfiance, comme si mes nouveaux habits pouvaient s'en être retournés au magasin.

J'avais toujours été très prudente avec le maquillage et avec mes cheveux. Je prends soin de me raser les jambes pour qu'elles soient toujours aussi douces que les fesses d'un bébé. J'aime savoir à quoi je ressemble ; j'aime contrôler mon aspect. Mais je ne veux pas que les gens se retournent sur mon passage, je ne veux pas que les gens me remarquent. Les jeans et les pulls que je porte pour faire le ménage, donner le bain aux chiens, faire les courses d'après des listes qu'on me donne, eh bien, ils me servent de camouflage. Un camouflage pratique et bon marché.

Mais avec mes nouveaux vêtements sur le dos, les gens allaient me regarder.

Agitée par tous ces changements, par la perspective d'aller à Bartley, je me plongeai dans le travail. Je nettoie toujours le cabinet de Carrie Thrush le samedi. Cette dernière m'avait fait savoir qu'elle voulait que je vienne plus souvent, mais je voulais m'assurer que ce n'était pas parce qu'elle me croyait en difficulté financière. La pitié ne doit pas avoir sa place dans le travail, ni dans l'amitié.

J'avais encore la maison des Drinkwater, l'agence de voyage et le bureau du Dr Sizemore. Je m'occupais toujours de l'appartement de Deedra Dean et je faisais quelques heures supplémentaires pour Mme Rossiter, qui s'était cassé le bras en promenant Durwood, son vieux cocker. Mais ça ne suffisait pas.

On m'avait confié la décoration de deux sapins de Noël pour des bureaux : j'avais fait du bon boulot pour l'un, et un travail véritablement remarquable pour l'autre, ce qui me procurait une publicité très visible étant donné que l'arbre trônait à la chambre du commerce. Pour celui-ci, j'avais utilisé des oiseaux et des fruits, et les couleurs chaudes et discrètes associées aux lumières soigneusement dissimulées donnaient au sapin une allure plus paisible et chaleureuse que tous les autres que j'avais pu voir en ville.

Je m'étais désabonnée du journal de Little Rock pour réduire mes dépenses, le temps que ma liste de clients s'étoffe. Je me trouvais donc dans le bureau du Dr Sizemore, un mardi après-midi, quand je vis l'édition du dimanche, pliée en deux. Je la ramassai pour la jeter dans la poubelle de recyclage quand mon regard tomba sur le titre de l'article : « Crimes non résolus synonymes de Fêtes gâchées. » Le papier datait du surlendemain de Thanksgiving, ce qui voulait dire que l'un des employés l'avait posé quelque part et retrouvé quand l'heure était venue de faire le ménage de Noël.

Je me laissai tomber sur l'accoudoir de l'un des fauteuils de la salle d'attente pour parcourir les trois premiers paragraphes.

Dans son effort annuel qui consistait à dénicher un maximum d'histoires en lien avec Noël, la *Gazette démocrate de l'Arkansas* avait recueilli les témoignages de familles dont un membre avait été assassiné (si le meurtre n'était pas résolu) ou enlevé (si la personne disparue n'avait pas été retrouvée).

Jamais je n'aurais continué à lire l'article, étant donné que ce genre de choses me rappelle trop de mauvais souvenirs, si je n'avais pas vu la photo du bébé.

Voilà ce que disait la légende : « Summer Dawn Macklesby à l'époque de sa disparition. Summer a disparu depuis près de huit ans. »

C'était un nourrisson sur la photo, âgé peut-être d'une semaine. Elle avait un petit nœud en dentelle dans les cheveux, attaché je ne sais comment à une minuscule mèche de cheveux.

Même si je savais que c'était une mauvaise idée, je me surpris à chercher le nom de la petite dans la colonne de texte. Il me sauta aux yeux vers le milieu de l'article, après le passage sur la mère de trois enfants qui avait été abattue devant un distributeur de billets le soir de Noël, et celui sur l'employée d'une supérette, sur le point de se marier, qui s'était fait violer et tuer à coups de couteau le jour de son anniversaire, à Thanksgiving.

« Il y a huit ans aujourd'hui, Summer Dawn Macklesby a été enlevée dans son siège bébé, alors qu'elle se trouvait dans la véranda de la maison de ses parents, dans la banlieue de Conway », commençait la phrase. « Teresa Macklesby, qui se préparait à aller faire des courses, a laissé son nourrisson dans la véranda le temps d'aller chercher dans la maison un paquet qu'elle voulait envoyer avant Noël. Pendant qu'elle se trouvait à l'intérieur, le téléphone a sonné et, même si Macklesby est certaine de s'être absentée moins de cinq minutes, le temps qu'elle retourne dans la véranda, Summer Dawn avait disparu. »

Je fermai les yeux. Je pliai le journal pour ne pas lire la suite et allai le jeter à la poubelle comme s'il était contaminé par le chagrin et la douleur atroce contenus dans ce récit partiel.

Cette nuit-là, j'éprouvai le besoin d'aller marcher.

Certaines nuits, le sommeil me jouait un sale tour et m'échappait totalement. Dans ces cas-là, peu importait mon état de fatigue, peu importait l'énergie dont j'avais besoin le lendemain, il fallait que je marche. Bien que ces épisodes fussent moins fréquents que l'année précédente, ils survenaient encore peut-être une fois toutes les deux semaines.

Parfois, je m'assurais que personne ne me voie. Parfois je marchais en plein milieu de la route. Mes pensées étaient rarement agréables dans ces moments, et pourtant, mon esprit ne pouvait pas être en paix tant que mon corps ne l'était pas.

C'est une chose que je n'ai jamais comprise.

Après tout, je me disais souvent que le Pire était déjà arrivé. Je n'avais plus besoin d'avoir peur.

Est-ce que tout le monde n'attend pas le Pire ? C'est le cas de toutes les femmes que j'ai rencontrées. Peut-être que les hommes ont leur version du Pire eux aussi, et qu'ils ne l'admettent pas. Le Pire qui puisse arriver à une femme, bien sûr, c'est l'enlèvement, le viol, l'agression au couteau ; l'abandon, le corps en sang, un objet de dégoût et de pitié pour ceux qui la trouvent, qu'elle soit morte ou vivante.

Eh bien, tout ceci m'était arrivé.

Puisque je n'étais pas mère, je n'avais jamais eu à imaginer d'autres catastrophes. Mais ce soir, il me semblait qu'il y avait peut-être pire. Le Pire serait que l'on kidnappe son bébé. Le Pire, ce serait des années passées à imaginer le squelette de cet enfant gisant dans la boue au fond d'un fossé, ou cet enfant vivant et brutalisé sans relâche par une espèce de monstre.

Sans savoir.

Grâce à ce coup d'œil au journal, j'avais maintenant matière à réfléchir.

J'espérais que Summer Dawn Macklesby était morte. J'espérais qu'elle était morte dans l'heure suivant son enlèvement. Et j'espérais qu'elle était inconsciente durant cette heure. Alors que je marchais sans but dans la nuit froide, c'était, selon moi, le meilleur scénario souhaitable.

Bien sûr, il était possible qu'un couple d'amoureux, qui voulait désespérément une petite fille, ait simplement ramassé Summer Dawn, lui ait acheté tout ce dont elle avait besoin, l'ait inscrite dans une excellente école et l'ait parfaitement élevée.

Mais je ne pensais pas qu'une histoire comme celle de Summer Dawn pouvait avoir une fin heureuse, tout comme je ne pensais pas que chaque être humain était fondamentalement bon. Je ne pensais pas que Dieu nous donnait des compensations pour nos malheurs. Je ne pensais pas que quand une porte se fermait, une autre s'ouvrait.

À mon avis, tout ça, c'était des conneries.

Pendant mon voyage à Bartley, j'allais manquer quelques cours de karaté. Et la salle serait fermée la veille de Noël, le jour même et le lendemain. En contrepartie, je pourrais peut-être faire un peu de gym suédoise dans ma chambre ? Et ce ne serait pas un mal de laisser reposer mon épaule endolorie. Tout en faisant mes bagages, j'essayais donc d'arrêter de me plaindre. Je ne pouvais pas échapper à ce séjour, et je devais même relever ce défi avec classe.

Sur la route pour Bartley, un trajet de trois heures vers l'est et légèrement au nord de Shakespeare, j'essayai de provoquer en moi une sorte d'excitation agréable à la perspective de cette visite.

Tout aurait été plus simple si je détestais mes parents. Mais je les adorais.

Ce n'était absolument pas leur faute si mon enlèvement, mon viol et la mutilation dont j'avais été victime avaient provoqué une véritable fureur médiatique qui avait bouleversé ma vie, et la leur, plus encore qu'elle ne l'était déjà.

Et ce n'était absolument pas leur faute si aucune des personnes avec qui j'avais grandi ne semblait capable de me traiter comme quelqu'un de normal, après ce second viol, public, sous les projecteurs de la presse et des caméras de télévision.

Ce n'était pas non plus leur faute si mon petit ami, que je fréquentais depuis deux ans à l'époque, avait arrêté de me voir quand la presse avait détourné son attention de lui.

Rien de tout cela n'était leur faute – ni la mienne – mais nos relations s'en étaient trouvées altérées de manière définitive. Mon père et ma mère ne pouvaient pas me regarder sans penser à ce qui m'était arrivé. Ils ne pouvaient pas me parler sans essayer d'égayer à l'extrême la conversation la plus banale. Mon unique sœur, Varena, qui avait toujours été plus détendue et plus souple que moi, n'avait jamais compris pourquoi je ne m'en étais pas remise plus rapidement et pourquoi je n'avais pas repris le cours de ma vie comme avant ; mes parents, eux, ne savaient pas comment communiquer avec la femme que j'étais devenue.

Lasse de me démener à travers ce qui, selon moi, était un véritable labyrinthe émotionnel, je fus presque heureuse de voir apparaître la périphérie de Bartley – les tristes maisons branlantes et les petites entreprises qui encombrent l'entrée de toute ville modeste.

Puis je dépassai la station-service où mes parents venaient faire le plein, le teinturier chez qui Maman emmenait ses manteaux ; je dépassai l'église presbytérienne qu'ils avaient fréquentée toute leur vie, où ils s'étaient fait baptiser, s'étaient mariés et avaient baptisé leurs filles, et à côté de laquelle ils seraient enterrés.

Je tournai dans la rue familière. Au pâté de maisons suivant, la maison dans laquelle j'avais grandi apparut, revêtue de son manteau d'hiver. Les rosiers avaient été taillés. L'herbe douce du grand jardin était blanchie par le gel. La demeure trônait au milieu de son grand terrain, entourée par les massifs de rosiers de mon père. Une immense couronne de Noël, faite de vignes nouées ensemble, ainsi que le sapin étaient visibles à travers la grande fenêtre panoramique du salon. Papa et Maman avaient repeint la maison quand Varena et Dill s'étaient fiancés, pour qu'elle soit d'un blanc éclatant pour les festivités de mariage.

Je me garai du côté de l'allée où mes parents avaient coulé une plaque en béton quand Varena et moi avions commencé à conduire. Des amis passaient sans arrêt nous voir et mes parents en avaient eu assez de retrouver leurs propres véhicules bloqués chaque fois par les autres.

Je descendis de voiture et observai la maison un bon moment, en étirant mes jambes après ce long trajet. Elle me semblait immense, à l'époque où j'y vivais. J'ai toujours estimé avoir eu beaucoup de chance de grandir dans cet endroit.

Aujourd'hui, je voyais une habitation assez typique des années cinquante, avec un double garage, un salon, un coin repas, une grande cuisine, une salle à manger et trois chambres, deux salles de bains.

Mon père s'était installé un atelier au fond du garage – bien qu'il n'y ait jamais fait quoi que ce soit, mais les hommes avaient besoin d'un atelier. Tout comme il y avait une machine à coudre dans un coin de la chambre de mes parents, car une femme se doit de posséder ce type d'objets – bien que ma mère n'ait jamais cousu autre chose qu'un ourlet arraché. Et nous, les Bard, avions un service d'argenterie familial complet – sans avoir jamais pris nos repas dedans. Un jour à venir, Varena et moi irions nous partager ce service, et la responsabilité nous reviendrait de continuer d'en prendre soin. Cette argenterie lourde et ouvragée, qui était trop délicate et trop difficile à utiliser.

J'attrapai ma valise et mon sac à main sur la banquette arrière et me dirigeai vers la porte d'entrée. Mes pieds semblaient s'alourdir à chaque pas.

J'étais à la maison.

Ce fut Varena qui ouvrit la porte, et nous nous dévisageâmes un instant avant de tenter une étreinte.

Varena avait bonne mine.

C'était moi la plus jolie quand nous étions petites. J'avais les yeux plus bleus, un nez plus droit, des lèvres plus pleines. Mais ça n'a plus vraiment de sens pour moi, désormais. Je pense que Varena, elle, y accorde toujours beaucoup d'importance. Elle a des cheveux longs et naturellement plus auburns que les miens ne l'étaient. Elle porte des lentilles de contact bleues, ce qui intensifie la couleur de ses yeux de manière presque étrange. Elle a un nez légèrement retroussé et doit faire environ cinq centimètres de moins que moi, avec plus de seins et plus de fesses.

— Tout se passe comme tu veux pour le mariage ? demandai-je.

Elle ouvrit de grands yeux et fit trembler ses mains : « sur les nerfs ».

Derrière elle, je distinguai les tables qu'on avait installées pour accueillir les cadeaux.

— Waouh, dis-je en secouant la tête pour bien exprimer mon admiration.

Il y avait trois longues tables (j'étais certaine que mes parents les avaient empruntées à l'église) recouvertes de nappes d'une blancheur éclatante dont chaque centimètre carré était occupé par des produits de consommation : verres à vin, serviettes en tissu et nappes, porcelaine, argenterie – encore de l'argenterie –, vases, coupe-papiers, albums photo, couteaux et planches à découper, grille-pain, couvertures...

— Les gens sont si gentils, dit Varena, et je sus immédiatement que c'était un automatisme ; elle le pensait sûrement, mais j'étais certaine qu'elle le répétait sans fin aux visiteurs.

— Eh bien, personne n'a jamais eu à dépenser quoi que ce soit pour nous, non ? fis-je remarquer en haussant les sourcils.

Ni Varena ni moi ne nous étions jamais mariées, contrairement à notre entourage de l'époque du lycée, qui était aujourd'hui deux fois divorcé.

Ma mère entra dans le salon. Elle était pâle, mais elle l'est toujours, comme moi. Varena aime bronzer, et mon père l'est inévitablement ; son passe-temps favori, ou presque, consiste à travailler dans le jardin.

— Oh, ma chérie ! s'exclama ma mère avant de me serrer contre elle.

Ma mère est plus petite que moi, les os minces, les cheveux d'un blond si pâle qu'ils paraissent presque blancs. Elle a les yeux bleus, comme tous les membres de la famille, mais ils semblent perdre de leur éclat depuis les cinq ou six dernières années. Elle n'a jamais eu besoin de porter de lunettes, son ouïe est excellente et elle a vaincu un cancer du sein il y a dix ans. Elle ne porte absolument pas de vêtements tendance ou chic, mais n'a jamais l'air ringard pour autant.

Les mois, les années semblèrent s'évanouir. C'était comme si je les avais quittés la veille.

— Où est Papa ? demandai-je.

— Il est parti à l'église chercher une autre table, expliqua Varena en essayant de ne pas sourire trop largement.

Ma mère elle-même cessa de sourire.

— Il est très impliqué dans les préparatifs du mariage ?

— Tu le connais, répondit Varena. Il adore ça. Il attendait ça depuis des années.

— Ce sera le mariage de la décennie à Bartley, dis-je.

— Eh bien, commença Varena, tandis que nous empruntions le couloir pour rejoindre mon ancienne chambre, si Mme Kingery peut venir, ça se pourrait bien.

Sa voix avait un ton légèrement pleurnichard, monotone, comme si ce sujet d'angoisse datait tellement qu'elle en avait épuisé toute émotion.

— La mère de Dill pourrait ne pas venir ? demandai-je, incrédule. Elle est vraiment vieille et malade… ou quoi ?

Ma mère soupira.

— Nous n'arrivons pas vraiment à comprendre où est le problème, expliqua-t-elle.

Son regard flotta dans le vide un instant, comme si l'explication du comportement de la future belle-mère de Varena était écrite sur la pelouse de l'autre côté de la fenêtre.

Varena avait pris mon sac à main et ouvert le placard pour suspendre les cintres. Je posai ma valise sur le triple buffet qui avait fait ma joie et ma fierté quand j'avais seize ans. Varena me jeta un regard pardessus son épaule.

— Je pense, dit-elle, que Mme Kingery adorait tellement la première femme de Dill qu'elle ne supporte peut-être pas de la voir remplacée. Tu sais, avec leur fille Anna, tout ça.

— Il me semble qu'elle devrait se réjouir qu'Anna soit sur le point d'avoir une belle-mère si gentille, répliquai-je, même si en réalité, je n'avais aucune idée du genre de belle-mère que Varena allait être.

— Ce serait plus sensé, dit ma mère en soupirant. Mais je n'en sais rien, et c'est délicat à demander de but en blanc.

Moi, je pouvais. Mais je savais qu'ils ne voudraient pas.

— Elle va devoir venir à la répétition, non ?

Ma mère et ma sœur échangèrent un regard inquiet.

— Oui, je pense, répondit Varena. Mais Dill n'arrive pas à me dire ce qu'elle fera.

La mère de Dill (Dillard) Kingery vivait toujours dans la ville natale de ce dernier, Pine Bluff, me semblait-il.

— Ça fait combien de temps que tu sors avec Dill ? demandai-je.

— Sept ans, répondit ma sœur avec un sourire radieux.

Cette question aussi lui avait manifestement été posée un nombre incalculable de fois depuis que Dill et elle avaient annoncé leurs fiançailles.

— Dill est plus vieux que toi ?

— Oui, il est même plus vieux que toi, précisa ma mère.

Certaines choses ne changent jamais.

La voix de mon père nous parvint de la porte d'entrée.

— Est-ce que quelqu'un peut venir m'aider avec ce foutu machin ? cria-t-il.

J'y arrivai la première.

Mon père, qui est trapu, petit, et aussi chauve qu'une boule de billard, avait réussi à descendre la longue table du plateau arrière de son pick-up pour la traîner jusqu'à la porte d'entrée, mais il avait absolument besoin d'aide pour la hisser en haut des marches.

— Hé, c'est mon petit oiseau ! s'exclama-t-il avec un sourire rayonnant.

Je me dis que ce sourire allait bien vite disparaître et embrassai donc mon père tant que je le pouvais. Puis je soulevai la table, qu'il avait calée contre la rampe en fer qui bordait les marches du perron.

— Tu es sûre que ce n'est pas trop lourd pour toi ? s'inquiéta Papa.

Il avait toujours eu l'impression que l'agression dont j'avais été victime m'avait rendue faible intérieurement, que j'étais désormais fragile, de manière invisible. Le fait que je puisse soulever des barres de cinquante kilos n'y changeait rien.

— Ça va très bien.

Il souleva l'arrière de la table, qui avait des pieds en métal pliables pour un transport plus facile. Après quelques manœuvres, nous la portâmes jusque dans le salon. Tandis que je la tenais sur le côté, il tira les pieds et les bloqua. Puis nous fîmes pivoter la table pour la mettre droite. Pendant tout ce temps, il ne cessa de s'inquiéter que j'en fasse trop ou que je me fasse mal.

Je commençai à sentir cette sensation de pression et de chaleur derrière mes yeux.

Ma mère apparut juste à temps avec une nouvelle nappe d'un blanc immaculé. Elle la déplia sans rien dire. Je m'emparai de l'extrémité et nous la tendîmes sur la table. Mon père ne cessait de parler, du nombre de cadeaux que Dill et Varena avaient reçus, du nombre d'invitations qu'ils avaient envoyées, du nombre de réponses positives, de la réception…

Je l'observai discrètement tandis que nous déplacions sur la nouvelle table quelques-uns des innombrables présents entassés. Papa n'avait pas bonne mine. Son visage paraissait plus rouge que d'habitude, ses jambes semblaient le faire souffrir et ses mains tremblaient légèrement. Je savais qu'on lui avait diagnostiqué une pression sanguine trop élevée et de l'arthrite.

Il y eut un silence assez étrange quand notre tâche fut accomplie.

— Viens avec moi à l'appartement pour que je te montre la robe, proposa Varena.

— D'accord.

Nous montâmes dans la voiture de Varena pour nous rendre chez elle, un petit logement jaune attenant à la grande et vieille maison jaune dans laquelle, m'expliqua Varena, Emory et Meredith Osborn vivaient avec leur petite fille et leur nouveau-né.

— Quand les Osborn ont acheté cette maison à la vieille Mme Smitherton – elle a dû aller au Manoir

Dogwood, je ne te l'ai pas dit ? – j'avais peur qu'ils augmentent le loyer, mais ils ne l'ont pas fait. Je les aime bien tous les deux, même si je ne les vois pas très souvent. La petite est mignonne, elle a toujours un nœud dans les cheveux. Elle joue avec Anna, parfois. Meredith garde Anna et la petite des O'Shea après l'école, de temps en temps.

Il me semblait me souvenir qu'il s'agissait du pasteur presbytérien et sa femme. Ils étaient arrivés après mon départ pour Shakespeare.

Varena bavardait, comme si elle mourait d'impatience de me donner tous les détails de sa vie. Ou comme si elle était mal à l'aise avec moi.

Nous nous engageâmes dans l'allée et dépassâmes la grande maison pour nous garer devant celle de Varena. C'était une réplique miniature de la plus grande, avec un revêtement extérieur jaune pâle, des volets vert foncé et des moulures blanches.

Une petite fille était en train de jouer dans le jardin, plutôt maigre, avec de longs cheveux bruns. Effectivement, elle portait un nœud chic, vert et rouge, au-dessus de sa frange. Par cette froide journée, elle était vêtue d'un survêtement, d'un manteau et d'un cache-oreilles, mais elle semblait tout de même frissonner. Elle fit un signe à Varena quand cette dernière descendit de voiture.

— Bonjour, mademoiselle Varena, s'exclama-t-elle poliment.

Elle tenait un ballon dans les mains. Quand j'ouvris la portière passager, elle me regarda avec curiosité.

— Eve, voici ma sœur, Lily, déclara Varena en se tournant vers moi. Eve aussi a une toute nouvelle petite sœur.

— Comment s'appelle-t-elle ? demandai-je, puisque ça semblait tout indiqué.

Je ne suis jamais à l'aise avec les enfants.

— Jane Lilith, marmonna Eve.

— C'est joli, dis-je, ne sachant quoi dire d'autre.

— Est-ce que ta sœur fait une sieste en ce moment ? demanda Varena.

— Oui, et Maman aussi, répondit tristement la petite.

— Entre et viens voir ma robe, proposa Varena.

Eve sembla littéralement s'illuminer. Ma sœur avait l'air douée avec les enfants. Nous nous dirigeâmes vers la maison de cette dernière et la suivîmes dans sa chambre. La penderie était ouverte et la robe de mariée, enveloppée dans du plastique, était suspendue sur un cintre spécial accroché au sommet de la porte.

Eh bien, elle était blanche, comme une robe de mariée.

— Elle est magnifique, dis-je instantanément.

Je ne suis pas stupide.

Eve était émerveillée.

— Ooooooh, souffla-t-elle.

Varena se mit à rire et, alors que je la regardai à la dérobée, je vis combien son visage était chaleureux et enthousiaste, combien elle semblait naturelle et facile à vivre.

— Je suis ravie qu'elle te plaise, dit-elle avant de parler à l'enfant d'une manière tout à fait normale qui me dépassait totalement.

— Tu peux me soulever pour que je voie l'étole ? demanda Eve à Varena.

Je tournai les yeux dans la direction qu'indiquait la petite. Le voile, des mètres et des mètres de voile, attaché à une sorte de diadème élaboré, se trouvait dans un sac séparé suspendu à celui qui enveloppait la robe.

— Oh, ma chérie, tu es trop grande pour que je te porte, dit Varena en secouant la tête.

Je sentis mes sourcils se hausser. Était-il possible que Varena ne puisse pas soulever cette petite fille ? J'évaluai son poids. Trente-cinq kilos, maximum. Je m'accroupis, posai mes mains autour de ses hanches et la soulevai.

Eve fit un petit bruit de surprise mêlé de plaisir. Elle se tourna pour baisser la tête vers moi.

— Tu vois ? demandai-je.

Eve contempla avec des yeux rêveurs le voile et la tiare étincelante de paillettes pendant une minute ou deux.

— Tu peux me reposer maintenant, dit-elle au bout d'un moment et je m'exécutai avec douceur.

La fillette se retourna pour m'adresser un long regard évaluateur.

— Tu es très forte, dit-elle d'un ton admirateur. Je parie que personne ne t'embête !

Je pus presque sentir le goût du silence soudain de Varena.

— Non, répondis-je à la petite. Plus personne ne m'embête, maintenant.

Le petit visage d'Eve devint songeur. Elle remercia Varena de lui avoir montré la robe et le voile avec une politesse irréprochable, mais elle sembla presque distraite quand elle déclara qu'elle ferait mieux de rentrer chez elle.

Varena reconduisit Eve.

— Oh, Dill est là ! s'exclama-t-elle gaiement.

J'observai la robe vaporeuse pendant un instant avant de suivre Varena dans le salon.

Je connaissais Dill Kingery depuis qu'il avait emménagé à Bartley. Il commençait tout juste à fréquenter ma sœur quand ma vie avait implosé. Il avait été d'un grand soutien pour elle à cette époque, quand la famille entière avait eu besoin de toute l'aide possible.

Ils étaient restés ensemble depuis lors. Ils avaient mis du temps à s'engager, assez pour que Varena ait droit à sa dose de taquineries de la part de ses collègues au minuscule hôpital de Bartley.

En voyant Dill maintenant, je me demandai pourquoi il avait autant traîné. À mon avis, il n'avait jamais battu une femme à coups de matraque. Dill était parfaitement charmant et agréable, mais on ne se retournait pas non plus sur lui dans la rue. Le fiancé de ma sœur avait des cheveux clairsemés couleur sable, de séduisants yeux bruns, des lunettes et un sourire jovial. Sa fille, Anna, était une fillette maigrelette de huit ans, avec des cheveux bruns épais qui lui arrivaient aux épaules et plus clairs que ceux de son père. Elle avait les mêmes yeux et le même sourire que lui. Dill nous avait confié que sa mère était morte quand la petite devait avoir dix-huit mois, dans un accident de voiture.

J'observai Anna enlacer Varena. Elle était sur le point de rejoindre Eve pour s'amuser avec elle quand Dill l'interrompit.

— Dis bonjour à tante Lily, dit-il fermement.

— Salut tante Lily, lança Anna en agitant nonchalamment la main. Est-ce que je peux aller jouer avec Eve, Papa ?

— Oui ma chérie, répondit-il, et les deux fillettes sortirent en courant tandis qu'il se retournait pour me serrer dans ses bras.

J'étais obligée d'en passer par là, alors je me laissai faire, mais je ne suis pas du genre à toucher les gens par plaisir. Et je ne m'étais pas encore tout à fait remise de mon statut de « tante Lily ».

Dill me posa les questions habituelles destinées à quelqu'un que l'on n'a pas vu depuis un moment, et je parvins à lui répondre poliment. J'étais déjà crispée alors qu'il ne s'était encore rien passé pour me mettre dans cet état. Qu'est-ce qui n'allait pas chez moi ? Je tournai la tête vers la fenêtre pendant que Dill et ma sœur discutaient du programme de la soirée. Je compris que Dill participait à son dîner de célibataires, tandis que Maman et moi allions à l'enterrement de vie de jeune fille de Varena.

Alors que j'observais les deux fillettes qui jouaient devant la maison en se lançant un ballon en mousse et courant comme des folles, j'essayai de trouver des souvenirs semblables avec Varena. On devait bien avoir fait ce genre de choses ? Mais je fus incapable de me rappeler quoi que ce soit.

Sans me le demander, Dill déclara à Varena qu'il allait me ramener chez mes parents pour qu'elle puisse commencer à se préparer. Je jetai un coup d'œil à ma montre. Si Varena avait besoin de trois heures de préparation pour une soirée, à mon avis, elle avait besoin d'aide. Mais elle sembla ravie de la proposition de Dill, et j'allai donc l'attendre à côté de sa Bronco. Une petite femme toute fine était sortie de la grande maison pour appeler Eve.

— Hey, dit-elle quand elle me remarqua.

— Bonjour, dis-je.

Eve arriva en courant, Anna sur ses talons.

— C'est la sœur de Varena, Maman, déclara-t-elle. Elle est venue pour le mariage. Mlle Varena m'a montré sa robe et Mlle Lily m'a soulevée pour que je puisse voir le voile. Tu peux pas imaginer comme Mlle Lily est forte ! Je suis sûre qu'elle peut soulever un cheval !

— Oh, mon Dieu, dit la mère d'Eve, un sourire illuminant son mince visage. Je ferais mieux de dire bonjour alors. Je suis la mère d'Eve, comme vous l'avez compris, j'imagine. Meredith Osborn.

— Re-bonjour, dis-je. Lily Bard.

Cette femme venait d'avoir un bébé, d'après Varena, mais elle n'était pas plus grosse qu'un enfant lui-même. Perdre son « poids de grossesse » n'allait pas être un problème pour Meredith Osborn. Elle ne devait pas avoir plus de trente et un an, mon âge, elle était même peut-être plus jeune.

— Est-ce que tu peux nous soulever toutes les deux, mademoiselle Lily ? demanda Eve, et ma future nièce sembla soudain me porter beaucoup plus d'intérêt.

— Je pense, oui, dis-je en pliant les genoux. Allez, une de chaque côté !

Les deux fillettes s'approchèrent chacune d'un côté et je repliai mes bras autour d'elles avant de me relever en m'assurant que j'étais bien stable. Les petites couinaient d'excitation.

— Ne bougez pas, leur rappelai-je, et elles arrêtèrent de faire semblant de se débattre, ce qui risquait de nous faire basculer.

— On est les reines du monde ! cria Anna avec extravagance en balayant l'air des bras pour étreindre son territoire. Regarde comme on est haut !

Dill, qui parlait avec Varena devant la porte, cherchait maintenant Anna autour de lui pour garder un œil sur elle. Quand il découvrit les deux petites filles, son expression de surprise fut presque comique.

Avec le sourire tendu de quelqu'un qui essaie de ne pas paniquer, il s'approcha à grands pas.

— Tu ferais mieux de descendre, chérie ! Tu es lourde pour Mlle Lily !

— Elles sont petites, répliquai-je vaguement avant d'abandonner Anna dans les bras de son père.

Je fis pivoter Eve devant moi et la reposai doucement à terre. Elle releva la tête vers moi avec un grand sourire. Sa mère la regardait avec cette expression d'amour qu'ont les mères devant leurs enfants. Un petit gémissement nous parvint de la maison.

— J'entends ta sœur qui pleure, dit Meredith d'un air las. On ferait mieux d'aller voir. Au revoir mademoiselle Bard, ravie de vous avoir rencontrée.

Je fis un signe de tête à Meredith et un petit sourire à Eve. Ses yeux marron, rivés sur moi, semblaient énormes. Elle me rendit un sourire qui s'étirait d'unc oreille à l'autre et fila en vitesse à la suite de sa mère.

Anna et son père étaient déjà dans la Bronco, alors je les rejoignis. Dill bavarda pendant tout le trajet jusque chez mes parents, mais je ne l'écoutai que d'une oreille. Aujourd'hui, j'avais déjà parlé à plus de gens qu'en trois ou quatre jours à Shakespeare. J'avais perdu l'habitude de papoter.

Une fois devant chez mes parents, je descendis de voiture en faisant un signe de tête à Dill et Anna, puis entrai vivement dans la maison. Ma mère s'activait en cuisine, essayant de nous préparer quelque chose à manger avant de partir à l'enterrement de vie de jeune fille. Mon père, lui, se préparait dans la salle de bains pour aller au dîner de Dill.

Ma mère redoutait que l'un des amis de Dill se soit un peu emporté et ait engagé une strip-teaseuse pour la fête. Je haussai les épaules. Mon père n'en serait pas mortellement offusqué.

— C'est pour la tension de ton père que je m'inquiète réellement, m'avoua Maman avec un demi-sourire. Si une femme nue surgit d'un gâteau, qui sait ce qui peut arriver !

Je versai du thé glacé dans des verres que je posai ensuite sur la table.

— Ça m'étonnerait, dis-je, car elle cherchait du réconfort. Dill n'est plus un gamin, et ce n'est pas son premier mariage. Je ne pense pas qu'aucun de ses amis du coin soit du genre à « s'emporter » comme ça.

Je m'assis à ma place.

— Tu as raison, dit Maman avec un certain soulagement. Tu as toujours beaucoup de bon sens, Lily.

Pas toujours.

— Est-ce que tu... vois quelqu'un... en ce moment, chérie ? demanda-t-elle doucement.

Je relevai les yeux vers elle tandis qu'elle s'immobilisait, indécise, au-dessus de la table, les assiettes à la main. Je faillis répondre « non » par automatisme.

— Oui.

L'expression fugace d'apaisement qui illumina le visage pâle de ma mère fut si intense que je songeai un instant à revenir sur ma réponse. J'avançai à tâtons avec Jack, une heure après l'autre, et l'idée d'officialiser notre relation me rendait affreusement nerveuse.

— Tu peux me parler un peu de lui ?

Maman avait une voix calme et ses mains restèrent bien stables quand elle déposa les assiettes à nos places. Elle s'assit ensuite face à moi et commença à remuer le sucre dans son thé.

Je ne savais absolument pas quoi lui dire.

— Oh, ce n'est pas grave, je ne veux pas m'immiscer dans ta vie privée, dit-elle après un moment, embarrassée.

— Non, non, répliquai-je du tac au tac.

Cette méfiance envers les mots et les silences de chacune me semblait horrible.

— Non, il… non, c'est bon. Il…

Je me représentai Jack et sentis déferler une vague de nostalgie, si intense et douloureuse qu'elle me coupa le souffle un instant. Quand elle s'apaisa, je dis :

— Il est détective privé. Il vit à Little Rock. Il a trente-cinq ans.

Ma mère posa son sandwich sur son assiette et commença à sourire.

— C'est formidable, ma chérie. Comment s'appelle-t-il ? Est-ce qu'il a déjà été marié ?

— Oui. Il s'appelle Jack Leeds.

— Des enfants ?

— Non.

— C'est plus simple.

— Oui.

— Même si je connais vraiment bien la petite Anna maintenant, au début quand Dill et Varena ont commencé à sortir ensemble… Anna était si petite, pas encore propre, et la mère de Dill ne semblait pas vouloir venir s'occuper d'elle, alors que c'était un adorable bébé…

— Ça t'inquiétait ?

— Oui, admit-elle en hochant sa tête blond pâle. Oui, ça m'inquiétait. Je ne savais pas si Varena allait tenir le coup. Elle n'a jamais beaucoup aimé faire du baby-sitting, et elle n'avait jamais parlé d'avoir des enfants, comme le font la plupart des filles. Mais Anna et elle semblent très bien se débrouiller. Parfois, Varena en a marre de ses petits caprices, et parfois, Anna rappelle à Varena qu'elle n'est pas sa vraie mère, mais dans l'ensemble, elles s'entendent très bien.

— Dill était-il avec sa femme lors de l'accident ?

— Non, et elle était la seule voiture impliquée. Judy, c'était son nom, venait de déposer Anna chez sa nounou.

— C'était avant que Dill ne vienne s'installer ici ?

— Oui, quelques mois plus tôt. Il vivait au nord-ouest de Little Rock. Il dit qu'il se sentait tout simplement incapable d'élever Anna là-bas, en devant passer tous les jours à l'endroit où sa femme était morte.

— Alors il est venu dans une ville où il ne connaissait personne, où il n'avait aucune famille pour l'aider à s'occuper d'Anna.

J'avais parlé sans réfléchir.

Ma mère m'adressa un regard tranchant.

— Et nous sommes bien contents qu'il l'ait fait, dit-elle fermement. La pharmacie ici était en vente et ça été formidable de la voir rouvrir, ainsi on a plus de choix.

Il y avait également une chaîne de pharmacies à Bartley.

— Bien sûr, dis-je pour calmer le jeu.

Nous finîmes notre plat en silence. Mon père apparut d'un pas lourd et traversa la cuisine pour aller jusqu'à sa voiture, tout en rouspétant sur le fait que les enterrements de vie de garçon n'étaient plus pour lui. Mais nous savions qu'il était vraiment heureux d'avoir été invité. Il avait un cadeau sous le bras et, quand je lui demandai ce que c'était, il vira au cramoisi. Il enfila son manteau et claqua la porte derrière lui sans répondre.

— Je le soupçonne d'avoir acheté l'un de ces trucs masculins et débiles, déclara Maman avec un petit sourire en entendant Papa reculer dans l'allée.

J'adorais que ma mère me surprenne.

— Je vais faire la vaisselle pendant que tu te prépares, dis-je.

— Il faut que tu essaies ta robe de demoiselle d'honneur ! répliqua-t-elle brusquement en se levant pour quitter la cuisine.

— Tout de suite ?

— Et s'il faut la retoucher ?

— Oh… d'accord.

Ce n'était pas le moment que j'avais attendu avec une quelconque impatience, c'est certain. Les robes de demoiselles d'honneur sont connues pour être importables et, comme toute bonne demoiselle d'honneur, j'avais payé cette robe. Mais je ne l'avais pas encore vue. Pendant quelques secondes horribles, crispée, je me représentai une robe en velours rouge avec de la fausse fourrure pour coller à l'esprit de Noël.

J'aurais pourtant dû faire confiance à Varena. La robe, qui était suspendue dans la penderie de ma chambre, enveloppée dans le même plastique que la robe de mariée, était en velours bordeaux profond, avec un ruban de satin cousu sous la poitrine. Derrière, là où le ruban se rejoignait, il y avait un nœud assorti – mais il était détachable. Le col était très haut mais la robe était coupée très bas dans le dos. Ma sœur ne voulait pas de demoiselles d'honneur trop sages, c'était certain.

— Essaie-la, me pressa ma mère.

Je savais qu'elle ne serait pas satisfaite tant que je ne me serais pas exécutée. En lui tournant le dos, je retirai mon tee-shirt, mes chaussures et mon jean. Mais je dus me placer face à elle pour prendre la robe, qu'elle était en train d'ôter de son emballage.

Chaque fois, la vue de mes cicatrices la touchait en plein cœur. Elle prit une profonde inspiration, quelque peu tremblante, et me tendit la robe, que je passai par-dessus ma tête le plus rapidement possible. Je me tournai de nouveau pour qu'elle puisse remonter la fermeture Éclair, puis nous observâmes toutes les deux mon reflet dans le miroir. Nos deux paires d'yeux tombèrent immédiatement sur le col. Parfait. Rien ne dépassait. Merci, Varena.

— Elle est magnifique, s'exclama ma mère. Tiens-toi droite, maintenant (comme si j'étais voûtée).

La robe m'allait bien, et qui n'aimait pas la douce sensation du velours sur sa peau ?

— Quel genre de fleurs va-t-on porter ?

— Le bouquet des demoiselles d'honneur sera constitué de longues branches de glaïeuls et d'autres petites choses, répondit ma mère, qui laissait toute la partie jardinage à mon père. C'est toi la vraie la demoiselle d'honneur, tu sais.

Varena ne m'avait pas vue depuis trois ans.

Ce n'était pas un simple mariage, d'ailleurs. C'était un rapprochement familial dans toute sa splendeur.

Je voulais faire ça bien, mais je ne savais pas si j'en étais capable. De plus, je n'avais pas assisté à un mariage depuis une éternité.

— Est-ce que je dois faire quelque chose en particulier ?

— Tu dois porter la bague que Varena va donner à Dill. Tu dois prendre son bouquet le temps qu'elle dise ses vœux.

Maman me sourit et le coin de ses yeux se plissa. Quand ma mère souriait, tout son visage souriait avec elle.

— Tu as de la chance qu'elle n'ait pas choisi de robe avec une traîne de trois mètres, car tu aurais dû l'aider à la retourner quand elle aurait quitté l'église !

Me souvenir de la bague et du bouquet était dans mes cordes.

— Je vais devoir la remercier pour cet honneur, dis-je, et le visage de ma mère s'assombrit pendant un court instant.

Elle pensait que je faisais de l'ironie.

— Je suis sérieuse, précisai-je, et je la sentis qui se détendait.

Avais-je été aussi effrayante, aussi imprévisible, aussi brusque ?

Alors que je retirais prudemment la robe pour remettre mon tee-shirt, je tapotai doucement l'épaule de ma mère, qui s'assurait que le vêtement était bien à plat sur son cintre ouaté.

Elle me sourit brièvement avant de retourner à la cuisine pour y remettre de l'ordre.

Chapitre 2

Je portais le chemisier blanc cassé, la veste dorée et mon pantalon noir pour la soirée. Je boutonnai la chemise jusqu'en haut. Mon maquillage était léger et parfait à mon goût, mes cheveux ébouriffés comme il faut. J'avais l'air chic, décidai-je, et tout à fait de circonstance. J'essayai de me détendre tout en bouclant ma ceinture dans la voiture de ma mère.

Nous passâmes prendre Varena. C'était au moins sa deuxième soirée de remise de cadeaux, mais elle était aussi excitée et ravie que si la célébration de son mariage prochain était une idée qui venait de tomber.

Nous traversâmes la ville pour rejoindre la maison de notre hôtesse, Margie Lipscom. Margie était elle aussi infirmière à l'hôpital de Bartley, qui était sans cesse menacé de fermeture. Elle était mariée à l'avocat le plus éminent de Bartley, ce qui ne voulait pas dire grand-chose, en réalité. Bartley est une ville du Delta et, dans cette phase de son existence, ça signifiait : bien pauvre.

Ça signifiait qu'au moins soixante-dix pour cent de la population de la ville bénéficiaient de l'aide sociale.

Pendant mon enfance, ça voulait simplement dire que Bartley était monotone. On ne peut pas savoir ce que monotone signifie tant qu'on n'a pas vécu dans le Delta.

Les collines basses de Shakespeare me manquaient. Les décorations miteuses de Noël me manquaient. Ma maison me manquait. Ma gym me manquait.

J'aurais donné n'importe quoi pour être assez égoïste pour sauter dans ma voiture et rentrer chez moi.

Je pris de lentes et profondes inspirations, comme je le faisais avant de soulever un poids qui représentait un véritable challenge. Comme je le faisais avant un combat d'entraînement au karaté.

Maman passa devant le motel délabré de Bartley et je jetai un coup d'œil au bâtiment en forme de U. Il y avait une voiture garée là – ce qui était, en soi, presque incroyable – et elle ressemblait à… mon cœur se mit à tressauter inconfortablement.

Je secouai la tête. Impossible.

Maman se gara dans la rue en face d'une maison en brique blanche, illuminée comme un gâteau d'anniversaire. La porte d'entrée était ornée d'une cloche de mariage en papier, blanche et argentée. Une rousse corpulente se tenait devant… Margie Lipscom. Je l'avais connue brune et potelée.

Ma mère reçut une petite caresse, ma sœur une étreinte, et je fus accueillie avec un cri aigu.

— Oh, *Lily !* Chérie, tu es magnifique ! s'exclama Margie.

Elle m'attrapa par le bras et me serra contre elle. Je supportai la chose en silence. Margie avait mon âge et nous n'avions jamais été particulièrement amies ; elle était devenue plus proche de ma sœur quand elles avaient commencé à travailler ensemble. Cette fille avait toujours été du genre à brailler et à vous étouffer. Elle allait me prêter une attention toute particulière maintenant, parce qu'elle avait de la peine pour moi.

— Est-ce qu'elle n'est pas encore plus jolie, Frieda ? dit Margie à ma mère.

Cette question ne fit qu'accroître son malaise.

— Lily a toujours été charmante, répondit calmement ma mère.

— Bon, allons voir tout le monde !

Margie me prit par la main et m'entraîna dans le salon. Je me mordis l'intérieur des joues. J'éprouvais un vague sentiment troublant de panique et de colère, le genre de spasme nerveux que je n'avais pas ressenti depuis longtemps. Bien, bien longtemps.

Je parvins à trouver la force de plaquer un sourire sur mon visage.

Après avoir salué tout le monde d'un signe de tête et répondu « Je vous raconte plus tard » à chaque question, je pus m'asseoir sur une chaise droite qu'on avait installée dans un coin du salon bondé de monde. Après ça, tout ce que j'eus à faire consista à braquer un regard sympathique en direction de la personne qui parlait le plus fort, et ce fut tout.

C'était une soirée lingerie, et j'avais profité de mes courses à Montrose pour acheter un cadeau à Varena. Elle ne s'était pas attendue à un cadeau de ma part et ne m'avait pas vue l'apporter. Elle releva les yeux vers moi avec surprise quand elle lut la carte posée dessus. J'aurais dû m'en douter, elle semblait légèrement inquiète.

Mon cadeau était une longue nuisette, avec des bretelles fines, un corsage en dentelle – en dentelle pure. Elle était noire, magnifique et vraiment très, très sexy. Tandis que Varena déchirait le papier, je fus soudain convaincue d'avoir fait une terrible erreur. Le vêtement le plus audacieux qu'elle avait reçu jusqu'à présent était une chemise de nuit tigrée, qui avait fait monter le rouge aux joues de plusieurs femmes.

Quand Varena souleva la nuisette, il y eut un moment de silence pendant lequel je me retins de filer à l'anglaise. Puis Varena dit :

— Waouh. *Celle-là,* elle est pour la nuit de noces !

Et il y eut un chœur de « Ooooh » et de « Dis donc ! »

— Lily, c'est splendide, commenta immédiatement Varena. Et je parie que Dill aussi va te remercier !

Il y eut un nouveau chœur de rires, puis l'on passa le cadeau suivant à Varena.

Je me détendis et enclenchai le pilote automatique pour le reste de la soirée.

Pendant le punch et les petits gâteaux, la conversation s'orienta vers le voleur à la tire qui sévissait à Bartley. Ceci semblait être un véritable crime urbain pour Bartley, je tendis donc l'oreille. Margie disait :

— Et il a carrément arraché le sac de Diane à son bras et s'est enfui avec !

— Est-ce qu'elle a pu voir à quoi il ressemblait ? demanda la femme du pasteur.

Lou O'Shea était une petite brune plantureuse avec un petit nez en trompette et des yeux intelligents. Je ne l'avais jamais rencontrée auparavant. Je n'étais pas allée à l'église, à Bartley ou ailleurs, depuis des années.

— Seulement un type noir, de taille moyenne, répondit Margie. Ça pourrait être des centaines de personnes.

— Elle va bien ? demanda ma mère.

— Eh bien, il l'a fait tomber sur le trottoir, alors elle a des égratignures et quelques bleus. Ç'aurait pu être bien pire.

L'espace d'une seconde, plusieurs paires d'yeux glissèrent dans ma direction. Je représentais justement ce qui aurait pu lui arriver de pire.

Mais j'avais l'habitude. Je gardai un visage neutre et le moment passa. Un vol de sac à main n'était pas aussi remarquable qu'il l'aurait été quelques années plus tôt. Maintenant, avec la présence de gangs et de drogue dans la moindre petite ville d'un côté ou de l'autre de l'autoroute, et même partout, ce qui était arrivé à Diane Dykeman, une vendeuse de l'une des boutiques de vêtements du coin, ne me paraissait pas si terrible. Elle semblait heureuse de ne pas avoir été blessée plutôt qu'accablée par la perte de son sac. Après deux heures et demie assommantes, nous reprîmes la voiture, mais empruntâmes un autre trajet pour ramener Lou O'Shea, que son mari avait déposée à l'aller en se rendant à une réunion. Le presbytère était une grande maison en brique rouge assortie à l'église adjacente. J'écoutais d'une oreille la conversation entre Varena et Lou sur la banquette arrière, assez pour comprendre que Lou, tout comme

Meredith Osborn, avait une fille de huit ans et un autre enfant plus jeune. Quand ma mère s'engagea dans l'allée du presbytère, Lou sembla peu enthousiaste à l'idée de descendre.

— Luke pleure tellement, j'ai bien peur que ça n'incite pas Krista à être indulgente avec lui, nous confia-t-elle en poussant un profond soupir. Elle n'est pas vraiment ravie de la présence d'un petit frère, pour le moment.

— Krista a l'âge d'Anna, elles jouent souvent ensemble, me rappela Varena.

— Tout s'arrangera, intervint ma mère de manière apaisante. Tôt ou tard, vous trouverez pourquoi Luke pleure toute la nuit et il s'arrêtera. Et alors Krista oubliera tout. C'est une petite fille intelligente, Lou.

— Vous avez raison, répondit immédiatement cette dernière, de nouveau disposée à donner le meilleur en tant que femme de pasteur. Merci de m'avoir déposée. Je vous vois toutes demain après-midi !

Alors que la voiture s'éloignait, Varena déclara :

— Lou vient au dîner de répétition demain soir.

— La tradition ne veut-elle pas que le dîner de répétition ait lieu la veille du mariage ?

Je ne voulais pas avoir l'air de critiquer, mais j'étais vaguement curieuse.

— Si. Dill l'avait initialement fixé ce soir-là, répondit Maman.

On me rappelait subtilement que c'était la famille du marié qui avait la responsabilité de ce dîner.

— Mais Sarah May était déjà prise les deux soirs avant le mariage ! Alors on l'a simplement déplacé à trois soirs avant, et le couple qui organise le dîner pour Dill et Varena l'a reprogrammé à la veille du mariage, Dieu les bénisse.

Je hochai la tête, ne lui prêtant guère attention. J'étais absolument convaincue qu'on me dirait quoi faire, le moment venu. Ce que je voulais surtout, me surpris-je à penser, c'était me retrouver seule. Quand nous arrivâmes chez Varena, je déchargeai les cadeaux avec célérité et, une fois rentrée chez mes parents, je souhaitai brièvement bonne nuit à ma mère avant de me diriger vers ma chambre.

Mon père n'était pas encore rentré. J'espérai qu'il n'était pas en train de boire et de fumer des cigares. Sa tension allait monter en flèche.

Je m'installai dans le fauteuil de ma chambre et lut pendant un long moment, une biographie que j'avais apportée avec moi. Puis je calai mes pieds sous le lit et fis une série d'abdominaux, puis des pompes, ainsi que quatre-vingts levers de jambes. Ensuite je pus prendre une douche relaxante. Je remarquai que mon père était rentré entre-temps et avait éteint les dernières lumières.

Mais, même après la douche brûlante, je trépignais encore. Je ne pouvais pas aller marcher, à Bartley. Les gens viendraient me parler de ma famille. La police ne me connaissait pas. Elle pourrait m'arrêter – si je croisais un agent du moins : Bartley ne disposait pas de gros effectifs.

Je repoussai cette tentation et me forçai à me mettre au lit. Je fis trois grilles de mots croisés d'un magazine que j'avais trouvé dans le tiroir de la table de nuit. D'une manière ou d'une autre, la recherche du mot en cinq lettres pour « habitation indienne recouverte de terre » remplit son rôle. Enfin, je fus capable de tirer les rideaux sur une très longue journée.

Malheureusement, la suivante lui ressembla un peu trop.

Avant midi, je regrettais déjà que toute ma famille n'ait pas eu à travailler jusqu'à l'heure précédant le mariage.

Mon père avait pris deux semaines de vacances dans sa compagnie d'électricité. Puisque ma mère était femme au foyer, elle était sans cesse en plein travail – mais toujours à la maison, l'esprit constamment centré sur les choses à faire. Varena avait pris trois semaines de congé à l'hôpital, et même Dill laissait souvent la boutique à son assistante qui travaillait normalement à temps partiel, une jeune mère qui était également pharmacienne.

D'autres cadeaux arrivèrent, qu'il fallut déballer, admirer et inscrire sur la liste. Il fallut également écrire les mots de remerciements correspondants. Les deux autres demoiselles d'honneur durent passer admirer les cadeaux et vérifier les derniers détails de l'organisation. Le pasteur, Jess O'Shea, entra une minute pour vérifier lui aussi deux ou trois choses. Il avait des cheveux lisses, blond foncé, il était plutôt beau dans son genre, avec une forte mâchoire carrée : j'espérai qu'il était aussi bon qu'il était beau, car je m'étais toujours imaginé que les pasteurs étaient des cibles de choix pour les membres névrosés – ou simplement pleins d'espoir – de leur congrégation.

Sa fille l'accompagnait. La petite Krista, trapue, qui avait les mêmes cheveux sombres que sa mère, quoique moins lisses, semblait somnolente et fâchée contre l'activité nocturne de son petit frère, exactement comme Lou l'avait prédit. Krista était d'humeur geignarde.

— Luke a pleuré toute la nuit, déclara-t-elle d'un ton maussade quand quelqu'un lui demanda pour la troisième fois où était son frère.

— Oh, Krista ! intervint l'une des autres demoiselles d'honneur avec désapprobation.

La meilleure amie de Varena depuis toujours, Tootsie Monahan, était une blonde au visage rond, à faible teneur en matière grise.

— Comment peux-tu dire ça d'un petit garçon comme Luke ? C'est tellement mignon, à cet âge-là !

Je vis Krista rougir. Tootsie jouait la vieille carte de la culpabilité et n'hésitait pas à y aller à fond. J'étais jusque-là appuyée contre le mur du salon. Je me redressai et me rapprochai de la petite fille.

— Varena pleurait toute la nuit quand elle était bébé, dis-je à Krista d'une voix tranquille.

La fillette me regarda d'un air incrédule. Ses yeux ronds, noisette, assurément son plus joli trait, se fixèrent sur moi avec tous les signes du scepticisme.

— Mais non, dit-elle timidement.

— Si si.

Je hochai fermement la tête et m'éloignai vers la cuisine, où je parvins à dégoter à Krista une espèce de boisson gazeuse qu'elle aimait particulièrement. Elle n'était certainement pas autorisée à en boire. Puis je flânai dans la maison et, de temps à autre, j'allais me retirer dans ma chambre dont je fermais la porte pendant dix minutes (j'avais constaté que c'était la limite avant que je ne commence à manquer à quelqu'un, qui venait alors s'assurer que j'allais bien et voir ce que je faisais).

Varena passa la tête dans ma chambre vers 12 h 45 pour me demander si je voulais l'accompagner chez le médecin.

— Je dois passer récupérer l'ordonnance pour ma pilule, mais je veux que le Dr LeMay ausculte mes oreilles. J'ai un peu mal à celle de droite, et j'ai peur que ça s'infecte d'ici le mariage. Binnie m'a dit de passer pour qu'il m'examine avant qu'il y ait foule en début d'après-midi.

L'un des avantages du métier d'infirmière, c'est l'accès facile que l'on a aux cabinets des médecins locaux, m'avait confié Varena plusieurs années auparavant. Du plus loin qu'il m'en souvenait, Varena avait toujours souffert d'allergies, qui causaient fréquemment des infections de l'oreille. Elles apparaissaient toujours aux moments les plus inopportuns. Comme par exemple quatre jours avant son mariage.

Je la suivis jusqu'à sa voiture avec un sentiment de soulagement.

— Je sais que tu as besoin de sortir de la maison, dit Varena en m'adressant un regard en biais.

Elle recula et nous partîmes pour le cabinet du Dr LeMay.

— Ça se voit tant que ça ?

— Seulement si on te connaît bien, répondit-elle d'un ton triste. Oui, Lily, c'est comme voir un tigre en cage au zoo. Tu fais des va-et-vient sans arrêt en jetant un regard féroce à tous ceux qui t'approchent.

— C'est sûrement pas à ce point, répliquai-je avec inquiétude. Je ne veux pas les contrarier.

— Je sais bien. Et je suis contente de voir que tu t'en soucies.

— Je m'en suis toujours souciée.

— Heureusement que tu me le dis...

— Je n'avais simplement pas ce qu'il...

J'avais utilisé toute l'énergie dont je disposais pour rester saine d'esprit. Essayer de rassurer les autres, ça m'avait tout simplement été impossible.

— Je crois que je comprends, finalement, reprit Varena. Je suis désolée d'avoir remis ça sur le tapis. Maman et Papa savent, encore mieux que moi, qu'ils comptent beaucoup pour toi.

Tiens, j'étais pardonnée pour une chose que je n'avais pas faite, ou du moins que je n'avais faite que dans la tête de Varena. Mais elle faisait un effort. J'allais en faire un, moi aussi.

Le Dr LeMay était toujours installé dans le petit immeuble dans lequel il avait pratiqué pendant toute sa carrière, soit quarante ans. Il devait approcher l'âge de la retraite, et son infirmière Binnie Armstrong aussi. Ils devaient former une équipe depuis vingt-cinq ans.

Varena se gara sur l'une des places en épi et nous gravîmes les marches étroites qui menaient à l'entrée. La porte, qui avait arboré l'inscription « Noirs seulement » au début de la carrière du Dr LeMay, avait été remplacée par un modèle vitré. Au cours des cinq années précédentes, on avait protégé le verre en posant une série de barreaux. Un peu comme si l'on avait enfermé l'histoire de Bartley dans une coquille de noix, songeai-je.

On avait peint la porte en bleu pour l'accorder à la corniche, mais la peinture s'était déjà écaillée et laissait apparaître une teinte de vert, au-dessous, qui m'était plus familière. Je tournai la poignée et poussai la porte avant d'entrer devant Varena.

Le petit bâtiment était étrangement silencieux. Aucun téléphone ne sonnait, aucun bruit de photocopieuse, ni radio ni musique d'ambiance.

Je me tournai pour regarder ma sœur. Quelque chose clochait. Mais Varena détourna le regard. Elle n'allait pas l'admettre, pas tout de suite.

— Binnie ! appela-t-elle trop gaiement. Je suis là avec Lily ! Venez la voir !

Elle fixait des yeux la porte fermée à l'autre bout de la salle d'attente, celle qui menait aux salles d'examen et aux bureaux. La vitre qui entourait la cabine de la réceptionniste restait vide.

Un son faible et horrible nous parvint. C'était le son de quelqu'un en train de mourir. Je l'avais déjà entendu auparavant.

Je fis les six pas qui me séparaient de la porte et l'ouvris. Le sol du couloir que je connaissais bien, avec trois pièces sur la gauche et trois sur la droite, était désormais recouvert d'un linoléum qui imitait le bois à la place du motif beige dont je me souvenais, pensai-je de manière incongrue.

C'est alors que j'aperçus le filet de sang qui s'écoulait, seul mouvement dans le couloir. Je le suivis, sans vraiment vouloir en trouver la source, mais dans ce petit espace, elle était bien trop évidente. Une femme en uniforme blanc, ou anciennement blanc, était étendue en travers de la porte de la pièce du milieu, sur la droite.

— Binnie ! hurla Varena en précipitant les mains devant son visage.

Mais ma sœur se rappela alors qu'elle était infirmière et s'agenouilla immédiatement à côté de la femme en sang. Il était difficile de discerner les contours du visage et de la tête de Binnie Armstrong, tant on l'avait rouée de coups. C'était de sa gorge qu'était sorti le son.

Tandis que Varena essayait de trouver son pouls, Binnie Armstrong mourut. Je vis son corps entier s'affaisser dans l'abandon final.

Je passai la tête dans la pièce qui s'ouvrait sur la droite, le bureau de la réception. Vide et en ordre. Je jetai ensuite un coup d'œil dans la pièce de gauche, une salle d'examen. Vide et en ordre. Je parcourus prudemment le couloir pendant que ma sœur essayait de ranimer l'infirmière décédée, et passai la tête avec précaution dans la pièce suivante sur la gauche, une autre salle d'examen. Vide. La porte en travers de laquelle était allongée Binnie menait au petit laboratoire et à la salle de stockage. Je dépassai ma sœur avec prudence et trouvai le Dr LeMay dans la dernière pièce sur la droite, son bureau.

— Varena, dis-je vivement.

Celle-ci leva les yeux, barbouillée du sang du corps étendu devant elle.

— Binnie est morte, Varena, lui dis-je en désignant le bureau de la tête. Viens voir le Dr LeMay.

Varena bondit sur ses pieds, fit deux pas et braqua son regard de l'autre côté de la porte. Puis elle contourna le bureau pour prendre le pouls du médecin, mais secoua la tête.

— Il a été tué là, à son bureau, déclara-t-elle, comme si cela rendait la chose plus grave encore.

Le sang avait fait se coaguler les cheveux blancs du Dr LeMay. Il formait une flaque sur le bureau, là où reposait la tête du médecin. Ses lunettes étaient de travers, d'horribles triples foyers à monture noire, que j'avais terriblement envie de remettre bien droits sur son nez, comme si, grâce à ça, il pourrait voir de nouveau. Je connaissais le Dr LeMay depuis toujours. Il m'avait mise au monde.

Varena lui toucha la main, qui reposait sur le bureau. Je remarquai, stupéfiée, qu'elle était absolument propre. Il n'avait pas eu la moindre chance de se défendre. Le premier coup avait été fatal. La pièce était remplie de papiers, dossiers, formulaires et examens médicaux... qui étaient pour la plupart désormais tachés de sang.

— Il est mort, murmura Varena, même s'il n'y avait eu aucun doute à ce sujet.

— Il faut qu'on sorte d'ici, dis-je d'une voix forte et tranchante, dans la petite pièce au spectacle et aux odeurs atroces.

Puis nous échangeâmes un regard, les yeux écarquillés avec une terreur soudaine et partagée.

Je tournai brusquement la tête vers la porte d'entrée et Varena bondit devant moi. Elle se mit à courir tandis que j'attendais de voir si quelque chose bougeait.

J'étais la seule personne en vie dans ce cabinet.

Je suivis Varena à l'extérieur.

Elle avait déjà traversé la rue et poussait la porte du bureau des Assurances agricoles de l'État avant de soulever le combiné du téléphone de la réceptionniste. Cette dernière, une femme robuste et permanentée, vêtue d'une chemise rouge vif et d'un corsage de Noël, regardait Varena comme si elle parlait en navajo au téléphone. Moins de deux minutes plus tard, une voiture de police se gara devant le cabinet du Dr LeMay et un homme noir, grand et mince, en descendit.

— C'est vous qui avez appelé ? demanda-t-il.

— C'est ma sœur, juste là, précisai-je en indiquant la vitre du bureau à travers laquelle on pouvait voir Varena, assise sur une chaise, en train de sangloter.

La réceptionniste était penchée au-dessus d'elle et lui tendait des mouchoirs.

— Je suis l'inspecteur Brainerd, déclara l'homme d'une voix rassurante, comme si je lui avais laissé croire que je le soupçonnais d'être un imposteur. Êtes-vous entrée dans ce bâtiment ?

— Oui.

— Avez-vous vu le Dr LeMay et son infirmière ?

— Oui.

— Et ils sont morts.

— Oui.

— Y a-t-il quelqu'un d'autre à l'intérieur ?

— Non.

— Bon, y a-t-il une fuite de gaz, ou un départ de feu, peut-être une intoxication à la fumée… ?

— Ils ont tous les deux été battus, déclarai-je en relevant les yeux vers le sommet des très vieux gommiers qui bordaient la rue. À mort.

— Bon, très bien. Je vais vous expliquer ce qu'on va faire.

Il semblait extrêmement nerveux, et je ne pouvais pas le lui reprocher une seule seconde.

— Vous allez rester ici, madame, pendant que je vais entrer jeter un coup d'œil. Ne vous éloignez pas.

— Non.

J'attendis près de la voiture de police, le visage et les mains fouettés par le vent froid.

Nous vivons dans un monde de massacre et de cruauté ; j'avais momentanément mis cette certitude de côté, dans la fausse sécurité de ma ville natale, plongée dans l'atmosphère optimiste du mariage de ma sœur.

Je commençai à me détacher de la scène, à dériver au loin, à m'échapper de cette ville, de ce bâtiment, de ces morts. Ça faisait bien longtemps que je ne m'étais pas retirée comme ça, évadée dans cet endroit éloigné où je n'étais pas responsable de mes sensations.

Une jeune femme se tenait devant moi en uniforme d'urgentiste.

— Madame ? Madame ? Vous allez bien ?

Son visage sombre et préoccupé me dévisageait, ses cheveux noirs, raides et lisses, qui lui arrivaient aux épaules, coincés sous un bonnet affichant l'insigne des urgences.

— Oui.

— L'agent Brainerd dit que vous avez vu les corps.

Je hochai la tête.

— Êtes-vous… vous feriez peut-être mieux de venir vous asseoir par là, madame.

Je suivis des yeux la direction qu'elle m'indiquait, l'arrière d'une ambulance.

— Non, merci, déclinai-je poliment. Ma sœur est dans le bureau des Assurances, en revanche. Elle a certainement besoin d'aide.

— Je pense que vous avez aussi besoin d'un peu d'aide, madame, déclara la femme d'une voix sérieuse et sonore, comme si j'étais attardée, comme si je ne pouvais pas faire la différence entre un choc clinique et un léger engourdissement.

— Non.

Je m'étais exprimée avec un ton que je savais catégorique et définitif. J'attendis. Je l'entendis murmurer quelque chose à quelqu'un, mais elle me laissa tranquille, ensuite. Varena s'approcha de moi. Elle avait les yeux rouges et son maquillage avait coulé.

— Rentrons à la maison, dit-elle.

— Le policier m'a dit d'attendre.

— Oh.

Le policier, Brainerd, sortit justement à cet instant du cabinet du médecin. Il avait surmonté sa nervosité et il avait vu le pire. Il était concentré, prêt à se mettre au travail. Il nous posa une série de questions, nous gardant dans le froid pendant une demi-heure alors qu'il ne nous fallut qu'une minute pour lui résumer ce que nous savions.

Enfin, nous bouclâmes nos ceintures dans la voiture de Varena. Alors qu'elle démarrait, je montai le chauffage au maximum. Je jetai un coup d'œil à ma sœur. Elle avait le visage pâle à cause du froid, les yeux rouges à force d'avoir pleuré avec ses lentilles. Ce matin, elle avait relevé ses cheveux en queue-de-cheval et noué un foulard rouge vif autour de l'élastique. Le foulard avait toujours son apparence gaie et fraîche, tandis que Varena avait totalement blêmi. Elle croisa mon regard alors que nous attendions à un carrefour.

— L'armoire à pharmacie était fermée et pleine, dit-elle.

— J'ai vu.

Le Dr LeMay gardait toujours les échantillons, et son équipement, dans le même meuble dans le labo, un modèle ancien avec une vitre. Ayant été sa patiente dans mon enfance, j'avais constaté que cette armoire n'avait changé ni de place ni de contenu. J'aurais été fortement étonnée que le Dr LeMay ait gardé là-dedans quoi que ce soit susceptible d'intéresser quelqu'un vivant dans la rue… il y avait des antibiotiques, des antihistaminiques, des pommades, ce genre de choses, pensai-je vaguement. Peut-être des analgésiques.

Comme Varena, j'avais remarqué, derrière le corps de Binnie, que la porte de l'armoire à pharmacie était fermée et que tout était en ordre dans la pièce. Il me semblait improbable qu'une personne capable de commettre de tels meurtres ait pu fouiller l'armoire à pharmacie de façon aussi soignée.

— Je ne sais pas quoi en penser, confiai-je à Varena.

Elle secoua la tête. Elle non plus ne comprenait pas. Je regardai le paysage familier qui défilait de l'autre côté de la vitre, en songeant que j'aurais voulu me trouver n'importe où sauf à Bartley.

— Lily, est-ce que ça va ? me demanda Varena d'une voix curieusement hésitante.

— Bien sûr, et toi ?

J'avais eu l'air encore plus abrupt que je l'avais voulu.

— Je dois bien, non ? C'est la répétition du dîner ce soir, et je ne vois pas comment je pourrais l'annuler. En plus, franchement, j'ai déjà vu pire. C'est simplement le fait que ce soit le Dr LeMay et Binnie qui me choque autant.

Ma sœur semblait simplement pragmatique.

Il me vint brutalement à l'esprit que Varena, en tant qu'infirmière, avait vu plus de sang, de souffrance et d'horreur que je n'en verrais jamais dans ma vie entière. Elle avait le sens pratique. Une fois surmonté le choc initial, elle était solide. Elle s'engagea dans l'allée de la maison de mes parents et coupa le moteur.

— Tu as raison. Tu ne peux pas annuler. Des gens meurent tous les jours, Varena, tu ne peux pas mettre ton mariage en l'air à cause de ça.

Les Sœurs Pratiques, c'était nous.

— C'est vrai, dit-elle en me regardant d'une manière étrange. Rentrons, il faut qu'on le dise à Papa et Maman.

Je braquai mon regard vers la maison, comme si je la voyais pour la première fois.

— Oui. Allons-y.

Mais ce fut Varena qui sortit la première de la voiture. Et ce fut elle qui annonça la mauvaise nouvelle à mes parents, d'une voix grave et ferme qui sous-entendait qu'une quelconque démonstration d'émotion serait totalement déplacée.

Chapitre 3

La répétition était prévue à 18 heures et nous arrivâmes à l'église presbytérienne pile à l'heure. Tootsie Monahan était déjà sur place, ses longues mèches de cheveux bouclés la faisant ressembler à un caniche de foire ; elle partageait conversation et éclats de rire avec Dill et son témoin. Il était évident que personne n'allait parler de la mort du médecin et son infirmière, à moins de s'éloigner dans un coin et se mettre à murmurer. Tout le monde se démenait pour que ce moment reste un événement joyeux, ou au moins pour éviter que l'ambiance sombre dans le pessimisme.

On me présenta Berry Duff, le témoin de Dill, qui était aussi son ancien camarade de chambre à la fac, d'une manière quelque peu appuyée. Après tout, nous étions tous les deux célibataires et de la même tranche d'âge. On espérait fortement, et de manière à peine dissimulée, qu'il puisse se passer quelque chose entre nous.

Berry Duff était très grand, avec des cheveux sombres et clairsemés, de grands yeux sombres également, et un teint olivâtre plutôt séduisant. Fermier dans le Mississippi, il était divorcé depuis trois ans environ et on m'avait fait comprendre qu'il incarnait tout ce que l'on peut désirer : riche, religieux, sans la garde des enfants. Dill parvint à placer une somme surprenante d'informations de ce genre en me présentant son ami et, après quelques minutes de discussion avec Berry, j'appris le reste.

Berry semblait être un type sympa, et il fut agréable d'attendre en sa compagnie que les musiciens s'installent. Je n'étais pas du genre à papoter ou à parler pour ne rien dire, et Berry ne sembla pas m'en tenir rigueur, ce qui était appréciable. Il prit son temps, cherchant à obtenir des renseignements, sur le ton de la conversation, pour essayer de nous trouver des points communs ; nous partagions une aversion pour les salles de cinéma et une passion pour l'haltérophilie ; mais de son côté, l'haltérophilie, c'était à l'époque de l'université.

Je portais la robe blanche avec la veste noire. À la dernière minute, ma mère avait jugé qu'il manquait une touche de couleur, en plus de mon seul rouge à lèvres, un point que j'étais prête à lui concéder. Elle m'avait passé un foulard vaporeux dans des teintes automnales de rouges et or autour du cou et l'avait épinglé avec la broche en or que j'avais apportée.

— Tu es très jolie, me dit Dill lors de l'un de ses nombreux passages.

Varena et lui semblaient terriblement nerveux et s'inventaient des tâches à accomplir ici et là pour arpenter la petite église. Tout le monde restait groupé près de l'entrée puisque le fond était plongé dans l'obscurité derrière les derniers bancs. La porte près de la chaire, qui s'ouvrait sur un couloir menant au bureau du pasteur, grinçait chaque fois que quelqu'un entrait et sortait. La lourde porte au-delà de la grande surface dégagée située au fond de l'église grondait sourdement tandis que les membres de la noce se rassemblaient.

Enfin, tout le monde fut là. Varena ; Tootsie ; moi ; l'autre demoiselle d'honneur ; Janna Russell ; mon père et ma mère ; Jess et Lou O'Shea, l'un en sa qualité de pasteur et l'autre en sa qualité d'organiste de l'église ; Dill ; Berry Duff ; le petit frère célibataire de Dill, Jay ; un cousin de Dill, Matthew Kingery ; la fleuriste qui avait été chargée de fournir les compositions pour le mariage et qui avait hérité du rôle d'organisatrice ; et, miracle des miracles, la mère de Dill, Lula. En voyant le soulagement envahir le visage de Varena quand la vieille femme entra d'un pas lourd au bras de Jay, j'eus soudain envie de prendre Lula Kingery à l'écart et d'avoir avec elle un échange de mots assez vif.

J'observai attentivement la femme tandis que la fleuriste donnait quelques instructions au groupe rassemblé. Il ne me fallut pas longtemps pour conclure que la mère de Dill n'était pas loin d'être un véritable boulet. Elle portait une tenue inappropriée (une robe d'intérieur à manches courtes et à motif floral, avec un trou, de hauts talons avec des boucles en strass), ce qui, en soi, n'était pas forcément signe de déficience mentale, mais si l'on ajoutait ses questions totalement farfelues à l'ensemble (« Est-ce que je dois remonter l'allée, moi aussi ? ») et ses mouvements continuels des yeux et de la main, le résultat final était assez clair.

Bon. La famille de Dill avait elle aussi un membre que l'on préférerait cacher.

Un point pour ma famille. Au moins on pouvait compter sur moi pour faire ce qu'il fallait, si je faisais vraiment une apparition. La mère de Dill était vraiment un électron libre.

Varena faisait preuve d'un tact et d'une gentillesse incroyables avec Mme Kingery. Mes parents aussi. Je sentis un sentiment de fierté gonfler dans ma poitrine devant la bonté de ma famille, et je dus reprendre ma conversation avec Berry Duff pour cacher mon élan d'émotion.

Après quelques allers-retours supplémentaires de dernière minute, la répétition commença. Patsy Green, la fleuriste, nous rassembla et nous expliqua nos ordres de marche. Nous prîmes nos places pour accomplir notre rôle cérémonial.

Au signal donné par Lou O'Shea à l'orgue, un huissier accompagna Mme Kingery à sa place à l'avant de l'église. Puis on mena ma mère au premier rang de l'autre côté de l'allée.

Alors que je rejoignais les autres demoiselles d'honneur à l'arrière de l'église, Jess O'Shea apparut du couloir qui menait de son bureau au sanctuaire. Il monta les quelques marches de l'autel et se tourna vers l'assemblée, le sourire aux lèvres. Dill entra dans le sanctuaire par la même porte, accompagné de Berry qui m'adressa un sourire. Puis ce fut mon tour de remonter l'allée, en écoutant d'une oreille la fleuriste qui m'adjurait de marcher lentement et d'un pas régulier.

Je marche toujours d'un pas régulier !

Elle me rappela de sourire.

Jay Kingery fit à son tour son apparition du couloir et Janna commença à remonter l'allée. Puis le groom, le cousin Matthew, prit sa place et Tootsie entama sa longue marche. Je m'éloignai au signal, et j'entendis dans mon dos Patsy Green me souffler « Souris ! »

Puis, la pièce de résistance[1].

Varena apparut au bout de l'allée au bras de mon père ; elle semblait excitée et heureuse. Papa aussi. Dill souriait comme un fou, radieux, à sa fiancée. Berry haussa un sourcil dans ma direction et je sentis ma bouche se déformer pour lui répondre.

— C'était très bien ! s'exclama Patsy Green du fond de l'église.

Elle commença à s'approcher de nous et tout le monde se retourna pour écouter ses commentaires. Je n'étais pas du tout surprise que tout se soit mis en place sans problème, étant donné que la majorité des personnes présentes étaient suffisamment âgées pour avoir joué un rôle majeur dans bon nombre de mariages.

Mes pensées dérivèrent et je me mis à parcourir l'église des yeux, celle dans laquelle je venais chaque dimanche, dans mon enfance. Les murs semblaient toujours fraîchement repeints d'un blanc éclatant, et le tapis était toujours remplacé par le même vert profond que les coussins sur les bancs. Le haut plafond me donne toujours des *idées* – l'espace, l'infini, le tout-puissant inconnu.

J'entendis quelqu'un tousser et j'arrachai mon regard de l'infini pour le baisser sur les bancs.

1. En français dans le texte. (*N.d.T.*)

Quelqu'un se tenait dans l'ombre au fond de l'église. Mal à l'aise, je sentis mon cœur se mettre à battre plus fort. Sans réfléchir, je commençai à descendre les marches et à parcourir la longue bande de tapis vert. Je n'avais même pas conscience que mes pieds bougeaient.

Il se redressa et se dirigea vers la porte.

À l'instant où je le rattrapai, il m'ouvrit la porte et nous sortîmes tous deux dans la nuit froide. D'un geste, il m'attira contre lui et m'embrassa.

— Jack, dis-je quand je pus respirer de nouveau. Jack.

Je glissai mes mains sous son manteau pour caresser son dos par-dessus sa chemise rayée.

Il m'embrassa de nouveau. Ses mains devinrent plus fermes et il me serra plus fort contre lui.

— Content de me voir, fis-je remarquer après un moment.

J'avais une respiration totalement hachée.

— Ouais, répondit-il d'une voix rauque.

Je m'écartai légèrement pour le regarder.

— Tu as mis une cravate !

— Je savais que tu serais habillée. Il fallait que je sois aussi beau que toi.

— T'es un détective psychique ?

— Seulement foutrement bon.

— Hum hum. Qu'est-ce que tu fais à Bartley ?

— Tu ne penses pas que je suis venu uniquement pour te voir ?

— Non.

— Tu as presque tort.

— Presque ?

Je sentis monter un mélange de soulagement et de déception.

— Ouais, m'dame. La semaine dernière, je fichais le camp du bureau pour pouvoir venir ici t'apporter un peu de soutien moral – ou peut-être te faire la morale – quand j'ai reçu un coup de fil d'un vieil ami.

— Et ?

— Je peux te raconter plus tard ? Genre… dans ma chambre d'hôtel ?

— C'était donc bien *ta* voiture que j'ai vue ! Depuis quand tu es là ?

Pendant un instant, je me demandai si Jack avait révélé sa présence uniquement parce qu'il avait pensé que je finirais par reconnaître sa voiture tôt ou tard, dans une ville de la taille de Bartley.

— Depuis hier. On se voit plus tard ? Bon sang, tu es belle, dit-il en faisant glisser ses lèvres dans mon cou.

Il écarta mon foulard. Malgré le froid, je commençai à ressentir cette chaleur qui signifiait que j'étais tout aussi heureuse de le voir, surtout après les horreurs de la journée.

— D'accord, je passerai écouter ton histoire, mais ce sera après le dîner de répétition, dis-je fermement.

Je haletai une seconde plus tard.

— Non, Jack, repris-je. C'est le mariage de ma sœur. Là, pas le choix.

— J'admire les femmes qui s'en tiennent à leurs principes.

Il avait une voix grave et rocailleuse.

— Tu veux entrer et rencontrer ma famille ?

— Pourquoi je porterais un costume, sinon ?

Je relevai les yeux avec une certaine suspicion. Jack est un petit peu plus vieux que moi et plus grand de quelques centimètres. Sous les lampadaires du parking de l'église, je vis qu'il avait relevé ses cheveux en queue-de-cheval soignée, comme d'habitude. Il avait un très beau nez, fin et assez imposant, des lèvres délicates et dessinées. Jack avait été dans la police à Memphis, avant de la quitter après avoir été impliqué dans un scandale louche et sanglant.

Il a des lèvres, et il sait s'en servir, songeai-je, presque intoxiquée par sa présence. Seul Jack pouvait me mettre d'humeur à paraphraser une vieille chanson de ZZ Top.

— Allons faire ce qu'il faut, avant que je tente quelque chose là, sur le parking, suggéra-t-il.

Je le dévisageai avant de pivoter pour retourner à l'intérieur de l'église. D'une certaine manière, je m'attendais à ce qu'il s'évanouisse dans les airs entre la porte et l'autel, mais il me suivit le long de l'allée, et se trouvait toujours à mes côtés quand nous rejoignîmes la foule. Évidemment, tous les regards étaient braqués sur nous. Je sentis mon visage rougir. Je détestais avoir à m'expliquer.

Et Jack se rapprocha, passa son bras autour de moi avant de déclarer :

— Vous devez être la mère de Lily ! Je suis Jack Leeds, le...

J'attendis avec un certain intérêt tandis que Jack, habituellement à l'aise et beau parleur, se mit à bafouiller à la fin de sa phrase.

— ... petit ami de Lily, acheva-t-il, avec une certaine imprécision.

— Frieda Bard, dit ma mère, l'air légèrement étourdi. Voici mon mari, Gerald.

— Monsieur Bard, dit Jack d'un ton respectueux, ravi de faire votre connaissance.

Mon père serra vigoureusement la main de Jack, un sourire radieux aux lèvres, comme s'il venait de trouver Ed McMahon et son équipe télé sur le pas de sa porte. Même la queue-de-cheval, ou la cicatrice de Jack sur la joue droite, ne firent pas faiblir son sourire. Jack portait un costume coûteux, en tissu écossais d'un brun très tendre qui mettait en valeur ses yeux couleur noisette. Ses chaussures étaient vernies. Il donnait une image prospère, celle d'un homme sain, rasé de près, et moi, j'avais l'air heureuse. C'était suffisant pour mon père, du moins pour le moment.

— Et vous devez être Varena, dit Jack en se tournant vers ma sœur.

Quand est-ce que les gens allaient arrêter d'avoir l'air d'une biche prise dans les phares d'un véhicule ? On aurait pu penser que j'étais une foutue lépreuse tant ils étaient surpris que j'aie un homme dans ma vie. Jack, lui, était en train d'embrasser Varena, lui déposant un petit baiser rapide sur le front.

— Ça porte chance d'embrasser la mariée, dit-il avec ce sourire si charmant, soudain et brillant, dont il avait le secret.

Dill fut le premier à se reprendre.

— Je suis sur le point d'entrer dans la famille, dit-il à Jack. Dill Kingery.

— Enchanté.

Nouvelle poignée de main.

Les choses suivirent leur déroulement, sans que je dise un mot. Jack échangea des poignées de main avec force démonstration et adressa aux femmes des petits sourires pleins de sensualité. Mme Kingery elle-même, la marginale, lui fit un sourire éclatant et quelque peu hébété.

— Vous êtes une source d'ennuis, et je le sais, dit-elle d'une voix ferme.

Tout le monde se figea avec horreur, mais Jack se mit à rire avec un amusement sincère. L'incident fut clos et je vis Dill fermer les yeux de soulagement.

— Je me retire, vous êtes en pleine cérémonie et c'est votre fête, déclara Jack à l'assemblée sans l'ombre d'une insinuation dans la voix. Je voulais simplement rencontrer la famille de Lily.

— Je vous en prie, intervint immédiatement Dill, nous serions ravis que vous vous joigniez à nous pour le dîner de répétition.

Jack déclina la proposition pour se montrer poli, mettant en avant l'importance de cet événement familial et le fait qu'il était arrivé de manière totalement inopinée.

Dill réitéra son invitation. Jeu de ping-pong social.

Quand Varena se joignit à son futur mari, Jack se laissa convaincre.

Il se retira à l'arrière de l'église. Je ne le quittai pas des yeux une seconde.

La cérémonie reprit son cours. J'exécutai mon rôle en pilote automatique. Patsy Green me rappela une nouvelle fois de sourire. Cette fois-ci, elle se montra légèrement plus sévère.

Je passai le reste de la répétition à réfléchir intensément, mais sans en tirer aucune conclusion. Était-il possible que Jack soit réellement là pour moi ? Il avait admis avoir une autre raison, mais il avait dit qu'il comptait venir ici dans tous les cas. Si c'était vrai...

C'était bien trop difficile à croire.

Jack était déjà là quand le Dr LeMay et Binnie avaient été tués. Son arrivée ne pouvait donc pas être liée à ce double meurtre.

— On dirait que j'arrive trop tard, me dit Berry d'une voix agréable après que Patsy Green et les O'Shea eurent admis que nous connaissions la procédure sur le bout des doigts.

Nous nous trouvions juste devant les portes de l'église, à l'extérieur.

— C'est très flatteur de votre part, répondis-je avec un sourire sincère.

Pour une fois, j'avais dit ce qu'il fallait. Il me rendit mon sourire.

— Lily ! appela Jack.

Il tenait la portière de sa voiture ouverte. Je ne savais absolument pas pourquoi.

— Excusez-moi, dis-je à Berry avant de me diriger vers lui. Depuis quand, murmurai-je en arrivant à côté de Jack, consciente que ma voix portait dans l'air froid et clair, tu trouves qu'il est nécessaire de me tenir les portes ?

Jack sembla blessé.

— Ma chérie, je suis ton esclave.

Il semblait imiter l'accent du Delta de Berry.

— Fais pas le con, chuchotai-je. C'est tellement bon de te voir... Ne gâche pas tout.

Il me regarda monter dans sa voiture. Les muscles autour de sa bouche se détendirent.

— Très bien, dit-il en refermant la portière.

Il recula pour suivre les autres voitures qui sortaient du parking.

— Tu as trouvé le médecin, aujourd'hui…

— Oui. Comment tu le sais ?

— J'ai emporté mon scanner de police. Est-ce que ça va ?

— Oui.

— Qu'est-ce que tu sais de Dill Kingery ? demanda-t-il.

J'eus l'impression qu'il m'avait donné un coup à l'estomac. Je restai immobile et silencieuse pour retrouver mon souffle, tant le choc avait été total et soudain.

— Quelque chose ne va pas avec lui ? finis-je par demander, d'une voix à la fois furieuse et effrayée.

Le visage de Varena souriant à Dill me bondit à l'esprit, leur engagement depuis si longtemps, la relation que Varena avait eu tant de mal à construire avec sa fille, l'accueil enjoué qu'elle avait fini par accorder à sa belle-mère loufoque…

— Non, certainement rien. Mais dis-moi.

— Il est pharmacien. Il est veuf. Il est père. Il paie ses factures à l'heure. Sa mère est folle.

— C'est la vieille commère qui m'a dit que j'étais une source d'ennuis ?

— Oui.

Elle avait raison.

— Depuis combien de temps est morte sa première femme ?

— Six ou sept ans. Anna ne se souvient pas d'elle.

— Et Jess O'Shea ? Le pasteur ?

Je jetai un coup d'œil à Jack tandis que nous passions un feu. Il affichait une expression tendue, presque fâchée. On était donc deux.

— Je ne sais rien sur lui. J'ai rencontré sa femme et sa petite fille. Et ils ont aussi un petit garçon.

— Il vient au dîner de répétition ?

— C'est ce que fait le pasteur, en général. Oui, j'ai entendu qu'ils avaient pris une baby-sitter.

J'avais envie de frapper Jack, ce qui n'était pas rare.

Il s'engagea dans le parking du restaurant *Sarah May* et se gara un peu en retrait des autres voitures.

— J'arrive pas à croire que tu m'aies autant contrariée en cinq minutes, dis-je, en réalisant que j'avais une voix distante, froide ; et chevrotante.

Il tourna son regard vers les fenêtres du restaurant. Elles étaient bordées de lumières clignotantes, dont la lueur illuminait son visage. *Foutues* lumières clignotantes. Après ce qui me sembla être une éternité, Jack se tourna vers moi. Il me prit la main gauche.

— Lily, quand je t'expliquerai sur quoi je travaille, tu me pardonneras, déclara-t-il avec une sorte de sincérité douloureuse que je fus forcée de respecter.

Il resta assis avec ma main dans la sienne, sans faire le moindre geste pour ouvrir sa portière, comme s'il attendait que je lui accorde… ma confiance ? une absolution anticipée ? J'avais l'impression qu'il avait ouvert une cavité dans ma poitrine et braqué un projecteur dessus.

Je hochai sèchement la tête, ouvris ma portière et descendis. Nous nous rejoignîmes devant la voiture. Il me prit de nouveau la main et nous entrâmes dans le restaurant.

Sarah Cawthorne, la moitié du nom *Sarah May*, nous guida jusqu'à la salle privée que Dill avait réservée pour l'occasion. Bien sûr, tout le monde, excepté Jack et Mme Kingery, était déjà venu ici plusieurs fois, puisque c'était l'un des deux seuls endroits à Bartley où l'on pouvait organiser une réception privée. Je remarquai qu'on avait changé la moquette et le papier peint, pour les remplacer par un vert chasseur et un bordeaux apparemment indémodables ; le sapin artificiel qui se trouvait dans le coin avait été décoré avec de la dentelle bordeaux et blanc cassé, et des rubans assortis. Également éclairé, bien sûr, il était paré de petites lumières brillantes qui, Dieu merci, ne clignotaient pas.

Les décorations de table étaient de la même couleur, et les napperons ainsi que les serviettes étaient en tissu. (Ce qui était vraiment prétentieux, pour Bartley.) La disposition en forme de U n'avait pas changé, elle, et tandis que chacun se dirigeait vers sa place, je réalisai que Jack manœuvrait pour s'installer près des O'Shea. Il me guidait discrètement d'une main appuyée sur mon dos. Ce geste me fit penser à une poupée assise sur les genoux d'un ventriloque, dont la main directrice serait cachée dans un trou au dos du jouet. Jack croisa mon regard et retira sa main.

Dill était déjà debout derrière une chaise, avec ma sœur d'un côté et sa mère de l'autre, seul Jess O'Shea était donc une cible valide.

Jack parvint à nous insérer entre les O'Shea. Je me retrouvai entre les deux hommes, et Lou à la droite de Jack. En face de nous se trouvait Patsy Green, accompagnée par l'un des placeurs, un banquier qui jouait au golf avec Dill, me souvenais-je.

Les salades furent servies presque immédiatement et Dill demanda à Jess, comme il se doit, de dire les grâces. Évidemment, Jess s'exécuta. À côté de moi, Jack inclina la tête en fermant les yeux, mais il enroula fermement ses doigts autour de ma main. Il la souleva vers sa bouche et y déposa un baiser – je sentis ses lèvres chaudes et ses dents, légèrement – avant de la reposer sur mes genoux et de desserrer sa main. Quand Jess dit « Amen », Jack retira sa main et déplia sa serviette sur ses genoux, comme si ce bref instant avait été un rêve.

Je parcourus la table des yeux pour vérifier si quelqu'un nous avait vus, et le seul regard que je croisai fut celui de ma mère. Elle semblait presque embarrassée par la sensualité de ce geste… mais ravie de cette surprise.

Je n'avais aucune idée de ce que mon visage pouvait exprimer. On déposa une salade devant moi et je la regardai sans la voir. Quand la serveuse me demanda quelle sauce je désirais, je lui répondis au hasard, et elle versa sur ma laitue et mes tomates une substance orange vif.

Jack commença, en douceur, à poser des questions à Lou sur sa vie. Il était tellement doué pour la chose que certaines personnes auraient pu le soupçonner d'avoir une idée derrière la tête. J'essayai de ne pas me poser de questions sur la provenance de cette théorie.

Je me tournai vers Jess, qui semblait éprouver quelques difficultés avec le pot de tranches de bacon. Malgré la décoration soignée de la pièce, le fait qu'on ait posé un pot de tranches de lard sur la table me rappela cruellement qu'on était à Bartley. Je tendis la main en lui faisant signe de me le donner.

Quelque peu surpris, Jess y consentit. Je m'en emparai d'une main ferme et inspirai. Puis je tournai en soufflant. Le couvercle s'ouvrit. Je lui rendis le pot.

Quand je relevai les yeux vers lui, je vis sur son visage une sorte d'amusement douteux.

Le doute, OK. Mais pas l'amusement.

— Vous êtes très forte, fit-il remarquer.

— Oui, acquiesçai-je.

Je pris une bouchée de salade, avant de me rappeler que Jack voulait en savoir plus sur cet homme.

— Est-ce que vous avez grandi dans une ville plus grande que Bartley ? demandai-je.

— Oh non, vraiment pas plus grande, répondit-il d'une voix chaleureuse. Ocolona, dans le Mississippi. Ma famille vit toujours là-bas.

— Et votre femme est aussi du Mississippi ?

Je détestais faire ça.

— Oui, mais de Pass Christian. On s'est rencontrés à la fac de Ole Miss.

— C'est là que vous êtes entré dans les ordres ?

— Oui, quatre ans au Séminaire théologique de Westminster à Philadelphie. Lou et moi avons dû accorder notre confiance au Seigneur. Ce fut une longue séparation. En fait, après les deux premières années, elle me manquait tellement qu'on s'est mariés. Elle travaillait comme elle pouvait dans la région pendant que j'étudiais pour obtenir mon diplôme. Elle jouait de l'orgue dans certaines églises, du piano pour des réceptions. Elle a même servi dans un fast-food, que Dieu la bénisse.

En parlant de sa femme, le beau visage carré de Jess se détendait et se réchauffait. C'était extrêmement gênant.

La sauce salade était aussi épaisse que de la crème, et plutôt sucrée. Je repoussai les feuilles les plus imbibées d'un côté de mon assiette et essayai de manger le reste. Je ne pouvais pas rester assise comme ça et lui poser toutes ces questions.

— Et vous, commença-t-il pour me faire à son tour la conversation, que faites-vous dans la vie ?

Quelqu'un qui ne connaissait pas mon histoire ?

— Je suis femme de ménage, et je fais des courses pour des clients. Je décore des sapins de Noël pour des entreprises. J'accompagne des vieilles dames à l'épicerie.

— Une vraie Mary Poppins, comme on dit, même si la comparaison est un peu désuète, j'imagine.

Il m'adressa le sourire forcé du conservateur qui cire les pompes au libéralisme.

— Oui, répondis-je.

— Et vous vivez en Arkansas ?

— En effet, dis-je en essayant de me forcer un peu. À Shakespeare.

— C'est plus grand que Bartley ?

— Oui.

Il m'observa avec un sourire déterminé.

— Et vous vivez là-bas depuis longtemps ?

— Un peu plus de quatre ans. J'ai acheté une maison.

Là, voilà qui apportait ma contribution à la discussion. Qu'est-ce que Jack voulait savoir à propos de cet homme ?

— Que faites-vous de votre temps libre ?

— Je m'entraîne. L'haltérophilie. Et je fais du karaté.

Et maintenant, je fréquente Jack. Cette pensée provoqua une vague de chaleur dans mon bassin. Je me rappelai ses lèvres sur ma main.

— Et votre ami, M. Leeds ? Il vit à Shakespeare ?

— Non. Jack vit à Little Rock.

— Il travaille là-bas, aussi ?

Jack voulait-il qu'on sache ce qu'il faisait ?

— Son boulot exige beaucoup de déplacements, répondis-je pour rester évasive. Est-ce que Lou a eu Luke – c'est bien le nom de votre petit garçon ? – ici, à l'hôpital de Bartley ?

Les gens aiment beaucoup partager leur expérience de la naissance.

— Oui, ici à l'hôpital. Nous étions un peu inquiets… il y a certaines urgences que cet hôpital ne sait pas traiter. Mais Lou est en bonne santé, et tout indiquait que notre bébé l'était aussi. Nous avons donc décidé qu'il serait préférable de montrer que nous faisions confiance aux gens d'ici. Et ce fut une expérience formidable.

Heureusement pour vous et Luke, et Lou, pensai-je.

— Et Krista ? demandai-je en songeant que ce repas n'allait jamais finir ; nous n'avions même pas eu nos entrées. Est-ce que vous l'avez eue ici ? Non, elle a au moins huit ans et vous n'êtes là que depuis trois ans, il me semble ?

— Exact. Non, nous sommes partis de Philadelphie avec Krista pour nous installer ici.

Il y eut quelque chose de curieux dans sa manière de répondre.

— Elle est née dans l'un de ces gros hôpitaux de là-bas ? Ç'a dû être une expérience bien différente de la naissance de votre petit garçon ici.

— Êtes-vous plus âgée que Varena ? demanda-t-il.

Waouh. Changement de sujet radical. Et maladroit, pour le coup. N'importe qui pouvait voir que j'étais plus âgée que Varena.

— Oui.

— Vous devez avoir pas mal voyagé dans votre vie, vous aussi, fit remarquer le pasteur.

Les néons au-dessus de la table illuminaient ses cheveux blonds, qui étaient plus foncés que les miens d'une dizaine de tons, et certainement plus naturels.

— Vous êtes à Shakespeare depuis environ quatre ans… êtes-vous toujours restée à Bartley, après avoir quitté l'université ?

— J'ai vécu à Memphis après mon diplôme, répondis-je, sachant que cette précision allait réveiller ses souvenirs.

Quelqu'un lui avait forcément raconté le fait divers, étant donné qu'il vivait ici depuis plus de trois ans. Mon histoire faisait partie intégrante du folklore de la ville, tout comme celle de Mme Fontenot qui avait abattu son amant, lui aussi marié, sur la pelouse du palais de justice en 1931.

— Memphis… répéta-t-il, semblant soudain légèrement mal à l'aise.

— Oui. Je travaillais pour une grosse entreprise de ménage là-bas, je supervisais et j'organisais les plannings.

Voilà ce qui lui rafraîchit la mémoire. Je vis son visage doux et agréable se crisper, tentant de contenir sa consternation face à l'impair qu'il venait de commettre.

— Bien sûr, c'était il y a des années, ajoutai-je pour apaiser son dilemme.

— Oui, il y a longtemps, dit-il.

Il sembla désolé pour moi pendant une minute, puis il reprit, avec tact :

— Je n'ai pas eu l'occasion de demander à Dill où Varena et lui ont prévu de partir en lune de miel.

Je hochai la tête et me tournai vers Jack à l'instant précis où lui-même pivotait dans ma direction. Nos regards se croisèrent, et il sourit de cette manière qui transformait totalement son visage, faisant apparaître de profonds sillons depuis son nez jusqu'à ses lèvres. Mais au lieu d'afficher une réserve rigide semblant dire « Je-me-bats-contre-le-reste-du-monde », il arborait une expression de bonheur communicatif.

Je me penchai et posai presque mes lèvres sur son oreille.

— J'ai un cadeau de Noël en avance pour toi, dis-je d'une voix très douce.

Ses yeux se mirent à briller de surprise.

— Ça va beaucoup te plaire, promis-je en soufflant les mots.

Pendant le reste du repas, chaque fois que Jack n'était pas engagé dans une conversation avec Lou O'Shea ou occupé à charmer ma mère, il me jetait des petits regards pleins de réflexion.

Nous partîmes peu après que l'on ait débarrassé les assiettes à dessert. Jack semblait déchiré entre ce que lui racontaient Dill et Varena, et son envie de se précipiter avec moi dans sa chambre d'hôtel. Je lui rendis la tâche aussi compliquée que possible. Alors que nous étions debout, en train de bavarder avec Dill, je lui pris la main et traçai de petits cercles sur sa paume avec mon pouce, très légèrement, avec beaucoup de délicatesse.

Quelques secondes plus tard, il me lâcha la main et m'agrippa le bras presque douloureusement.

— Au revoir, Frieda, Gerald, dit-il à mes parents après avoir remercié Dill pour son accueil.

Mon père et ma mère lui adressèrent des sourires rayonnants.

— Je ramènerai Lily chez vous un peu plus tard. On a des choses à rattraper.

Je vis mon père ouvrir la bouche pour demander où nous comptions nous « rattraper », et ma mère enfoncer subtilement un coude dans ses côtes, histoire de lui rappeler discrètement que j'avais presque trente-deux ans. Mon père garda donc son air enjoué bien en place, quoique avec moins d'intensité.

Avec de grands signes de la main et des sourires exagérés, nous sortîmes pour monter en hâte dans la voiture de Jack afin de nous mettre à l'abri de l'air glacé. Nous avions à peine refermé les portières que Jack posa ses doigts sous mon menton pour orienter mon visage vers lui. Il m'embrassa longuement, passionnément. Ses mains commencèrent à se réhabituer à mon anatomie.

— Les autres vont sortir dans une minute, lui précisai-je.

Il murmura quelque chose d'infâme et mit le moteur en marche. Nous rentrâmes à l'hôtel en silence, Jack les deux mains posées sur le volant et le regard bien droit devant lui.

— Cet endroit est atroce, me prévint-il en déverrouillant la porte avant de l'ouvrir.

Il entra le premier pour allumer la lumière.

Je tirai tous les rideaux de la chambre et me tournai vers lui en enlevant lentement ma veste noire. Il fondit sur moi avant que j'aie pu ôter la deuxième manche. Nous nous déshabillâmes par étapes, interrompus par les longs baisers que Jack aimait tant. D'une main, il fouillait dans sa valise pour trouver l'un de ces petits emballages carrés en aluminium quand je lui dis :

— Cadeau de Noël. (Il leva les sourcils.) J'ai un implant. Pas besoin de mettre ça.

— Oh, Lily, souffla-t-il en fermant les yeux pour savourer l'instant.

Il ressemblait à un scout à qui l'on vient de donner les ingrédients des S'more[1]. Je me demandai quand il allait saisir les autres implications de ce cadeau. Puis Jack se glissa sur moi et j'arrêtai d'y penser.

Nous étions enlacés dans le lit, une heure plus tard, après avoir fini par repousser le couvre-pieds, la couverture et les draps. Le drap-housse, lui au moins, semblait propre. Jack avait passé une jambe en travers des miennes, me procurant ainsi un sentiment de sécurité.

— Pourquoi tu es là ? demandai-je.

C'était à ce moment-là que Jack aimait parler.

— Lily, dit-il lentement, prenant plaisir à prononcer mon prénom. J'avais l'intention de venir te voir

1. Un S'more est un dessert populaire aux États-Unis, que l'on mange traditionnellement près d'un feu de camp, composé d'un carré de chocolat et de chamallow fondu entre deux biscuits. (*N.d.T.*)

ici. Je pensais que tu aurais peut-être besoin de moi, ou qu'au moins, ma présence t'aiderait.

Allongée face à lui, j'avais la tête nichée dans son cou tandis qu'il caressait ma colonne du bout d'un doigt. À ma grande horreur, je sentis mon nez s'humidifier et mes yeux se remplir de larmes. Je gardai le visage baissé. Une larme coula sur ma joue et, puisque j'étais allongée sur le côté, elle roula en suivant la courbe de ma narine, puis plus bas. La grande classe.

— Et alors Roy m'a appelé. Tu te souviens de Roy ?

Je hochai la tête pour qu'il la sente bouger.

De Roy Costimiglia, j'avais le souvenir d'un homme petit et gros avec des cheveux gris clairsemés, probablement proche de la soixantaine. On devait pouvoir passer devant lui dix fois dans la rue sans se rappeler l'avoir jamais vu. Roy était le détective avec lequel Jack avait effectué ses deux années d'apprentissage.

— Roy et moi on a discuté autour d'un dîner, un soir où sa femme n'était pas là. Il savait donc que je voyais une femme qui venait de Bartley. Il m'a appelé parce qu'il avait une nouvelle piste dans l'affaire sur laquelle il travaille depuis plus de quatre ans.

Je m'essuyai subrepticement le visage avec un coin de drap.

— Quelle affaire ?

Bon, ma voix ne tremblotait pas comme je l'avais craint.

— Summer Dawn Macklesby, répondit Jack, d'une voix aussi froide et sinistre que je lui connaissais. Tu te souviens de la petite fille qui a été enlevée ?

Et de nouveau, j'eus froid.

— J'ai seulement lu un petit résumé de l'histoire dans le journal.

— Comme beaucoup de gens, et quelqu'un a eu une réaction plutôt étrange. Le dernier paragraphe mentionnait que Roy travaillait pour la famille Macklesby depuis plusieurs années. Par le biais de Roy, les Macklesby ont épuisé toutes les pistes, vérifié chaque information, chaque rumeur, tout ce qu'ils ont pu trouver ces quatre dernières années... depuis qu'ils ont compris que la police abandonnait plus ou moins l'affaire. Les Macklesby espéraient obtenir une réponse grâce à l'article dans le journal, c'est pour ça qu'ils ont consenti à le faire. Ce sont vraiment de braves gens. Je les ai rencontrés. Bien sûr, ils sont décomposés depuis qu'elle a disparu... le bébé.

Jack m'embrassa sur la joue et resserra son étreinte autour de moi. Il savait que j'avais pleuré. Il n'allait pas me le faire remarquer.

— Quelle réponse y a-t-il eu à l'article, alors ? Un coup de fil ?

— Ceci.

Jack s'assit sur le bord du lit. Il déverrouilla sa mallette et en sortit deux feuilles de papier. La première, c'était une copie de l'article que j'avais vu dans le journal, avec un portrait bien triste des Macklesby aujourd'hui, et la vieille photo d'un bébé dans son siège auto. Les Macklesby semblaient avoir été mâchés par quelque chose puis recrachés : Teresa Macklesby tout particulièrement, hagarde, ses yeux paraissant avoir vu l'enfer. Le visage de son mari, Simon, était presque tendu sous la retenue, et il serrait le poing sur son genou.

Sur la deuxième feuille s'étalait une photo tirée du livre de souvenirs de l'école élémentaire de la ville, l'édition de l'année précédente : *La Bannière de*

Bartley, disait le titre, accompagné de la date, en haut de la page, page 23. La photo, placée sous le titre, était un agrandissement en noir et blanc représentant trois petites filles en train de jouer sur un toboggan. Celle qui glissait dessus, ses longs cheveux flottant derrière elle, était Eve Osborn. La petite qui attendait son tour au sommet du toboggan était Krista O'Shea, l'air bien plus heureux que ce que j'avais pu voir dans la réalité. La fillette qui montait l'échelle s'était tournée pour sourire à l'appareil photo, et j'eus le souffle coupé.

La légende disait : « Ces enfants de cours moyen profitent du nouveau terrain de jeux dont avait fait don, au mois de mars, la société des Pneus & Tracteurs de Bartley et Les Soudeurs du Comté de Choctaw. »

— C'était accroché avec un trombone à l'article du journal, expliqua Jack, dans une enveloppe qui portait le cachet de Bartley. Quelqu'un ici, en ville, pense que l'une de ces petites filles est Summer Dawn Macklesby.

— Oh, non.

Son doigt effleura le visage de la troisième fillette.

— La fille de Dill ? Anna Kingery ?

Je hochai la tête, avant d'enfouir mon visage dans mes mains.

— Ma chérie, je dois le faire.

— Pourquoi c'est toi qui es venu à la place de Roy ?

— Parce que Roy a eu une crise cardiaque il y a deux jours. Il m'a appelé de son lit d'hôpital.

Chapitre 4

— Est-ce qu'il va s'en remettre ?

— Je ne sais pas, répondit Jack.

Il était triste, furieux également, même si j'ignorais d'où pouvait venir cette colère. Peut-être de sa propre impuissance.

— Toutes ces années à manger n'importe comment sans faire aucun exercice… Mais le facteur principal, c'est qu'il avait déjà un mauvais cœur.

Je me redressai moi aussi et enlaçai Jack. Pendant un instant, il accepta le réconfort. Il posa la tête sur mon épaule et passa un bras autour de moi. J'avais retiré l'élastique de sa queue-de-cheval et je sentis ses longs cheveux noirs et doux contre ma peau. Mais alors il releva la tête et me regarda, nos visages à quelques centimètres l'un de l'autre.

— Je dois le faire, Lily. Pour Roy. Il m'a fait entrer dans sa boîte et il m'a formé. Si c'était n'importe qui d'autre, n'importe quel cas n'impliquant pas un enfant, j'aurais fermé les yeux car il s'agit de l'un de tes proches… mais là, je dois faire quelque chose.

Même si Anna Kingery se révélait bien être Summer Dawn Macklesby, même si la vie de Varena était ruinée. Je le regardai de nouveau et ne sus comment exprimer ce qui se passait dans ma tête.

— S'il a fait ça, reprit Jack après avoir déchiffré mes pensées silencieuses, tu ne pourrais de toute façon pas la laisser l'épouser.

Je hochai la tête, essayant toujours de me faire à ce coup au cœur. Malgré toutes les années passées l'une sans l'autre, malgré notre éloignement, Varena était ma sœur, et la seule personne au monde qui partageait, et qui se rappellerait toujours, notre vie familiale commune.

— Il faut que ce soit réglé avant le mariage, dis-je.

— Deux jours ? Trois ?

À vrai dire, je dus réfléchir.

— Trois.

— Merde, lâcha Jack.

— Qu'est-ce que tu as, jusqu'ici ?

Je m'écartai de lui et sa tête commença à s'affaisser sur ma poitrine, comme attirée par un aimant.

— Jack, il faut qu'on finisse cette discussion.

— Alors tu vas devoir te couvrir.

Il sortit son peignoir du minuscule placard et me le jeta. C'était celui qu'il emportait quand il voyageait, en soie rouge, et je l'enfilai en nouant la ceinture.

— C'est pas beaucoup mieux, dit-il après un regard approfondi. Mais va falloir faire avec.

Il enfila un tee-shirt et un caleçon. Il posa sa mallette sur le lit et, parce qu'il faisait un froid de canard dans cette chambre de motel lugubre, nous rampâmes de nouveau sous les couvertures et nous adossâmes au mur.

Jack mit ses lunettes de lecture, un modèle en demi-lune qui le rendait encore plus sexy. Je ne savais pas depuis quand il s'en servait, mais il ne les portait devant moi que depuis peu. Pour la première fois, je n'en appréciai pas vraiment l'effet.

— Au début, pour découvrir qui étaient les trois petites filles, Roy a engagé Tante Betty.

— Qui ça ?

— Tu n'as pas encore rencontré Tante Betty. C'est une autre détective privée qui vit à Little Rock. Elle est extraordinaire. La cinquantaine, les cheveux teints, châtains, l'air le plus respectable du monde. Elle ressemble à la Tante Betty de tout le monde. En réalité, elle s'appelle Elizabeth Fry. Les gens lui disent des choses pas croyables, parce qu'elle ressemble à... eh bien, leur tante ! Et bon sang, cette femme sait écouter !

— Pourquoi Roy l'a envoyée elle, plutôt que toi ?

— Eh bien, surprise, mais dans certaines situations, je me fonds moins bien dans le décor qu'une Tante Betty. Je convenais pour le boulot de Shakespeare parce que j'ai le physique pour travailler dans un magasin de sport, mais pas celui pour demander des noms de petites filles dans une toute petite ville sans avoir de problème. N'est-ce pas ?

J'essayai de ne pas rire. C'était vrai, indéniablement.

— C'est donc le genre de boulot pour lequel Elizabeth est parfaite. Elle a cherché qui imprimait la majorité des livres de souvenirs scolaires de l'État, elle est allée les voir, leur a dit qu'elle venait d'une école privée et qu'elle cherchait un imprimeur. Le type lui a donné toutes sortes d'exemples et d'échantillons qu'elle allait pouvoir montrer au comité des parents.

Jack semblait attendre que je reconnaisse ostensiblement l'ingéniosité de Tante Betty, et je hochai donc la tête.

— Ensuite, reprit-il, Betty est allée voir la directrice de l'école primaire de Bartley, lui a montré tous les échantillons de livres de souvenirs qu'elle avait, et lui a raconté qu'elle travaillait pour une société d'imprimerie qui pouvait leur faire une offre compétitive pour leurs prochains livres de souvenirs.

— Et ?

— Et ensuite, elle a demandé à voir le livre de souvenirs de cette année et a remarqué la photo du toboggan ; elle a demandé à la directrice qui était le photographe car sa société pouvait avoir besoin de lui. Betty s'est dit que le cliché était suffisamment bon pour justifier le mensonge.

Je secouai la tête. Betty devait être quelqu'un de persuasif, de totalement respectable et absolument pas menaçant. Je connaissais la directrice de l'école, Beryl Trotter, depuis près de quinze ans, et c'était loin d'être une idiote.

— Quelle est l'importance d'avoir le livre entier ? demandai-je.

— Parce que dans le pire des cas, on aurait comparé tous les visages de la classe jusqu'à trouver ceux-là et connaître leur identité. Ou bien Betty serait allée voir celui qui a pris la photo et lui aurait fait la conversation jusqu'à ce qu'il lui révèle qui sont les fillettes. Mais il s'est avéré que Mme Trotter a invité Betty à prendre un café et que Betty a obtenu d'elle tout ce qu'elle voulait savoir.

— Le nom des petites ? De leurs parents ? Tout ?

— Ouais.

C'était légèrement effrayant.

— Donc, une fois qu'on avait les noms des parents, on a pu faire des investigations de fond sur les O'Shea, puisqu'il est pasteur et qu'ils ont plusieurs annuaires professionnels qui proposent des petites biographies. Dill aussi, parce que les pharmaciens ont une association d'État. Pleine à craquer d'informations. Pour les Osborn, c'était plus difficile. Tante Betty a dû aller au magasin de meubles, prétendre qu'elle venait tout juste de s'installer et qu'elle cherchait une nouvelle table. C'était risqué. Mais elle a réussi à parler à Emory, à découvrir certaines choses sur lui et à s'en aller sans donner d'adresse en ville ni mentionner de famille dans le coin sur qui ils auraient pu se renseigner.

— À ce moment-là, tu connaissais donc les noms des fillettes et de leurs parents, ainsi que quelques détails sur leurs familles.

— Exact. Ensuite on a fait de plus amples recherches sur ordinateur et j'ai commencé à me déplacer.

Je me sentais submergée. Je n'avais jamais évoqué sérieusement avec Jack son activité. Je n'avais jamais vraiment réalisé que l'une des compétences premières pour un bon détective privé était la capacité à mentir de manière convaincante et sans hésitation. Je m'écartai légèrement de lui. Il prit quelques feuilles dans sa mallette.

— Voici un tirage amélioré par ordinateur de Summer Dawn telle qu'elle devrait être aujourd'hui, déclara-t-il, apparemment inconscient de ma détresse. Bien sûr, on n'a des photos d'elle enfant uniquement. Qui sait si c'est vraiment fidèle ?

Je regardai la photo. Ça ressemblait à quelqu'un, certes, mais ç'aurait pu être n'importe laquelle des petites filles. Je me mis en tête que le tirage ressemblait plus à Krista O'Shea, car il avait gardé les joues dodues de Summer Dawn, comme sur le cliché de bébé que le journal avait imprimé.

— Je croyais que ce genre de choses était censé être vraiment précis, dis-je. Ce tirage n'évoque rien, est-ce parce qu'elle était bébé quand elle a disparu ?

— En partie. Et aucune des photos de Summer Dawn n'était assez bonne pour être utilisée. Les Macklesby ont pris moins de photos d'elle que de leurs deux autres enfants, parce que Summer Dawn était la troisième, et on ne prend jamais autant de photos du troisième que des deux premiers. Celle qui était dans le journal était vraiment la meilleure qu'ils avaient. Ils avaient pris un rendez-vous pour faire photographier Summer Dawn la semaine où elle a été enlevée.

Je n'avais pas envie de penser à ça. Je soulevai le tirage fait par ordinateur et observai les trois autres photos. Sur la deuxième, c'était le même visage, mais encadré de longs cheveux raides. La troisième représentait une version de Summer un peu moins dodue, avec les cheveux courts et ondulés. Il y en avait une quatrième, sur laquelle elle avait des cheveux mi-longs et portait des lunettes.

— L'une de ses sœurs est myope, expliqua Jack. Huit ans.

— Elle a des sœurs ?

Je gardai une voix neutre. Ou j'essayais, du moins.

— Oui. Deux. Elles ont quatorze et seize ans, maintenant. Des adolescentes, avec des murs couverts de posters de musiciens dont je n'ai jamais entendu parler. Des penderies bourrées de fringues. Des petits copains. Et une petite sœur dont elles ne se souviennent absolument pas.

— Les Macklesby doivent avoir de l'argent.

Payer un détective privé pendant toutes ces années devait coûter très cher, sans compter les services supplémentaires de Jack et de Tante Betty.

— Ils sont aisés, oui. Simon Macklesby s'est jeté à corps perdu dans le travail après l'enlèvement. Il est associé dans une entreprise de fournitures de bureau qui a décollé depuis que les bureaux sont informatisés. Sans parler de leur richesse, les Macklesby ont eu de la chance de tomber sur Roy plutôt que sur quelqu'un qui les aurait fait casquer. Il y a eu des mois entiers où il n'avait rien à leur montrer, rien à faire. Certains types… et certaines femmes… n'auraient pas hésité à inventer des éléments pour étoffer le dossier.

C'était un soulagement de découvrir que Roy était aussi honnête que je l'avais toujours pensé, au-delà de l'admiration évidente que lui vouait Jack et malgré les mensonges créatifs de Tante Betty. Il y avait une différence, Dieu merci, entre le fait de mentir au boulot et être capable d'établir de véritables relations avec les gens dans la vie réelle.

— Qu'est-ce que tu *sais* ? lui demandai-je, d'une voix qui trahissait finalement ma peur.

— Je sais que la petite fille des O'Shea a été adoptée, du moins c'est ce dont se souviennent leurs anciens voisins à Philadelphie.

Je repensai au léger changement d'expression de Jess O'Shea quand je lui avais demandé si le gros hôpital avait été différent de la petite clinique de Bartley.

— Tu as été en Pennsylvanie ?

— Leurs voisins de Philadelphie étaient séminaristes comme Jess, donc naturellement, ils se sont éparpillés. Je me suis servi d'autres détectives privés en Floride, dans le Kentucky et en Indiana. D'après eux, le couple s'est arrangé pour adopter le bébé de la sœur d'un autre séminariste. Les O'Shea avaient reçu un bilan plutôt décourageant d'un spécialiste de la fertilité, à Philadelphie. La sœur devait abandonner le bébé car elle était à un stade avancé du sida. Sa famille ne voulait pas de l'enfant car ils pensaient que ce dernier serait certainement porteur de la maladie. Le bébé avait été testé négatif, mais ça ne changeait rien. En fait, le couple que j'ai moi-même interrogé dans le Tennessee est toujours convaincu que la petite fille a été « porteuse » du virus, malgré les tests.

Je secouai la tête.

— Comment tu te débrouilles pour amener les gens à te dire ça ?

— Je suis persuasif, au cas où tu ne l'aurais pas remarqué.

Il me caressa la jambe et me jeta un regard lascif. Puis il retrouva son sérieux.

— Alors pourquoi est-ce que les O'Shea sont toujours sur ta liste ?

— D'abord, parce que Krista O'Shea est sur la photo qu'a reçue Roy. Ensuite, peut-être que ce n'est pas la même fillette que celle qu'ils avaient adoptée.

— Quoi ?

— Et si les tests étaient erronés ? Et si cet enfant était bien né avec le sida, ou mort d'une autre cause ?

Et si Lou O'Shea avait enlevé Summer Dawn pour la remplacer ? Et si les O'Shea l'avaient achetée ?

— Ça me semble complètement farfelu ! Ils étaient là-bas à Philadelphie pendant au moins plusieurs mois après avoir adopté Krista. Summer Dawn a été enlevée à Conway, c'est ça ?

— Oui. Mais les O'Shea ont des cousins qui vivent dans la région de Conway, des cousins auxquels ils ont rendu visite quand Jess a fini son séminaire. Les dates coïncident. Je ne peux donc pas totalement les exclure. Dans les circonstances, c'est possible. S'ils ont acheté Summer Dawn à quelqu'un qui l'a enlevée, ils savaient que c'était illégal. Ils ont peut-être prétendu que le bébé était celui qu'ils avaient adopté.

— Et Anna ? demandai-je vivement.

— Judy Kingery, la première femme de Dill, était une malade mentale.

Je me tournai pour dévisager Jack.

— Son accident de voiture était presque sans aucun doute un suicide.

Il leva ses yeux clairs noisette vers moi par-dessus ses lunettes.

— Oh, pauvre Dill.

Pas étonnant qu'il ait pris son temps pour sortir avec Varena. Il devait être particulièrement prudent après un mariage aussi atroce, sous le joug d'une femme, après avoir été élevé par une mère qui n'était pas exactement ce qu'on pouvait qualifier de saine d'esprit.

— On ne peut pas être sûrs que sa femme n'ait pas fait quelque chose de fou. Peut-être qu'elle a tué son propre bébé et qu'elle a volé Summer Dawn pour le remplacer. Les Kingery vivaient à Conway au moment de la disparition. Peut-être que Judy Kingery s'est emparée de Summer Dawn et a raconté à Dill une histoire incroyablement convaincante.

— Tu es en train de dire... qu'il se pourrait que Dill n'ait rien su ?

Jack haussa les épaules.

— C'est possible, répondit-il, mais sans grande conviction.

Je laissai échapper un profond soupir de nervosité.

— OK. Eve Osborn.

— Les Osborn viennent d'une petite ville à environ quinze kilomètres de Conway. Lui travaillait dans un magasin d'ameublement depuis qu'il avait quitté la fac. Meredith Osborn n'a même pas fait une année complète à la fac avant de l'épouser. Emory Ted Osborn...

Jack lisait à travers ses lunettes une page remplie de notes.

— Emory vend des meubles et des appareils au Makepeace Furniture Center. Oh, je te l'ai déjà dit quand je t'ai raconté que Betty était allée le voir là-bas.

Le Makepeace Furniture Center était ce qu'il y avait de mieux à Bartley. Il vendait uniquement de l'équipement haut de gamme. Situé sur la grande place, il s'était progressivement étoffé en investissant deux ou trois bâtiments contigus.

— Est-ce qu'Emory a un casier judiciaire ?

Jack secoua la tête.

— Aucun des deux.

— Il y a certainement quelque chose qui exclut Eve Osborn ?

— Tu la connais ?

— Oui. Les Osborn sont les propriétaires de la petite maison dans laquelle vit ma sœur. C'est juste à l'arrière de leur maison.

— Je suis passé devant en voiture. Je n'avais pas réalisé que c'était ta sœur qui louait le petit cottage.

— Tu savais que Meredith Osborn garde Anna et Krista ensemble, de temps en temps ? J'ai rencontré la mère et la petite fille, Eve, quand je suis passée chez Varena il y a deux jours.

— Qu'est-ce que tu en as pensé ?

— Ils viennent d'avoir un bébé, une fille. Mme Osborn doit faire la taille d'une gamine de douze ans, elle a l'air assez gentille. Eve est... eh bien, peut-être un peu timide. Toute menue, comme sa mère. Je n'ai pas rencontré Emory.

— Il est petit aussi, mince et blond. Il a vraiment ce teint clair, les yeux bleu pâle, les cils invisibles. On dirait qu'il n'a toujours pas atteint l'âge de se raser. Très réservé. Il sourit beaucoup.

— Donc, où est née Eve ?

— C'est pour ça que je ne peux pas les éliminer. Eve est née chez eux, déclara Jack, les deux sourcils haussés au maximum.

— C'est Emory qui l'a mise au monde. Il avait suivi une formation médicale. Apparemment, le bébé est arrivé trop vite pour qu'ils aient le temps d'aller à l'hôpital.

— Meredith a eu son bébé chez elle ?

Même si je savais qu'historiquement, les femmes avaient accouché à la maison pendant des siècles avant d'aller à l'hôpital, l'idée me choqua quelque peu.

— Ouais.

Le visage de Jack exprimait un tel dégoût que je me surpris à espérer qu'il ne se retrouve jamais coincé dans un ascenseur en panne avec une femme enceinte.

Nous restâmes blottis dans le lit et dans notre chaleur mutuelle un moment, en continuant de parler de l'affaire sans vraiment avancer. Je n'arrivais pas à me sortir tout ça de la tête et je ne pouvais pas empêcher Jack d'enquêter, que je trouve cela juste… ou non. J'éprouvais une immense pitié pour les parents angoissés qui cherchaient leur enfant depuis tant d'années, et j'avais de la peine pour ma sœur, dont la vie allait potentiellement être anéantie dans les trois jours précédant son mariage. Mais là encore, je ne pouvais rien faire pour changer les résultats de l'enquête de Jack.

La journée avait été longue.

Je repensai au spectacle dans le bureau du médecin, les ravages qu'on avait faits sur les deux vieux bourreaux de travail dans leur cabinet vétuste.

J'enroulai mes bras autour de mes genoux et parlai à Jack du Dr LeMay et de Mme Armstrong. Il m'écouta avec attention et me posa tant de questions que je ne pus répondre à toutes.

— Est-ce que tu penses que ça peut avoir un lien avec ton enquête ? demandai-je.

— Je ne vois pas comment. (Il retira ses lunettes et les posa sur la table de nuit.) Mais c'est une sacrée coïncidence qu'ils soient assassinés cette semaine, tout juste quand j'arrive sur les lieux, pile au moment où il y a une évolution dans l'affaire Macklesby. J'ai essayé d'être le plus discret possible, mais tôt ou tard, dans une ville de cette taille, tout le monde saura la raison de ma présence ici. Tu me fournis une couverture pour l'instant, mais ça ne va pas durer si je pose les mauvaises questions.

Je jetai un coup d'œil à la montre de Jack et me glissai hors du lit. La pièce me sembla encore plus glaciale après m'être réchauffée dans les bras de Jack. J'aurais adoré rester allongée à ses côtés cette nuit, mais malheureusement, c'était impossible.

— Je dois y aller, dis-je en remettant mes vêtements et en essayant de leur rendre l'allure convenable qu'ils avaient un peu plus tôt.

Jack sortit du lit à son tour, mais moins rapidement.

— J'imagine que tu n'as pas le choix, dit-il en hasardant une moue mélancolique.

— Tu sais que je dois rentrer dormir chez eux ce soir, répliquai-je, mais sans sécheresse.

Il avait remis son pantalon. J'étais en train d'enfiler ma veste quand il commença de nouveau à m'embrasser. J'essayai de le repousser lors de sa première tentative, mais à la seconde, je passai mes bras autour de lui.

— Maintenant que tu as un implant et que je n'utilise plus de préservatif, je sais que tu as compris que je ne couche qu'avec toi, me dit-il.

Ça voulait dire autre chose, aussi.

— Ah… ça veut dire que moi non plus, je ne couche avec personne d'autre, lui rappelai-je.

Après un silence lourd de sens, il me serra si fort contre lui que je ne pouvais plus respirer, et il émit un son inarticulé. Soudain, je sus que l'on ressentait exactement la même chose – le temps d'une seule seconde, un éclair, mais un éclair si brillant qu'il m'aveugla.

Puis nous nous séparâmes très vivement, comme dans un sursaut, effrayés par cette intimité. Jack se détourna pour enfiler sa chemise ; je m'assis pour glisser mes pieds dans mes chaussures. Je passai une main dans mes cheveux et vis que j'avais oublié un bouton.

Le trajet du retour se fit en silence, le froid nous mordant les os à travers nos vêtements. Quand Jack s'engagea dans l'allée, je vis une lumière briller dans le salon, au milieu du décor sombre. Il se pencha pour me déposer un rapide baiser et je fus dehors en un clin d'œil, traversant en courant la pelouse gelée pour atteindre la porte d'entrée.

Je verrouillai la porte derrière moi et me dirigeai vers la grande fenêtre. Par le petit triangle qui n'était pas encombré par le sapin de Noël, je vis la voiture de Jack reculer et reprendre la direction du motel. Ses draps devaient avoir gardé mon odeur.

Une fois dans ma chambre, dans laquelle ma mère avait laissé une lampe allumée, je me déshabillai lentement. Il était trop tard pour prendre une douche ; je risquerais de réveiller mes parents, sauf s'ils ne dormaient pas pour s'assurer que j'étais bien rentrée, comme ils le faisaient quand j'étais ado. Sans compter toutes les nuits blanches que je leur avais fait subir.

Je songeai, presque sans en avoir conscience, à Teresa et Simon Macklesby. Combien de bonnes nuits de sommeil avaient-ils réussi à passer au cours des huit années depuis lesquelles leur fille avait disparu ?

Les meurtres du médecin et de son infirmière, la tension du dîner de répétition et le choc de toutes les révélations de Jack auraient dû me maintenir éveillée. Mais ce moment passé avec Jack m'avait vidée de toute énergie. Je réalisai avec une certaine surprise que même si nous n'avions pas fait l'amour, je me serais sentie mieux. Je rampai sous mes couvertures, me tournai sur le côté, glissai une main sous l'oreiller et m'endormis immédiatement.

Le lendemain, lavée et habillée, je m'apprêtais à aller prendre un café et mon petit déjeuner. J'avais fait quelques abdominaux et quelques mouvements de jambes dans ma chambre pour ne pas avoir l'impression de me traîner toute la journée. Mes parents étaient tous deux à table, le journal ouvert devant eux, quand je sortis une tasse d'un placard.

— Bonjour ! lança ma mère avec un sourire.

Mon père grogna et fit un signe de la tête.

— Comment s'est passée ta soirée ? hasarda ma mère quand je m'installai face à eux.

— Bien, répondis-je.

Ma tartine sauta dans le grille-pain et je la déposai sur une assiette.

Papa me regarda par-dessus ses lunettes.

— Tu es rentrée tard, fit-il remarquer.

— Oui.

— Depuis quand sors-tu avec cet homme ? Ta mère m'a dit qu'il était détective privé ? Est-ce que ce n'est pas un peu dangereux ?

Je répondis à la question la plus prudente.

— Je sors avec lui depuis quelques semaines.

— Tu crois que ça pourrait devenir sérieux ?

— C'est ce que je me dis, parfois.

Mon père me regarda avec une sorte d'exaspération.

— Bon, qu'est-ce que ça veut dire ?

— Je pense que ça veut dire qu'elle n'a plus envie de répondre à des questions, Gerald, intervint Maman.

Elle se frotta l'arête du nez avec le pouce et l'index, cachant un petit sourire.

— Un père a besoin de connaître les hommes qui fréquentent sa fille, expliqua mon père.

— La fille en question a trente-deux ans, lui rappelai-je en essayant de garder une voix douce.

Il secoua la tête.

— Impossible. Ça voudrait dire que je suis *vieux*, bon sang de bonsoir ?!

Nous nous mîmes tous à rire et l'embarras disparut.

Papa se leva pour aller se raser, suivant sa routine immuable du matin. Il passa de nouveau la tête par la porte à l'instant où je mordais dans ma tartine.

— Ça gagne sa vie, un détective privé ? demanda-t-il en repartant à la hâte, avant que je ne me mette à rire ou à lui jeter ma tartine au visage.

— Le journal dit, commença ma mère quand j'eus fini mon café, que Dave LeMay et Binnie Armstrong ont été tués juste avant que vous les trouviez, avec Varena.

— C'est ce que je pensais, dis-je après une pause.

— Vous les avez touchés ?

— Varena, oui. C'est elle l'infirmière, dis-je, rappelant à ma mère que je n'étais pas la seule à être présente quand des choses horribles se produisaient.

— C'est vrai, admit lentement ma mère, comme quelqu'un à qui l'on vient de faire une révélation et qui hésite à en tirer fierté ou consternation. Elle a tout le temps affaire à ce genre de situation.

— Et de pires encore.

Il fut un temps où Varena m'avait fait une description imagée d'un motard qui avait tendu le bras au mauvais moment et qui était arrivé sans à l'hôpital. Un passant avait eu la présence d'esprit de l'envelopper dans la couverture de son chien et de l'amener à l'hôpital. J'avais vu des choses atroces... peut-être tout aussi atroces... mais je ne pensais pas que j'aurais été apte à les gérer calmement. Varena avait été tout excitée – pas par la crise, mais par la réaction efficace de son équipe.

Évidemment, elle n'évoquait pas certains aspects de son métier d'infirmière, du moins pas avec ma mère.

— Je ne me suis jamais vraiment représenté son boulot de cette manière.

Maman semblait songeuse, comme si elle voyait sa plus jeune fille différemment.

Je parcourus les dessins humoristiques du journal pendant une ou deux minutes, puis l'article d'Ann Landers, l'horoscope, les mots mêlés, les jeux des sept erreurs. Je n'avais jamais le temps de les faire, à la maison. Dieu merci.

— Quel est le programme, aujourd'hui ? demandai-je sans ressentir la moindre trace d'excitation.

Le plaisir de savoir Jack en ville s'était atténué, laissant la place à l'angoisse : j'étais rongée par ses soupçons.

— Oh, il y a les cadeaux chez Grace cet après-midi, mais ce matin, il faut qu'on passe chez Corbett récupérer deux ou trois dernières choses qu'ils ont enfin reçues.

Corbett était la boutique principale de cadeaux à Bartley. Chaque future mariée se revendiquant d'une certaine classe sociale se rendait chez Corbett pour inscrire les modèles de porcelaine et d'argenterie souhaités, et aussi pour spécifier la gamme des couleurs qui conviendraient à la future cuisine et la future salle de bains de la mariée. Corbett vendait aussi de petits appareils ménagers, des ustensiles de cuisine coûteux et du linge de maison. De manière générale, les listes des mariées englobaient la totalité. Varena et moi avions toujours appelé ceci la liste « Oui, je le veux ».

Deux heures plus tard – deux longues heures ennuyeuses – nous étions dans la voiture de Varena, sur le parking de la grande place. La vieille poste tombait en ruine d'un côté, tandis que le palais de justice, planté au milieu d'un gazon ultra soigné, était recouvert de guirlandes de Noël. Contrairement à Shakespeare, Bartley restait attachée à sa crèche, même si je n'avais jamais rien trouvé de spirituel dans le fait de disposer de petites figurines en plastique dans une caisse en bois. Les chants joyeux résonnaient sans fin dans les haut-parleurs installés autour de la place et tous les commerçants avaient décoré leur vitrine avec de la neige artificielle et des guirlandes de couleur.

S'il était encore possible de ressentir la moindre émotion religieuse en cette période, eh bien tout ce boniment m'en avait totalement empêchée ces trois dernières années tant il m'avait assommée !

Je fus soulagée de voir Varena appuyer sur le bouton « verrouiller » de la clef de sa voiture, et cette dernière émit le petit bruit correspondant. Naturellement, tout le monde se tourna vers le véhicule à ce moment-là, une réaction stupide mais naturelle, et il fut presque trop tard quand j'aperçus l'homme en train de courir.

Il se précipitait vers nous, surgi de nulle part, la main déjà tendue pour s'emparer du sac de ma mère, que celle-ci avait nonchalamment calé sous son bras droit.

Avec un élan de plaisir indéniable, je plantai fermement ma jambe gauche au sol, levai le genou droit et lançai mon pied en visant sa mâchoire. Dans la vraie vie (par opposition au cinéma), les coups hauts sont risqués et épuisants ; le genou et l'aine sont des cibles beaucoup plus sûres. Mais c'était l'occasion d'en administrer un, et je la saisis. Grâce à mes heures et mes heures d'entraînement, mon cou-de-pied heurta précisément sa mâchoire et il chancela. Je lui en donnai un second alors qu'il s'effondrait, même si l'impact ne fut pas aussi efficace. J'avais accéléré sa chute au lieu de l'esquinter davantage.

Il parvint à atterrir sur ses genoux ; je saisis son bras droit et le lui tordis brusquement dans le dos. Il hurla en tombant sur le trottoir et je maintins son bras ainsi, à un angle que je savais extrêmement douloureux. Je me trouvais sur sa droite, hors de portée de sa main gauche si, par hasard, il parvenait à se relever suffisamment pour m'attraper la cheville.

— Je vous casse le bras si vous bougez, lui dis-je.

Il me crut sur parole et resta immobile sur le trottoir, cherchant à reprendre son souffle – et à vrai dire, il sanglotait.

Je relevai les yeux et découvris ma mère et ma sœur, le regard braqué, non sur leur assaillant, mais sur moi, avec une stupeur qui leur donnait une expression quelque peu ridicule.

— Appelez la police, les incitai-je.

Varena eut une sorte de sursaut et se précipita chez Corbett. Elle passait beaucoup de coups de fil à la police, ces jours-ci. Période faste pour les sœurs Bard.

L'homme que j'avais mis à terre était petit, trapu, la peau sombre. Il portait un manteau en lambeaux et sentait mauvais. Je supposai qu'il s'agissait probablement de l'homme qui avait arraché son sac à Diane Dykeman deux jours plus tôt.

— Laisse-moi me relever, pouffiasse ! rugit-il une fois qu'il eut recueilli assez de salive pour parler.

— Restez poli, dis-je d'une voix rauque.

Je tirai son bras vers le haut d'un coup sec et il poussa un cri.

— Oh, Lily, haleta ma mère. Oh, chérie. Est-ce que tu es obligée de… ?

Sa voix s'estompa tandis que je relevais les yeux vers elle.

— Oui, répondis-je. Je suis obligée.

Une sirène retentit derrière moi. L'officier de patrouille devait se trouver à deux rues de là quand il avait reçu l'appel, et il avait donc enclenché la sirène. Je faillis relâcher ma prise. « Police de Bartley » était imprimé sur la voiture, en arc au-dessus du symbole de la ville – une sorte de méli-mélo compliqué de coton et de tracteurs. Sous le symbole s'étalait le mot « Chef » en grosses lettres centrées.

— Qu'est-ce qu'on a là ? demanda l'homme en uniforme en posant le pied sur le trottoir.

Il avait des cheveux bruns et une moustache bien nette. Il était mince, à l'exception d'une curieuse bedaine qui lui donnait l'air d'une femme enceinte de cinq mois. Il observa l'homme sur le trottoir, et ma prise de maintien.

— Salut, Lily, dit-il après avoir analysé la situation. Qu'est-ce que tu as là ?

— Chandler ? dis-je en regardant attentivement son visage d'un air interrogateur. Chandler McAdoo ?

— En chair et en os, affirma-t-il d'une voix traînante. Tu as attrapé un voleur à la tire ?

— On dirait bien.

— Bonjour, madame Bard, reprit-il en adressant un signe de tête à ma mère, qui lui répondit de manière instinctive.

J'observai son expression choquée en songeant que rien ne pourrait l'aider à se sentir mieux pendant un petit moment. Être la victime d'un crime aléatoire était une expérience marquante.

Chandler McAdoo avait été mon partenaire de labo au lycée, un semestre mémorable. Je me souvenais d'une fois où, un couteau à la main – ou peut-être un scalpel, je ne me rappelais pas – j'avais failli jouer la dégoûtée, quand Chandler m'avait regardée droit dans les yeux pour me dire que j'étais une créature faible et inutile si j'étais incapable de faire une petite entaille sur une grenouille morte.

Je m'étais dit qu'il avait raison, et j'avais coupé.

Ce n'était pas le seul défi que Chandler m'avait lancé, mais c'était le seul que j'avais relevé.

Chandler se pencha en avant avec ses menottes et, d'un geste entraîné, les passa à mon prisonnier avant que ce dernier comprenne ce qui lui arrivait. Je me relevai, avec l'aide courtoise du chef Chandler et, tandis que je lui expliquais la situation, il remit l'homme menotté sur ses pieds et le poussa vers la voiture de patrouille.

Il m'écouta puis passa un appel radio.

J'observai attentivement chacun de ses mouvements, incapable de reconnaître chez cet homme, ce chef de police à la coupe de cheveux sévère et aux yeux froids, le garçon qui se saoulait avec moi en écoutant jouer les Rebel Yell.

— Tu penses qu'il venait d'où ? demanda Chandler, comme si ça n'avait finalement pas grande importance.

Ma mère était en train de se faire réconforter, à l'intérieur du magasin, par Varena et les vendeurs.

— Il devait être là, estimai-je en pointant du doigt la petite ruelle enclavée entre le magasin de meubles et chez Corbett. C'est le seul endroit où il aurait pu se cacher sans qu'on le voie.

C'était une ruelle étroite, et même à quelques pas de l'entrée, on n'aurait pu deviner sa présence.

— Où se trouvait Diane Dykeman quand on lui a volé son sac ? repris-je.

Chandler me jeta un coup d'œil.

— Elle était tout près de la pharmacie de Dill, à deux pâtés de maison, répondit-il. Le voleur s'est enfui par une ruelle et on n'a pas réussi à le suivre. Je ne vois pas comment on a pu manquer ce type, mais j'imagine qu'il a pu se cacher jusqu'à ce qu'on fouille la ruelle derrière le magasin. Tu n'imagines pas le nombre de petites niches et de planques qu'il y a dans cette partie du centre-ville.

Je hochai la tête. Étant donné que le centre-ville de Bartley avait plus de cent cinquante ans, au cours desquels les entreprises de la place avaient tour à tour prospéré et fait faillite, je voulais bien le croire sans problème.

— Ne bouge pas, dit Chandler avant se diriger à grands pas vers la ruelle.

Je soupirai et lui obéis. Je regardai ma montre une fois ou deux. Il s'absenta sept minutes au total.

— Je pense qu'il dormait là-bas, déclara Chandler quand il réapparut sur le trottoir.

Soudain, mon pote du lycée était exalté et il n'avait plus rien d'un flic-de-village-ramollo.

— Je n'ai pas trouvé le sac de Diane, mais il y a quelques emballages et des tas de guenilles.

Chandler avait cet air de quelqu'un qui ménage sa chute. Il se pencha à l'intérieur de sa voiture et utilisa de nouveau sa radio.

— Je viens d'appeler Brainerd, celui qui a répondu à l'appel pour l'affaire des meurtres, m'expliqua-t-il après s'être redressé. Viens voir.

Je suivis Chandler dans la ruelle. Nous arrivâmes à la jonction en forme de T, où cette petite allée en rejoignait une plus grosse qui courait derrière les immeubles, à l'ouest de la place. Je distinguai un carton de réfrigérateur coincé dans une niche derrière quelques touffes d'herbe qui avaient péniblement réussi à pousser entre les fissures de la chaussée accidentée. Chandler m'indiqua du doigt un long tuyau rouillé qui était à peine visible du carton, comme je l'avais supposé. Le cylindre avait été placé sur un tuyau d'écoulement qui, autrefois, partait du toit plat du magasin de meubles pour rejoindre la gouttière, et sa position l'aurait rendu invisible s'il n'avait pas été décoloré à une extrémité. Le tuyau, d'une longueur d'environ soixante-dix centimètres et d'un diamètre de cinq centimètres, était plus sombre d'un côté que de l'autre.

— Des traces de sang ? dit Chandler. Je pense à Dave LeMay…

J'observai de nouveau le tuyau avant de comprendre. L'homme qui avait peut-être sauvagement assassiné le médecin et son infirmière s'était trouvé à *ça* de ma *mère*. Pendant une seconde, furieuse, je regrettai de ne pas l'avoir frappé plus violemment et plus longtemps. J'aurais pu lui casser le bras, ou lui enfoncer le crâne si facilement, quand je le tenais sur le trottoir ! Je tournai les yeux vers l'entrée de la ruelle. Je pouvais à peine distinguer le profil de l'homme qui était assis dans la voiture de Chandler. Ce visage était absent. Une coquille vide.

— Va au magasin, Lily, me dit Chandler, décryptant peut-être trop facilement mon expression. Ta mère doit avoir besoin de toi, maintenant, et Varena aussi. On discutera plus tard.

Je pivotai sur mes talons et me hâtai de sortir de la ruelle puis entrai par la porte vitrée chez Corbett. Une clochette reliée à l'ouverture tinta et la petite foule qui se pressait autour de ma mère se tourna pour m'observer.

Il y avait un canapé situé à l'opposé du rayon « Mariage », sur lequel étaient exposées les sélections de porcelaine et d'argenterie de tous les jeunes mariés de la région. Maman était assise sur ce canapé, Varena à ses côtés, en train de lui expliquer ce qui s'était passé.

Une seconde voiture de police vint se garer sur le trottoir devant le magasin. Au milieu de toute cette agitation, des coups de téléphone et de la préoccupation qui se lisait sur le visage des femmes autour d'elle, ma mère retrouva progressivement ses couleurs et son sang-froid. Quand elle se fut assurée que Maman allait bien, Varena me prit à part et s'agrippa à mon bras.

— Bien joué, sœurette, dit-elle.

Je haussai les épaules.

— T'as fait du beau boulot, ajouta-t-elle.

Je faillis hausser de nouveau les épaules et détourner le regard. Mais, au lieu de ça, je risquai un sourire.

Et Varena me sourit à son tour.

— Hé, je déteste interrompre un moment de complicité entre sœurs, intervint Chandler en passant la tête à l'intérieur du magasin, mais je dois prendre vos trois dépositions.

Nous nous rendîmes donc tous au petit commissariat de Bartley, situé un pâté de maisons plus loin, pour rapporter les faits. L'incident s'était déroulé si vite et si simplement, une affaire de quelques secondes, que ça ne nous prit pas longtemps. Alors que nous repartions, Chandler nous rappela de passer au poste le lendemain pour signer nos déclarations.

Il me fit ensuite signe de rester. Je restai docilement en arrière, lui adressant un regard curieux. Il évita mon regard, intentionnellement ou non.

— Ils les ont jamais attrapés, Lily ?

La base de ma nuque me picota et se crispa.

— Non, répondis-je.

— Merde.

Et il retourna à grandes enjambées dans son minuscule bureau, l'équipement qu'il portait à sa ceinture donnant à chacun de ses pas une allure assurée. Je pris une profonde inspiration et me dépêchai de rejoindre Maman et Varena.

Nous devions tout de même retourner à la boutique de cadeaux Corbett. Les femmes Bard que nous étions n'allaient pas laisser un petit détail tel qu'une tentative de vol les empêcher d'accomplir la tournée qu'elles s'étaient fixée. Nous nous replongeâmes donc dans les préparatifs du mariage. Varena remplit sa corbeille des cadeaux qu'elle était venue récupérer, Maman reçut nombre de compliments quant au mariage imminent de ma sœur, on me donna de petites tapes dans le dos (quoi qu'avec quelque précaution) pour me féliciter d'avoir arrêté le voleur et, quand l'adrénaline finit par retomber... eh bien je retombai de nouveau dans l'ennui.

Nous rentrâmes à la maison pour ouvrir et enregistrer les cadeaux. Pendant que Maman et Varena racontaient à Papa notre virée qui s'était avérée plus excitante que prévu, j'errai sans but dans le salon et regardai par la grande baie vitrée de la façade. J'allumai les guirlandes électriques du sapin mais, en les voyant clignoter, je les éteignis aussitôt.

Je me demandai ce que Jack pouvait bien faire.

Je me surpris à penser au sans-abri que j'avais frappé. Je revis la rougeur de ses yeux, sa barbe de plusieurs jours, son allure négligée, je repensai à son odeur. Le Dr LeMay serait-il resté tranquillement assis à son bureau si un tel homme était entré dans son cabinet ? Je ne pense pas, non.

Et le Dr LeMay devait être mort le premier. S'il avait entendu Binnie Armstrong parler à un inconnu, Binnie se faire attaquer, il ne se serait *jamais* laissé surprendre dans cette position. Il se serait levé, aurait contourné son bureau et se serait débattu, malgré son âge. C'était un homme fier, un homme de classe.

Si ce triste spécimen s'était introduit dans le bureau du médecin alors que le cabinet était officiellement fermé, le Dr LeMay lui aurait désigné la porte, ou lui aurait dit de prendre rendez-vous, ou bien aurait appelé la police, ou encore, lui aurait conseillé de se tourner vers le médecin urgentiste qui venait tous les jours en voiture de Pine Bluff. Dave LeMay aurait renvoyé le sans-abri de toutes les manières possibles.

Mais il ne serait pas resté assis derrière son bureau.

L'intrus aurait eu le tuyau dans la main. Ce n'était pas dans le cabinet du médecin qu'il avait déniché un tuyau rouillé. Et si l'intrus était entré avec le tuyau, c'est qu'il avait *l'intention* de tuer le Dr LeMay et Mme Armstrong.

Je secouai la tête, le regard rivé de l'autre côté de la baie vitrée. Je n'étais ni un agent de police, ni un quelconque détective, mais plusieurs détails dans le scénario selon lequel le sans-abri serait le tueur ne collaient pas du tout. Et plus j'y réfléchissais, plus ça me semblait improbable : si l'homme avait tué le Dr LeMay et Mme Armstrong, pourquoi n'avait-il pas tout volé sur place ? L'horreur de ce qu'il venait de faire l'avait-elle amené à déguerpir avant d'avoir accompli son dessein ?

S'il était innocent, alors comment l'arme du crime – ce que Chandler McAdoo pensait être l'arme du crime – s'était-elle retrouvée dans la ruelle ? Si cet homme était suffisamment intelligent pour cacher le sac à main de Diane Dykeman, qu'il avait presque sans aucun doute volé, pourquoi n'avait-il pas été assez malin pour se débarrasser de la preuve d'un crime bien plus sérieux ?

Je vais te dire ce que j'aurais fait, moi, songeai-je. Si j'avais voulu commettre un crime et l'imputer à un tiers, j'aurais déposé l'arme juste à côté d'un sans-abri, noir qui plus est... quelqu'un sans la moindre attache dans la région, probablement sans alibi, et déjà fiché comme voleur à la tire.

Voilà ce que j'aurais fait.

La porte arrière du cabinet médical était verrouillée, me rappelai-je. Le meurtrier était donc entré par devant, tout comme Varena et moi. Il était passé devant le bureau dans lequel travaillait Mme Armstrong, et elle ne s'était *pas inquiétée*. Binnie Armstrong avait été retrouvée étendue dans l'encadrement de la porte : elle avait donc tranquillement continué ce qu'elle faisait dans le petit labo.

Donc. Le meurtrier – le tuyau à la main – entre dans le cabinet, qui est officiellement fermé. Il passe devant Binnie Armstrong, qui ne bouge pas. Puis l'assassin entre dans la pièce du Dr LeMay, regarde le médecin de l'autre côté de son bureau encombré et parle avec lui. Malgré le tuyau qu'il tient à la main, le médecin ne *s'alarme pas*.

Je sentis la chair de poule me parcourir les bras.

Sans préambule – puisque le Dr LeMay était toujours dans son fauteuil, qu'on avait retrouvé bien calé face à sa table – le meurtrier avait brandi le tuyau et frappé le médecin à la tête, encore et encore, jusqu'à ce qu'il ne ressemble plus à rien. Puis le tueur était retourné dans le couloir et, alors que Binnie sortait en courant du labo, inquiétée par les bruits atroces qu'elle venait d'entendre, il l'avait frappée à son tour… jusqu'à ce que mort s'ensuive.

Il était ensuite ressorti par la porte de devant et monté dans son véhicule… mais il devait certainement être couvert de sang ?

Je fronçai les sourcils. Voilà le hic. Même le plus angélique des hommes blancs ne pouvait pas sortir du cabinet d'un médecin en plein jour avec les vêtements barbouillés de sang, un tuyau ensanglanté à la main.

— Lily ? résonna la voix de ma mère. Lily ?

— Oui ?

— Je pensais que nous pourrions déjeuner tôt, puisque la réception a lieu cet après-midi.

— OK.

Je tentai de contrôler la torsion de mon estomac à l'idée de devoir manger.

— Le repas est servi. Je t'ai appelée deux fois.

— Oh. Désolée.

Alors que je plongeais avec réticence ma cuillère dans la soupe de bœuf préparée par ma mère, je tentai de reprendre le cours de mes pensées, mais j'en avais perdu le fil.

Et nous nous retrouvions tous ainsi, assis autour de la table de la cuisine, comme pendant tant d'années.

Soudain, cette scène me fit un effet incroyablement lugubre. *Et nous nous retrouvions tous ainsi*, tous les quatre.

— Excusez-moi, je dois aller marcher, dis-je en repoussant ma chaise.

Tous trois levèrent la tête vers moi, une moue de consternation familière apparaissant sur leurs lèvres.

Mais la contrainte avait été si forte que je ne pouvais désormais plus jouer mon rôle.

Je jetai mon manteau sur mes épaules, enfilai mes gants et sortis de la maison.

Le premier pâté de maisons fut un bonheur absolu. Même dans le froid glacial, dans le vent mordant, j'étais toute seule. Au moins, le soleil brillait, fade et hivernal, et je plissai les yeux de plaisir devant les couleurs pures des pins et des buissons de houx qui se découpaient sur le ciel bleu clair. Les branches des feuillus ressemblaient à de la dentelle sombre. Le gros chien de notre voisin me suivit en aboyant sur toute la longueur de son jardin, mais au-delà, il cessa de m'ennuyer. Je me souvenais que je devais hocher la tête quand des voitures passaient, ce qui n'était toutefois pas très fréquent à Bartley, même à l'heure du déjeuner.

Je tournai à un coin pour me trouver dos au vent et, peu de temps après, je passai devant l'église puis le presbytère dans lequel vivaient les O'Shea. Je me demandai si Luke, le tout-petit, laissait Lou dormir. Mais je n'arrivais plus à penser aux O'Shea sans revoir la photo que Roy Costimiglia avait reçue par courrier.

Celui qui avait envoyé ce cliché, qui que ce fût, savait laquelle des petites filles était Summer Dawn Macklesby. Cette photographie bien précise, jointe à cet article très précis, envoyés à l'intention du détective privé des Macklesby, avait pour but de mener Roy Costimiglia à une seule conclusion. Pourquoi l'expéditeur anonyme n'était pas allé un peu plus loin en entourant le visage de l'enfant ? Pourquoi cette ambiguïté ?

C'était un vrai casse-tête.

Évidemment… si l'on pouvait trouver l'identité de l'expéditeur… on pourrait découvrir la raison. Peut-être.

Bel esprit de déduction, Lily, me dis-je avec mépris, avant d'accélérer le pas. Une enveloppe brune qu'on pouvait acheter dans n'importe quel supermarché, une photo tirée d'un livre de souvenirs scolaires que des centaines d'élèves avaient acheté… eh bien, cette page devait maintenant manquer dans un exemplaire. Page 23, me rappelai-je, tant j'avais étudié attentivement celle qui se trouvait dans la mallette de Jack.

Bien entendu, c'était l'affaire de Jack, toute cette histoire. Une affaire que Jack était payé pour résoudre, qui plus est.

Mais j'avais besoin de connaître la réponse avant que Varena n'épouse Dill Kingery. Et il était évident que, même si Jack était un détective qualifié et obstiné, c'était moi la personne la plus en mesure d'obtenir des informations de l'intérieur, ici à Bartley.

J'essayai donc de trouver un moyen d'aider Jack, un indice que je pourrais découvrir pour lui.

Je n'arrivais pas à trouver la moindre foutue chose à faire.

Mais peut-être qu'une idée allait me venir.

Plus je marchais, mieux je me sentais. Je respirais plus facilement : la claustrophobie causée par la proximité de ma famille s'estompait.

Je jetai un coup d'œil à ma montre et me figeai sur place.

Il était l'heure de partir à la réception de Varena.

Heureusement, je ne m'étais pas éloignée du quartier et je ne me trouvais donc qu'à quelques pâtés de maisons de chez mes parents. Je repris rapidement le bon chemin et arrivai devant la porte d'entrée en quelques minutes. Ils ne l'avaient pas verrouillée, ce qui fut un soulagement. Je me précipitai dans ma chambre, me débarrassai de mon jean et de mon pull avant d'enfiler ma tenue pantalon noir-chemisier bleu-veste noire. Je vérifiai le lieu où se déroulait la réception et sortis à la hâte.

Je n'avais que dix minutes de retard.

Il s'agissait d'une animation sur le thème de la cuisine chez la meilleure amie de ma mère, Grace Parks. Grace vivait dans une rue bordée de grandes maisons et la sienne était l'une des plus imposantes. Elle avait une aide ménagère quotidienne et je parcourus l'intérieur d'un œil professionnel.

Même si Grace n'avait pas véritablement l'air ravi de me voir, les lignes qui entouraient sa bouche généreuse se détendirent quand elle m'aperçut. Elle me donna l'habituelle accolade, accompagnée d'une petite tape dans le dos légèrement trop vigoureuse, tout en m'annonçant que ma mère et ma sœur m'attendaient au salon. J'avais toujours aimé Grace, une blonde qui resterait blonde jusqu'au jour de sa mort. Grace semblait indestructible. Elle maquillait toujours ses yeux bruns, sa superbe silhouette ne s'était jamais affaissée (du moins en surface) et elle portait de magnifiques bijoux en toute occasion.

Elle m'installa sur une chaise qu'elle avait réservée à côté de ma mère et répondit à la question de l'une des invitées tout en me glissant un stylo et un bloc-notes dans la main. Je regardai ce dernier avec des yeux vides jusqu'à ce que je comprenne qu'on m'avait attribué la tâche de lister les cadeaux et leurs expéditeurs.

J'adressai à Maman un sourire prudent, qu'elle me rendit. Varena me jeta un regard composé, l'irritation et le soulagement s'y mêlant à parts égales.

— Désolée, chuchotai-je.

— Tu es là, dit ma mère d'une voix calme et prosaïque.

J'adressai un signe de tête aux femmes assises en cercle dans l'immense salon de Grace, et reconnus la plupart de celles qui étaient également présentes à la réception deux jours plus tôt. Ces personnes allaient être aussi soulagées que Varena quand le mariage serait terminé. Il semblait y avoir plus d'invités, peut-être parce que Grace, propriétaire d'une si vaste maison, avait proposé à Varena d'agrandir la liste.

Parce que j'avais beaucoup pensé à leurs filles, je remarquai particulièrement Meredith Osborn et Lou O'Shea. Mme Kingery était assise de l'autre côté de Varena, ce qui était un soulagement. C'était injuste pour Dill d'avoir une mère aussi éprouvante pour les nerfs en plus d'avoir eu une femme suffisamment instable pour se suicider. Je comprenais ce qui l'avait attiré chez Varena, qui m'avait toujours semblé être la personne la plus stable et la plus équilibrée de toutes celles que j'avais rencontrées.

J'en prenais conscience pour la première fois. C'est étrange comme on peut connaître quelqu'un toute sa vie sans être pour autant capable de lister ses points forts et ses points faibles.

Cette réception avait donc pour thème la cuisine. On avait demandé à tous les invités d'intégrer leur recette préférée à leur cadeau. Alors que nous commencions le grand déballage, je dus m'affairer. Je n'ai pas une écriture élégante, mais elle est claire, et j'essayai de m'appliquer. Certaines boîtes étaient remplies de plusieurs petites choses au lieu d'un seul présent, comme par exemple une parure de serviettes de toilette. Diane Dykeman (la femme au sac volé) avait offert à Varena une série de cuillères et de tasses à mesurer, une petite échelle graduée et un tableau d'équivalence de poids, et je dus utiliser mon écriture la plus microscopique pour pouvoir tout inscrire.

C'était vraiment un boulot excellent, décrétai-je, car je n'avais pas à parler à qui que ce soit. L'histoire du voleur à la tire ne circulait pas encore en ville, et Maman et Varena évitaient le sujet. Mais j'étais certaine qu'elle aurait fait le tour quand viendrait l'heure des rafraîchissements.

Quand ce moment arriva – quand tous les cadeaux furent ouverts et que Grace eut disparu depuis un long moment –, celle-ci réapparut à côté de moi et me demanda de servir le punch.

Il me vint à l'esprit que Grace me comprenait très bien. Je l'observai à la dérobée tout en prenant place à une extrémité de son imposante table ovale et lustrée. Cette dernière était divisée en deux par un chemin de table de Noël et recouverte des mets habituels pour une réception de remise de cadeaux : noix, sandwichs, gâteaux, bonbons à la menthe, mix de hors-d'œuvre.

— Tu es comme moi, dit Grace avec un regard franc. Tu préfères être occupée que t'asseoir et écouter.

Je n'aurais jamais pu imaginer avoir un quelconque point commun avec Grace Parks. Je hochai la tête et remplis ma louche pour servir le premier verre – celui de Varena, bien sûr, avec les honneurs.

Je n'avais rien à dire de plus que « Du punch ? » et après ça, je souriais en hochant la tête.

La cérémonie prit fin longtemps après et, une nouvelle fois, nous transportâmes dans la voiture les cadeaux, qui étaient abondants, avec l'aide de Grace, et rentrâmes à la maison pour les décharger.

Après avoir de nouveau troqué ma tenue pour mon jean et mon pull, Varena me demanda si je voulais venir chez elle pour l'aider à faire les cartons. Elle transférait progressivement ses affaires chez Dill depuis le mois précédent, en commençant par celles dont elle se servait le moins.

J'acceptai, bien entendu, soulagée à la perspective de pouvoir m'occuper tout en donnant un coup de main. Après avoir avalé un rapide sandwich, nous nous rendîmes chez elle en faisant plusieurs haltes. Varena m'apprit que Dill consacrait quelques moments privilégiés à Anna, qui commençait à faire preuve d'agitation face à toute la pression du mariage.

— J'en suis à un point où chez moi, je ne peux plus rien faire à part dormir, me dit-elle après avoir enfilé un pull. Mais j'ai gardé le bail jusque fin décembre, parce que je ne voulais vraiment pas revenir à la maison avec les parents.

Je hochai la tête. Si elle avait rendu l'appartement plus tôt, Dill et elle auraient perdu toute intimité. À moins que Varena n'ait simplement voulu s'assurer de prendre congé de nos parents ?

— Qu'est-ce qu'il te reste à emballer ?

Ma sœur commença à ouvrir les placards pour me montrer ce qu'elle n'avait pas encore vidé.

Nous nous étions arrêtées derrière quelques magasins pour récupérer des cartons. Le centre-ville était vide, maintenant que la plupart des bureaux avaient fermé. Il faisait nuit noire à 18 heures, à cette époque de l'année, et la nuit était glaciale. La petite maison était bien chaleureuse et confortable en contraste avec l'obscurité de l'extérieur.

On me confia la tâche d'emballer tout ce qui se trouvait dans le petit placard près de la porte d'entrée, qui contenait des objets comme des ampoules, des rallonges électriques, des piles et l'aspirateur. Tandis que je commençais à les ranger dans une boîte solide, Varena de son côté se mit à envelopper les poêles et les casseroles dans du papier journal. Nous travaillâmes dans un silence agréable pendant un petit moment.

Varena venait de me proposer un chocolat chaud quand des pas résonnèrent à l'extérieur.

La peur du matin avait dû nous rendre nerveuses. Nous nous levâmes toutes deux la tête comme des biches entendant le bruit des bottes du chasseur. Dans un coin de mon champ de vision, je vis Varena se tourner vers moi, mais je secouai légèrement la tête pour qu'elle garde le silence.

Puis quelqu'un donna un coup de pied dans la porte.

Varena poussa un cri.

— Qui est là ? lançai-je en restant d'un côté de la porte.

— Jack ! hurla-t-il. Laisse-moi entrer !

Je repris bruyamment mon souffle en haletant, effrayée et furieuse de ma réaction. J'ouvris vivement la porte, prête à lui faire savoir combien j'appréciais d'être apeurée de la sorte. Les mots moururent dans ma bouche une fois la porte ouverte. Jack portait Meredith Osborn. Elle était couverte de sang.

Derrière moi, j'entendis Varena décrocher le téléphone et appeler les urgences. Elle parla de manière concise à la personne qui répondit.

Jack était hagard, sous le choc. Il avait le sang de Meredith Osborn barbouillé sur lui. Sa respiration était hachée. Même si Meredith était une petite femme, il portait un poids mort.

Varena ramassa un drap qu'elle venait de plier et le déploya sur le canapé en un geste, et Jack y allongea le corps avec soulagement. Après avoir déposé sa charge, il resta un moment avec les bras toujours pliés. Puis, avec un gémissement, il les étira, ses épaules bougeant inconsciemment pour essayer de détendre ses muscles crispés.

Varena était déjà à genoux à côté du canapé, les mains posées sur le poignet de sa propriétaire. Elle secouait la tête.

— Elle a un pouls, mais…

Varena secoua de nouveau la tête.

— Elle était étendue dehors.

Le visage de la mourante était couleur de glace et son petit corps dégageait un froid polaire, qui tourbillonnait dans la pièce chauffée.

Le son de l'ambulance résonna au loin.

Meredith Osborn ouvrit les yeux. Ils se fixèrent sur les miens. On l'avait frappée en plein visage, et ses lèvres craquelées avaient saigné. Sous le sang, elles étaient bleues, assorties à la couleur de ses ongles.

Elle ouvrit la bouche.

— Les enfants, murmura-t-elle.

— Ne vous inquiétez pas, intervint Varena instantanément. Ils vont bien.

Meredith détourna les yeux de mon visage vers celui de Varena. Ses lèvres remuèrent de nouveau. Elle essaya de toutes ses forces de lui dire quelque chose.

À la place, elle mourut.

Chapitre 5

Je m'agrippais à Jack. Jack s'agrippait à moi. Nous avions vu des gens mourir – des gens mauvais, des gens violents, des gens qui avaient eu la malchance de se trouver au mauvais endroit au mauvais moment. Cette jeune femme, jeune mère, battue et laissée dans le froid glacial, c'était tout autre chose.

Ce fut Varena qui courut chez les Osborn pour voir si les enfants s'y trouvaient, Varena qui découvrit que la maison était vide et silencieuse. Et, vingt minutes plus tard, ce fut Varena qui vit la voiture d'Emory Osborn, avec Eve et le bébé Jane, s'engager dans l'allée ; ils étaient sur le point d'apprendre une nouvelle qui allait changer leur vie pour toujours.

Le grand et maigre détective Brainerd était de nouveau de service, ou toujours en service, et il m'observa avec un regard dubitatif, même après qu'on lui eut expliqué ce qui venait de se passer.

— Que faisiez-vous là ? demanda-t-il à Jack sans détour. Il me semble que vous n'êtes pas d'ici, monsieur.

— Non, monsieur, je ne le suis pas. Je suis venu rendre visite à Lily, et je suis au motel Delta.

Jack me lâcha et s'approcha de Brainerd.

Je gardai les yeux rivés au sol. Je ne savais pas si Jack faisait une erreur ou non en gardant secrète la raison professionnelle de sa présence à Bartley.

— Comment saviez-vous que Mlle Bard était ici ?

— Sa voiture est devant, répondit Jack.

C'était la vérité, nous étions venues avec ma voiture. Maman avait emmené Varena à la réception des cadeaux, alors je l'avais reconduite jusque chez elle.

Après cette explosion d'énergie, Varena était effondrée dans un fauteuil, les yeux dans le vague.

— Donc vous vous êtes arrêté ici pour voir Mlle Bard... ?

— Et quand je suis sorti de ma voiture, j'ai cru entendre un bruit qui venait de l'arrière de la grande maison, expliqua calmement Jack. Alors j'ai pensé aller vérifier avant d'inquiéter Lily et Varena.

— Vous avez trouvé Mme Osborn.

— Oui. Elle était étendue entre l'arrière de la maison et leur garage.

— Est-ce qu'elle vous a parlé ?

— Non.

— Elle n'a rien dit ?

— Non. Elle n'a pas eu l'air de réaliser que je l'emmenais.

— Mais elle a parlé quand elle était allongée sur le canapé ?

— Oui, dis-je.

Jack et l'inspecteur Brainerd se tournèrent simultanément.

— Et qu'est-ce qu'elle a dit ? demanda le policier.
— Elle a dit « les enfants ».
— Et c'est tout ?
— C'est tout.

Brainerd resta songeur quelques instants, comme nous tous.

Qu'avait voulu dire Meredith Osborn ? Les dernières pensées d'une mourante avaient-elles simplement été dirigées vers ses enfants qu'elle laissait derrière elle ? Ou bien ces mots signifiaient-ils plus que ça ? Ses deux enfants étaient-ils en danger ? Ou pensait-elle aux trois fillettes de la photo ?

Qui que soit celui qui avait envoyé cette photo à Roy, l'ami de Jack, il avait engendré une succession d'événements mortels.

Après que l'ambulance qui emportait le corps de Meredith fut partie, je regardai longuement par la fenêtre de la petite maison de Varena la police qui fouillait le jardin où elle avait reposé, ensanglantée, dans le froid.

Je bouillonnais de colère.

La fin de Meredith Osborn n'avait même pas eu la grâce d'être rapide. Dave LeMay et Binnie Armstrong n'avaient eu que quelques instants pour craindre la mort – et ce furent de terribles instants, je le reconnaissais pleinement, croyez-moi. Mais être étendu dans son propre jardin, incapable d'appeler à l'aide, en sentant la mort s'infiltrer en vous… Je fermai les yeux et me sentis frémir. Je m'y connaissais en matière d'heures passées dans la peur, à savoir avec certitude que l'échéance est imminente et inévitable. J'avais finalement été épargnée. Pas Meredith Osborn.

Jack passa un bras autour de mes épaules.

— Je veux m'en aller, murmurai-je.

Je ne pouvais pas, et nous le savions tous les deux.

— Excuse-moi, dis-je à un volume plus audible, percevant la froideur de ma voix. Je suis ridicule.

Jack soupira.

— Moi aussi, je voudrais pouvoir m'en aller.

— De quoi elle est morte ?

— On ne lui a pas tiré dessus. Des coups de couteau, je pense.

Je frissonnai. Je détestais les couteaux.

— Est-ce que c'est nous, qui avons apporté *ça* ici avec nous ? murmurai-je.

— Non, dit-il. C'était ici avant qu'on arrive. Mais ça n'y sera plus quand je partirai.

Quand Jack mordait dans quelque chose, il ne lâchait plus, même s'il s'attaquait à la mauvaise partie.

— Demain, lui dis-je tout doucement. Demain, on discutera.

— Oui.

Je ramenai Varena à la maison pour la nuit. Elle ne pouvait pas dormir chez elle. Elle était prête, en train de regarder par la fenêtre le jardin illuminé et les silhouettes qui se mouvaient tout autour. J'essayai donc de sortir. Mais après m'être éloignée de Jack, je reculai pour lui prendre le poignet. C'était comme si je n'arrivais pas à partir. Je baissai les yeux sur mes pieds, luttant contre moi-même.

— Lily ?

Derrière le ton interrogateur, il avait la voix rauque. Je me mordis violemment la lèvre.

— J'y vais, dis-je en le lâchant. Je te verrai demain matin, à 8 heures. À ton motel.

Je levai les yeux vers son visage.

Il hocha la tête.

— Ferme la maison à clé quand la police te laissera partir, d'accord ?

Varena ne semblait pas nous entendre. Elle se tenait debout comme une statue devant la fenêtre, son sac de rechange posé à ses pieds.

— Bien sûr, acquiesça-t-il, le regard toujours aussi intense.

— Alors à demain, dis-je avant de pivoter et de m'éloigner en appelant ma sœur.

J'avais accompli beaucoup de choses difficiles, mais celle-ci était l'une des pires.

Il n'était que 21 heures quand nous arrivâmes chez mes parents, mais j'avais l'impression qu'il était minuit. Je n'avais pas envie de voir qui que ce soit, ni de parler à quiconque, et pourtant il fallait bien informer mes parents. Heureusement pour moi, Varena avait retrouvé son aplomb et, bien qu'elle ait un peu pleuré, elle parvint à raconter la mort atroce de Meredith Osborn.

— Vous croyez que je devrais annuler le mariage ? demanda-t-elle avec quelques larmes.

Je savais que ma mère allait l'en dissuader. Je ne pouvais vraiment pas supporter d'être avec des gens en cet instant précis. Je m'isolai dans ma chambre et fermai vivement la porte. Mon père s'approcha dans le couloir ; je reconnaissais ses pas.

— Est-ce que ça va, ma citrouille ? demanda-t-il.

— Oui.

— Tu veux être seule ?

Je serrai les poings jusqu'à ce que mes ongles, pourtant courts, s'enfoncent dans mes paumes.

— Oui, s'il te plaît.

— OK.

Il s'éloigna, Dieu merci.

Je m'allongeai sur le lit ferme, les mains serrées sur mon ventre, et plongeai dans mes réflexions.

Je ne voyais pas comment découvrir d'autres informations sur les trois petites filles qui pouvaient être Summer Dawn. Mais j'étais convaincue que la mort de Meredith était due au fait qu'elle savait qui parmi elles n'était pas celle qu'elle paraissait être. J'essayai de visualiser Lou O'Shea ou le révérend O'Shea en train d'attaquer Meredith dans le vent froid derrière sa maison, mais c'était simplement impossible. Encore plus d'imaginer le gentil Dill Kingery en train de poignarder Meredith pour la réduire au silence. La mère de Dill avait beau être farfelue, je ne lui avais jamais vu aucune tendance à la violence. Mme Kingery était seulement toquée.

Je repensai à Meredith Osborn qui s'occupait de Krista O'Shea et Anna Kingery. Qu'avait-elle pu voir – ou entendre – qui l'aurait amenée à penser qu'une des filles était née sous une autre identité ?

Je n'avais jamais eu de bébé, je ne connaissais donc pas le parcours administratif lié à un accouchement. Je savais que certains hôpitaux prenaient les empreintes digitales – je les avais vues, encadrées sur les murs de la famille Althaus quand je faisais le ménage chez eux. Et des photos. Beaucoup d'hôpitaux prenaient des photos pour les parents. Pour moi, tous les bébés se ressemblent : rouges et le visage plissé, ou brunâtres et le visage plissé. Le fait que certains aient des cheveux et d'autres non : voilà la seule distinction visible à mes yeux.

J'avais appris, également de Carol Althaus, qui avait eu beaucoup d'enfants, que les empreintes que la police ou les bénévoles relevaient sur les étals de supermarché n'étaient pas d'une grande aide car elles étaient souvent de piètre qualité ou partielles. Je ne savais pas si c'était vrai, mais ça me semblait plausible. J'étais prête à parier que, pour les mêmes raisons, les éventuelles empreintes de Summer Dawn bébé seraient inutilisables.

Bon, les empreintes de doigts et de pieds étaient donc une impasse. J'étais certaine qu'un test ADN pouvait prouver l'identité de Summer Dawn, mais, bien entendu, encore fallait-il savoir sur qui pratiquer cette analyse. Je ne voyais pas Jack demander aux parents de faire subir un test ADN aux trois fillettes. Enfin, je le voyais bien faire la demande, mais je voyais aussi les trois couples de parents refuser catégoriquement.

Je fixai le plafond des yeux jusqu'à ce que je réalise que les mêmes pensées tournaient en rond dans mon esprit, encore et encore, et que ça n'avait plus rien de productif.

Tout en me déshabillant pour enfiler ma chemise de nuit, je me souvins que le lendemain de ma première nuit avec Jack, au réveil, je m'étais fait une promesse : ne jamais rien lui demander.

J'éprouvais de grandes difficultés, à cet instant précis, à respecter mon engagement.

Alors que je m'allongeai de nouveau dans le lit qui m'avait connue vierge, je dus me rappeler, une fois de plus, que cette promesse avait une conséquence : ne pas offrir ce qu'on ne nous a pas demandé.

J'entendis ma sœur remuer dans son ancienne chambre, voisine de la mienne, effectuant les mêmes gestes que ceux que je venais de faire. J'étais certaine qu'elle était mal, qu'elle souffrait doublement puisque tout ce carnage survenait au moment censé être le plus heureux sa vie.

Je me sentais impuissante.

C'était la sensation la plus exaspérante au monde.

Le lendemain matin, j'étais debout et sortie de la maison avant que mes parents n'aient ouvert les yeux. Je ne pouvais pas attendre qu'il soit 8 heures. Je me levai, pris une douche rapide et enfilai mes vêtements ordinaires, sans trop m'en préoccuper, tant qu'ils étaient chauds.

Ma voiture démarra avec quelques difficultés et je sillonnai les routes gelées. Il y avait d'autres voitures sur le parking du motel, et je frappai donc discrètement à la porte de Jack.

Il mit à peine quelques secondes à ouvrir et je pénétrai à l'intérieur. Jack ferma rapidement la porte derrière moi, torse nu et frissonnant au contact de l'air froid qui s'engouffra avec moi.

Ce que j'avais prévu de faire, c'était m'asseoir dans l'un des deux fauteuils confortables recouverts de vinyle pendant que Jack s'installait dans l'autre, et discuter de ses plans et de la manière dont je pouvais l'aider.

Nous nous jetâmes l'un sur l'autre comme des loups affamés à la seconde où la porte fut refermée. Je savourai la sensation de mes mains sur son corps. En l'embrassant, j'eus instantanément envie de lui. J'en tremblais tellement que je n'arrivais pas à retirer mes habits, et il tira mon pull au-dessus de ma tête, baissa vivement mon pantalon et mes sous-vêtements et m'attira sur le lit, dans la chaleur que ce dernier avait emmagasinée.

Plus tard, nous étions étendus dans les bras l'un de l'autre. Je ne me préoccupais pas de mon bras gauche qui allait s'engourdir, il ne semblait pas se soucier de la position absolument inconfortable de sa jambe droite.

Il me murmura mon prénom à l'oreille. Je caressai ses cheveux, libres et emmêlés, pour lui dégager le visage. Je passai un doigt sur la barbe naissante de son menton. J'avais des mots sur les lèvres que je ne prononçais pas. Je serrai les dents pour les retenir et continuai à le caresser. Ce gonflement stupide, fragile et grotesque dans ma poitrine devait rester là où il était.

Il me caressait, lui aussi et, quelques minutes plus tard, nous fîmes à nouveau l'amour, avec toutefois moins de frénésie. Il n'y avait rien que je désirais plus que rester dans le lit de ce motel miteux tant que Jack y était.

Je m'habillai (encore) après une seconde douche rapide.

— Qu'est-ce que tu vas faire, ensuite ? demandai-je en percevant la réticence dans ma voix.

— Trouver laquelle des fillettes a vu le Dr LeMay récemment.

— J'imagine qu'il y a un lien, oui. Après tout, le sans-abri était en prison quand Meredith Osborn a été tuée.

— Elle n'a pas été attaquée de la même façon que le médecin et son infirmière.

Jack était en train de coiffer ses cheveux en queue-de-cheval. Puis il m'adressa un regard curieux. Il portait un polo à manches longues, aux rayures rouges et brunes, et le contraste rendait sa cicatrice plus blanche. Il passa une ceinture.

— Il se pourrait que ce soit deux tueurs différents.

— Hum hum, dis-je, sceptique. Tout à coup, Bartley est remplie de cruels assassins. Et tu essaies de retrouver un enfant disparu. Ce n'est qu'une coïncidence.

Il m'adressa un regard que j'avais appris à identifier comme le signe qu'il trafiquait quelque chose : c'était un regard en biais, un rapide coup d'œil pour jauger mon état d'esprit.

— Le sans-abri s'appelle Christopher Darby Sims.

— OK, je craque. Comment tu sais ça ?

— J'ai un contact ici, au commissariat.

Je me demandai s'il s'agissait d'un de ces services entre vieux potes, ou si Jack voulait dire qu'il avait soudoyé un flic. Ou peut-être les deux.

— Et donc, est-ce que ce contact peut jeter un œil aux dossiers du médecin ?

— Je ne peux pas en demander autant. Je tâte le terrain. Est-ce que les grenouilles te dégoûtent toujours autant ? demanda Jack, un petit sourire apparaissant aux coins de sa bouche.

— Chandler McAdoo.

Jack souleva un coin des rideaux et jeta un coup d'œil au ciel blafard et à la cour déprimante du motel.

— Je suis passé au commissariat hier. Une fois que j'ai eu mentionné ton nom et laissé entendre assez clairement qu'on était très proches, Chandler a commencé à me parler. Il m'a raconté quelques histoires fascinantes sur tes dix ans.

Il essayait de ne pas sourire trop largement.

Tant que Chandler ne lui avait pas parlé des années suivantes !

— Je ne me rappelle même pas comment j'étais à dix ans, dis-je, et c'était la vérité absolue. Je me souviens de certaines choses qu'on faisait ensemble, poursuivis-je avec un petit sourire, timide. Mais je ne peux absolument pas me souvenir de ce que je ressentais. Trop d'eau a coulé sous les ponts, j'imagine.

C'était comme si je voyais un film silencieux dérouler le fil de ma vie, sans entendre un son ou ressentir la moindre émotion. Je haussai les épaules. Le passé, c'était le passé.

— Je mémorise quelques histoires, m'avertit Jack. Et quand tu t'y attendras le moins…

Je laçai mes chaussures, souriant toujours, et embrassai Jack pour lui dire au revoir.

— Appelle-moi quand tu en sauras plus ou que tu voudras que je fasse quelque chose, lui dis-je. (Je sentis mon sourire s'effacer.) Je veux qu'on en finisse.

Jack hocha la tête.

— Moi aussi, dit-il sur le même ton. Et ensuite, je ne veux plus jamais revoir Teresa et Simon Macklesby.

Je levai les yeux et observai son visage. Je lui effleurai la joue du bout des doigts.

— Tu peux y arriver, lui dis-je.

— Ouais, je devrais pouvoir en être capable, répondit-il d'une voix morne et vide.

— Quel est ton programme, pour la matinée ? demandai-je.

— J'aide Dill à poser un sol dans son grenier.

— Quoi ?

— Il se trouve que je suis passé à la pharmacie hier après-midi, qu'on a un peu parlé, et qu'il m'a confié ce qu'il comptait faire ce matin, même s'il faisait froid. Il voulait en finir avant le mariage. Alors je lui ai dit que je n'avais rien à faire puisque tu étais occupée par les préparatifs du mariage, et que je serais ravi de lui donner un coup de main.

— Et de lui poser deux ou trois questions au passage ?

— Éventuellement.

Jack me sourit, ce sourire charmeur qui lui permettait d'obtenir tant d'informations de la part des citoyens.

Je repris ma voiture pour rentrer, tentant de remettre mes idées en ordre.

Ma famille était levée, Varena toujours un peu secouée, mais elle allait beaucoup mieux. Ils avaient discuté pendant mon absence et avaient décidé que le mariage aurait lieu quoi qu'il arrive. J'étais ravie d'avoir raté cette conversation, ravie que la décision ait été prise sans moi. Si Varena avait reporté son mariage, cela nous aurait laissé plus de temps, mais j'avais une préoccupation dont je n'avais pas fait part à Jack.

J'avais peur – si l'assassin du Dr LeMay, de Binnie Armstrong et de Meredith était une seule et même personne – que le criminel panique. Et quelqu'un qui essaie dans la panique de dissimuler un crime est susceptible de tuer le lien le plus évident entre lui et l'affaire.

Dans ce cas, il s'agirait de Summer Dawn Macklesby.

D'un côté, il me semblait improbable que quelqu'un qui soit allé si loin pour dissimuler le crime originel – l'enlèvement – puisse seulement envisager de tuer la fillette. Mais d'un autre côté, ça semblait vraisemblable, voire évident.

Je ne savais rien qui puisse aider à la résolution de cette énigme. Comment savoir où chercher et comment agir ? Ce que je savais faire, moi, c'était nettoyer et me battre.

Je savais aussi où les gens étaient le plus susceptibles de cacher des choses. Au moins, si le ménage m'avait appris quelque chose, c'était bien ça. On pouvait égarer des objets n'importe où (même si j'avais une liste virtuelle des endroits à vérifier en priorité, quand mes employeurs me disaient avoir perdu quelque chose), mais les cacher... c'était totalement différent.

Donc ? me demandai-je avec sarcasme. À quoi cela allait-il m'avancer ?

— Tu pourras, chérie ? disait ma mère.

— Quoi ? demandai-je d'une voix vive et prompte.

Elle m'avait effrayée.

— Je suis désolée, reprit ma mère, d'un ton qui signifiait clairement que c'est moi qui aurais dû m'excuser. Je te demandais si ça ne t'ennuierait pas d'aller chez Varena et de finir les cartons ?

Je n'étais pas certaine de comprendre pourquoi on me demandait de faire ça. Est-ce que Varena avait trop peur de se retrouver là-bas toute seule ? Mais ce n'était pas censé me gêner, moi ? Peut-être que j'avais manqué d'attention pendant qu'ils avaient décidé ça.

C'est sûr que Varena semblait bien avoir besoin d'un jour de repos. Et ça, juste avant le moment le plus heureux de sa vie.

— Bien sûr, dis-je. Et pour la robe de mariée ?

— Oh, mon Dieu ! s'exclama Maman. Il faut qu'on la sorte tout de suite de là-bas !

Son visage pâle se mit à rougir. Apparemment, d'une manière ou d'une autre, la robe de mariée était en danger dans la petite maison. Exaltée par cette soudaine urgence, Maman me chassa dans ma voiture et s'emmitoufla en un temps record.

Elle m'accompagna chez Varena et ramena personnellement la robe chez nous, en la portant de la maison jusqu'à la voiture comme s'il s'agissait de la couronne et du sceptre de la royauté.

Elle me laissa seule chez Varena, une sensation curieusement déstabilisante. C'était comme de fouiller en cachette dans ses tiroirs. Je haussai les épaules. J'étais ici pour accomplir une tâche. Cette perspective était tout à fait normale, elle me redonnait ma contenance, après tout, nous venions de nous quitter.

Je comptais les cartons, déplaçai ceux qui étaient déjà pleins dans le coffre de ma voiture après les avoir étiquetés avec le marqueur noir de Varena.

— La fée du logis, murmurai-je en dépliant les rabats d'un autre carton et en le plaçant devant le placard le plus proche.

C'était un petit placard double avec des portes coulissantes dans le hall d'entrée de Varena. Il ne contenait que quelques serviettes et du linge de maison. J'imagine que Varena avait déjà emballé le reste.

Alors que je prenais ma première brassée, tentant de réprimer mon envie de secouer les draps pour les replier correctement, on frappa un coup à la porte. Je jetai un coup d'œil par le judas. Le visiteur était un homme blond, petit, la peau claire avec des yeux cerclés de rouge. Il semblait triste et faible. J'étais certaine de savoir qui il était.

— Emory Osborn, annonça-t-il quand j'ouvris la porte.

Je lui serrai la main. Sa poignée de main était douce comme celles que les hommes donnent à une femme, comme s'ils avaient peur de briser ses doigts délicats en les serrant avec toute leur vigueur masculine. J'eus l'impression de serrer la main à un bonbon Haribo. Un point que Jess O'Shea et Emory Osborn avaient en commun.

— Entrez, dis-je.

Après tout, cet appartement lui appartenait.

Emory Osborn franchit le perron. Le veuf devait faire environ un mètre soixante-dix, pas beaucoup plus grand que moi. D'une beauté insignifiante, il avait le teint très clair et les yeux bleus, et la peau la plus parfaite que j'aie jamais vue chez un homme. À cet instant précis, elle était rougie par le froid.

— Je vous présente toutes mes condoléances, lui dis-je.

Il m'adressa alors un regard franc.

— Vous étiez ici, la nuit dernière ?
— Oui.
— Vous l'avez vue ?
— Oui.
— Elle était en vie.

Je remuai, mal à l'aise.

— Oui, lui répondis-je avec réticence.
— Est-ce qu'elle a parlé ?
— Elle a parlé des enfants.
— Les enfants ?
— C'est tout.

Il ferma les yeux et, pendant une seconde, horrifiée, je crus qu'il allait se mettre à pleurer.

— Asseyez-vous, lui proposai-je brusquement.

Je lui présentai le fauteuil le plus proche, celui qui devait être le préféré de Varena si l'on se fiait à la manière dont elle l'avait placé.

— Laissez-moi vous préparer un chocolat chaud.

Je me dirigeai vers la cuisine sans attendre de réponse. Je savais qu'il y en avait puisque Varena m'en avait proposé la veille. Je le trouvai sur le comptoir à côté de deux tasses. Heureusement, le micro-ondes était branché, je pus donc y faire chauffer l'eau. Je versai la poudre. Ce n'était pas très bon, mais c'était chaud et sucré, et Emory semblait avoir besoin de ça ; de chaleur et de douceur.

— Où sont les enfants ? demandai-je en déposant sa tasse sur la petite table en chêne près de son fauteuil.

— Ils sont avec les membres de l'église, répondit-il.

Il avait une voix audible mais faible.

— Alors, que puis-je faire pour vous ?

Il ne semblait pas disposé à dire quoi que ce soit si je ne l'y poussais pas un peu.

— Je voulais voir où elle était morte.

C'était presque insupportable.

— Là, sur le canapé, dis-je brusquement.

Il le fixa du regard.

— Il n'y a aucune tache, dit-il.

— Varena avait posé un drap dessus.

Ça devenait plus que singulier. La base de ma nuque commença à me picoter. Je n'allais certainement pas me mettre à genoux à côté de lui – je me retrouverais perchée sur le repose-pieds qui allait avec le fauteuil –, donc je désignai du doigt l'endroit où avait reposé la tête de Meredith, ainsi que ce qu'elle avait touché avec ses pieds.

— Avant que votre ami repose Meredith ?

— Oui.

Je bondis pour saisir un drap-housse dans le placard. Cédant à une impulsion presque irrésistible, je le repliai correctement et savais que j'allais faire de même avec tout le reste. Au diable les bons sentiments de Varena.

— Et c'est… ?

— Mon ami.

J'entendais ma voix devenir plus catégorique et plus ferme.

— Vous êtes en colère contre moi, j'en ai bien peur, dit-il prudemment.

Et, bien entendu, il se mit à pleurer, les larmes coulant le long de ses joues. Il les essuya d'un geste automatique avec un mouchoir usagé.

— Vous ne devriez pas vous infliger ça.

Mon ton n'était toujours pas celui qu'une femme gentille utiliserait avec un veuf. Je voulais dire qu'il ne devait pas m'infliger ça, *à moi*.

— J'ai l'impression que Dieu nous a abandonnés, les enfants et moi. J'ai le cœur brisé (et je me fis la réflexion qu'en réalité je n'avais jamais entendu personne utiliser cette expression à voix haute) et j'ai perdu la foi, acheva-t-il sans reprendre son souffle.

Il prit son visage entre ses mains.

Oh, mince. Je ne voulais pas entendre ça. Je ne voulais pas être là.

À travers la fenêtre sans rideau, je vis une voiture se garer derrière la mienne dans l'allée étroite de la petite maison. Jess O'Shea en descendit et se dirigea vers la porte, la tête penchée. Un prêtre – pile la bonne personne quand la foi nous quitte et qu'on vient de subir un deuil. J'ouvris la porte avant qu'il ait pu frapper.

— Jess, dis-je ; je pouvais moi-même entendre le soulagement non dissimulé dans ma voix. Emory Osborn est ici et il est vraiment, vraiment…

Je restai ainsi, en hochant la tête de manière significative, incapable de décider exactement comment « était » Emory Osborn.

Jess sembla comprendre ce que je voulais dire. Il me contourna et s'approcha du petit homme pour s'asseoir sur le repose-pieds. Il prit la main d'Emory dans les siennes.

Je tentai d'ignorer la voix des deux hommes tout en continuant à faire les cartons, même si j'avais le sentiment que j'aurais dû partir et laisser le pasteur parler seul à seul avec Emory. Mais s'il voulait une intimité totale, Emory avait aussi la possibilité d'aller dans sa propre maison. Si on y réfléchissait de manière pratique, il savait que j'étais là et il était venu quand même...

Jess et Emory étaient maintenant en train de prier ensemble, même si je ne voyais que le visage d'Emory, qui exprimait une certaine ferveur. Jess était penché en avant, les mains jointes devant son visage. Les deux têtes blondes étaient très proches l'une de l'autre.

C'est alors que Dill entra, regardant successivement les deux hommes qui priaient et moi, qui pliais, essayant de garder les yeux rivés sur mon travail. Dill sembla surpris et pas vraiment ravi du tableau.

Les trois pères dans la même pièce. Sauf que l'un d'entre eux n'était probablement pas un père du tout mais un voleur qui avait usurpé sa paternité.

Dill se tourna vers moi, une interrogation sur le visage. Je haussai les épaules.

— Où est Varena ? chuchota-t-il.

— Chez nos parents, murmurai-je. Vas-y. Vous avez besoin de parler de ce qui va se passer, tous les deux. Et tu n'es pas censé retrouver Jack chez toi ?

Je le poussai légèrement de la main et il dut faire un pas en arrière pour retrouver son équilibre. Je l'avais peut-être poussé un peu plus fort que prévu.

Après que Dill fut docilement monté dans sa voiture et se fut éloigné, je finis mon pliage et découvris que j'avais emballé tout le linge qui se trouvait dans le placard ; il restait quelques petits objets que je mis aussi dans le carton.

Quand je me retournai, Jess O'Shea se trouvait juste derrière moi. Mes bras se tendirent immédiatement et mes poings se crispèrent.

— Désolé, je vous ai fait peur ? demanda-t-il avec une apparente innocence.

— Oui.

— Je crois qu'Emory se sent un peu mieux. Nous allons chez lui. Merci de l'avoir réconforté.

Je ne me rappelais pas l'avoir réconforté. J'émis un son évasif.

— Je suis tellement content que vous soyez revenue pour vous réconcilier avec votre famille, déclara Jess à toute vitesse. Je sais ce que ça représente pour eux.

Est-ce que ça le regardait ? Je haussai les sourcils.

Il rougit en voyant que je ne disais rien.

— J'imagine que c'est une déformation professionnelle, de distribuer des paroles de soutien, dit-il enfin. Je vous présente mes excuses.

Je hochai la tête.

— Comment va Krista ? demandai-je.

— Elle va bien, répondit-il, surpris. C'est un peu difficile de lui faire comprendre que la maman de son amie a disparu, elle ne semble pas encore l'accepter comme une réalité. Ça peut être une bénédiction, vous savez. Je pense que nous allons garder Eve pendant un temps, jusqu'à ce qu'Emory aille un peu mieux, le temps de faire face. Le bébé aussi, peut-être, si Lou pense qu'elle peut s'en sortir.

— Lou ne m'a-t-elle pas dit qu'elle avait emmené Krista chez le médecin, cette semaine ? demandai-je.

Si Jess remarqua le contraste entre mon mutisme face à ses observations concernant ma famille et mon empressement à bavarder au sujet de sa fille, il ne fit aucun commentaire. Les parents ont toujours l'air de croire que les autres sont tout aussi fascinés qu'eux-mêmes par leurs enfants.

— Non, dit-il en fouillant manifestement dans sa mémoire. Krista n'a même pas eu un rhume depuis qu'on a commencé ses injections contre les allergies cet été, déclara-t-il, puis son visage se durcit. Avant ça, j'avais l'impression d'être toutes les semaines chez le Dr LeMay ! Mon Dieu, ça se passe tellement mieux. Lou fait les injections elle-même à Krista.

Je hochai la tête et me mis à ouvrir tous les placards de la cuisine. Jess comprit le message et partit, enfilant son gros manteau tout en traversant la pelouse. Manifestement, il ne comptait pas s'attarder chez Emory.

Après son départ, je rédigeai un mot sur un bloc-notes que j'avais trouvé sous le téléphone de Varena. Je sautai dans ma voiture et me rendis au motel. Comme je m'y étais attendue, la voiture de Jack n'était pas là. Je me garai devant sa chambre. Je m'accroupis et glissai le mot sous sa porte.

Ce dernier disait : « Krista O'Shea n'est pas allée chez le médecin récemment. » Je ne l'avais pas signée. Qui d'autre pourrait laisser un mot à Jack ?

En retournant chez Varena, je ramassai des cartons supplémentaires dans les ruelles. L'une d'elles m'intéressait tout particulièrement, celle qui se trouvait derrière la boutique de cadeaux et le magasin de meubles.

Elle était plutôt propre, pour ce genre d'endroit, et je trouvais même deux cartons en bon état avant de commencer mes recherches. Il y avait une benne à ordures, un peu plus loin ; j'étais presque certaine que la police était passée par là, étant donné que cette dernière, bizarrement, était vide. Le carton d'appareil ménager dont Christopher Sims s'était servi comme abri avait disparu, lui aussi, la police s'en était certainement emparée.

Je regardais des deux côtés de la ruelle. Main Street se trouvait à une extrémité, et quand on passait en voiture à l'est, on pouvait tout à fait jeter un coup d'œil dans la ruelle et voir si quelqu'un s'y trouvait, à moins que cette personne soit dans la niche où Sims avait installé son carton.

La sortie sud de la ruelle donnait sur une rue tranquille avec des bureaux installés dans des bâtisses anciennes, et quelques maisons qui subsistaient, occupées par des familles. Cette rue, Macon, voyait défiler un flot constant de piétons ; la capacité de stationnement sur la place principale était vraiment limitée, alors les acheteurs du centre-ville cherchaient toujours une place juste autour.

Il était donc très facile d'apercevoir Christopher Darby Sims quand il squattait cette ruelle. Il était aussi très tentant de tirer profit de la présence d'un sans-abri noir à Bartley. Se glisser dans la ruelle avec, disons, un tuyau ensanglanté, n'aurait posé aucun problème. Pas plus que de le déposer derrière un carton accessible.

La porte arrière du magasin de meubles s'ouvrit. Une femme, à peu près du même âge que moi, en sortit et me regarda avec méfiance.

— Bonjour ! lançai-je.

Elle attendait clairement que je justifie ma présence.

— Je récupère des cartons pour le déménagement de ma sœur, lui dis-je en lui montrant le coffre ouvert de ma voiture.

— Oh, dit-elle, le soulagement se lisant presque en grosses lettres sur son visage. Je déteste avoir l'air soupçonneuse, mais il y a eu un… Lily ?

— Maude ? Mary Maude ?

Je la regardai avec l'air tout aussi incrédule.

Elle descendit les quelques marches à toute vitesse et jeta ses bras autour de moi. Je reculai sous son poids. Mary Maude était toujours jolie, et elle le serait toujours, mais elle avait pris de considérables rondeurs depuis le lycée. Je la serrai contre moi.

— Mary Maude Plummer, dis-je, timidement, en caressant doucement son épaule potelée.

— Eh bien, ce fut Mary Maude Baumgartner pendant environ cinq ans, mais maintenant c'est redevenu Plummer, me dit-elle en reniflant un peu.

Mary Maude avait toujours versé dans l'émotion. J'eus un pincement au cœur. J'avais beaucoup de souvenirs de cette femme.

— Tu ne m'as jamais appelée, dit-elle en me regardant.

Après le viol, elle voulait dire. Je n'arrivais pas à oublier, ici.

— Je n'ai jamais appelé personne, répondis-je ; je lui devais la vérité. Je n'arrivais pas à m'y résoudre. C'était un moment trop rude.

Ses yeux se remplirent de larmes.

— Mais je t'ai toujours aimée.

Toujours droit sur la corde sensible, peu importe que ce soit gênant ou non. Était-ce la raison pour laquelle je n'avais jamais appelé Mary Maude après mon cauchemar ? Nous nous étions éloignées, nous avions fait un pas en arrière.

Je me rappelai une autre vérité importante.

— Je t'aime aussi, dis-je. Mais je ne supportais pas d'être entourée de gens qui pensaient sans cesse à ce qui m'était arrivé. Je ne pouvais pas.

Elle hocha la tête. Ses cheveux roux, qui lui arrivaient presque aux épaules, faisaient une jolie courbe vers l'intérieur, et elle portait de grosses boucles d'oreilles en or.

— Je pense que je peux le comprendre. Je t'ai pardonné, pendant toutes ces années, d'avoir refusé mon aide.

— Alors tout va bien entre nous ?

— Ouais, dit-elle en me souriant. Tout va bien, maintenant.

Nous rîmes toutes les deux, à moitié de joie, à moitié d'embarras.

— Donc, tu récupères des cartons pour Varena ?

— Ouais. Elle déménage ses affaires. Le mariage a lieu après-demain. Et après le meurtre de cette nuit…

— Oh, c'est vrai, c'est l'appartement que loue Varena ! Tu sais, Emory, le mari, il travaille ici avec moi, me dit-elle en pointant du doigt la porte dont elle était sortie. C'est un type adorable.

Il devait certainement avoir été au courant de la présence de Christopher Sims dans la ruelle à l'arrière du magasin.

— Ah bon, donc j'imagine que tu savais que ce type vivait là, derrière, le voleur de sacs ?

— Eh bien, on a dû l'apercevoir. Seulement les deux jours avant que la police l'arrête. Attends… mon Dieu, Lily, c'est toi qui lui as botté les fesses !

Je hochai la tête.

— Waouh, chérie, qu'est-ce que tu es devenue ?

Elle me détailla de haut en bas.

— J'ai fait du karaté pendant quelques années, je m'entraîne.

— Je vois ça ! Tu étais si courageuse, aussi !

— Alors tu savais que Sims était derrière ?

— Hein ? Oh, oui. Mais on ne savait pas trop quoi faire. On n'avait jamais eu de problème de ce genre et on essayait de trouver la solution la plus sûre, et une attitude chrétienne à adopter. C'est dur quand ce n'est pas forcément la même chose ! On a amené Jess O'Shea ici pour qu'il parle à cet homme, essaie de voir pour quelle destination il aurait voulu un ticket d'autocar, tu vois ? Ou s'il était malade. Ou s'il avait faim.

Jess avait donc rencontré l'homme.

— Qu'a dit Jess ?

— Que Sims lui avait dit être très bien là où il était, qu'il avait reçu la charité de quelques personnes dans heu, tu sais, la communauté noire, et qu'il comptait rester dans cette ruelle jusqu'à ce que Dieu le guide ailleurs.

— Quelque part où il y aurait d'autres sacs à main ?

— Peut-être, dit Mary Maude en riant. J'ai entendu dire que Diane l'avait identifié de manière affirmative. Au commissariat, il a dit à Diane qu'il était un ange et qu'il voulait la mettre en garde contre l'excès de biens matériels.

— Original.

— Ouais, tu vas finir par lui donner des points pour son talent inné pour la fiction, tiens !

— Il a dit quelque chose à propos des meurtres ?

Puisque Mary Maude avait apparemment un accès facile à tous ces ragots, je pensai que je pouvais tout aussi bien en profiter.

— Pas du tout. C'est un peu étrange, non ? On pourrait penser qu'il est trop dérangé pour comprendre que les meurtres sont bien plus sérieux, et pourtant il dit qu'il n'a jamais vu le tuyau avant que la police le trouve caché derrière son carton, tu sais, celui dans lequel il dormait.

Je notai que Mary Maude était venue dans la cour sans manteau et qu'elle frissonnait dans sa chemise blanche et coûteuse, son gilet brodé de houx et de décorations de Noël. En fond sonore, les haut-parleurs placés autour de la place continuaient de diffuser les chants de fêtes.

— Comment tu arrives à supporter ça ? demandai-je en désignant de la tête le bruit de la place.

— Les chants ? Oh, au bout d'un moment, tu ne les entends plus, dit-elle avec lassitude. Ils me vident simplement de toute ma substance.

— C'est peut-être ça qui a rendu fou le sans-abri, suggérai-je, et nous explosâmes toutes les deux de rire.

Mary Maude avait toujours eu le rire facile, charmant, et il était impossible de ne pas sourire, si ce n'est plus, avec elle.

Elle me serra de nouveau contre elle, me fit promettre de l'appeler quand j'allais revenir en ville après le mariage et retourna à l'intérieur en trottinant, le corps tremblant de froid. Je restai immobile pendant une minute. Puis je ramassai deux autres cartons et sortis prudemment de l'allée au volant de ma voiture.

À moins d'un pâté de maisons de là, par la rue latérale Macon, je passai devant la pharmacie de Dill.

Mon cerveau fonctionnait à 100 à l'heure.

J'aurais presque tout donné pour avoir mon sac de sable.

Je retournai chez Varena et empaquetai tout ce que je trouvai. Toutes les demi-heures environ, je me redressai pour regarder par la fenêtre. Les Osborn recevaient beaucoup de visiteurs : des femmes qui venaient déposer de la nourriture, principalement. Emory apparut dans son jardin de temps à autre, traînant des pieds sans cesse, et il pleura une fois ou deux. À un moment, il prit sa voiture et revint moins d'une heure plus tard. Mais il ne vint plus frapper à la porte du cottage, à mon grand soulagement.

J'avais soigneusement plié les vêtements restants de Varena et les avais rangés dans des valises, puisque je ne savais pas ce qu'elle avait prévu d'emporter pour sa lune de miel. La plupart de ses affaires étaient déjà chez Dill.

Enfin, à 15 heures, j'avais fini d'emballer toutes les affaires de Varena. Je transportai tous les cartons dans ma voiture, à l'exception de quelques affaires pour lesquelles je n'avais plus de place et que j'entassai près de la porte d'entrée. Il restait aussi les meubles, bien sûr, mais ce n'était pas mon problème.

Je commençai à nettoyer l'appartement.

Étonnamment, j'y pris du plaisir. Sans être une souillon, Varena n'était pas une ménagère-née. Je savourai aussi grandement le fait d'être un peu seule et séparée de ma famille.

Alors que je passais l'aspirateur, j'entendis un grand coup frappé à la porte. Je sursautai. Je n'avais entendu aucune voiture se garer, mais peut-être que le vrombissement avait masqué le bruit.

J'ouvris la porte. C'était Jack, et il semblait furieux.

— Quoi ? demandai-je.

Il força le passage.

— On s'est introduit dans ma chambre d'hôtel. Quelqu'un est entré par la fenêtre de la salle de bains. Elle donne sur un champ. Personne n'a rien vu.

— On a pris quelque chose ?

— Non. Celui qui a fait ça a fouillé toutes mes affaires et a forcé la serrure de ma mallette.

Un nœud de très mauvais augure se forma quelque part près de mon estomac.

— Tu as trouvé mon mot ?

— Quoi ?

Il me dévisagea, la colère se dissipant pour laisser place à quelque chose d'autre.

— Je t'ai laissé un mot.

Je m'assis brusquement sur le repose-pieds.

— Je t'ai laissé une note, répétai-je bêtement. À propos de Krista O'Shea.

— Tu l'as signée ?

— Non.

— Qu'est-ce que tu disais ?

— Qu'elle n'était pas allée chez le médecin depuis des semaines.

Le regard de Jack passa d'objet en objet, comme s'il réfléchissait à ce que je venais de lui dire.

— Tu as appelé la police ? lui demandai-je.

— Ils étaient là quand je suis arrivé. M. Patel, le gérant, les avait appelés. Il avait remarqué la fenêtre cassée en sortant les poubelles derrière le bâtiment.

— Qu'est-ce que tu leur as dit ?

— La vérité. Qu'on avait fouillé mes affaires mais qu'on n'avait rien volé. Je n'avais pas laissé d'argent dans la chambre. Je n'en laisse jamais. Et je n'emporte jamais rien de valeur.

Jack était dégoûté et furieux qu'on ait violé son espace, même temporaire, et qu'on ait fouiné dans ses affaires. Je comprenais trop bien ce sentiment. Mais Jack n'en parlerait jamais en ces termes, parce que c'était un homme.

— Donc maintenant, quelqu'un sait exactement ce que je suis venu faire à Bartley.

Il dissimulait cette impression de viol derrière des considérations pratiques.

— Cette personne sait aussi que j'ai un complice, poursuivit-il.

C'était une manière de présenter les choses.

Je me levai soudain et me dirigeai vers la fenêtre. Je trépignai, inquiète et agitée. Les ennuis arrivaient et tous les nerfs de mon corps m'ordonnaient de monter dans ma voiture et de rentrer à Shakespeare.

Mais *je ne pouvais pas partir*. Ma *famille* me retenait ici.

Non, ce n'était pas complètement vrai. J'aurais pu me résoudre à quitter ma famille si je me sentais suffisamment menacée. C'était *Jack* qui me retenait ici.

Sans réfléchir, je serrai les poings et j'aurais donné un coup dans la vitre si Jack ne m'avait pas retenu le bras.

Je me tournai vers lui, secouée d'émotions folles que je ne pouvais identifier. Au lieu de le frapper, je jetai un bras autour de son cou et l'attirai férocement contre moi. La pression et le stress étaient presque insupportables.

Jack, surpris à juste titre, émit un son interrogateur, avant de se taire. Il lâcha mon bras qu'il tenait et passa timidement les siens autour de moi. Nous restâmes ainsi en silence pendant ce qui sembla être un très long moment.

— Bon, finit-il par dire, quelque chose te préoccupe apparemment, tu veux en parler ? Ça y est, tu as dépassé ton seuil de résistance avec tes parents ? Ta sœur t'a mise en colère ? Ou bien... tu as trouvé autre chose sur son fiancé ?

Je m'écartai de lui et commençai à arpenter la pièce.

— J'ai quelques idées, dis-je.

Il haussa vivement ses sourcils sombres. J'aurais dû me taire. Je ne voulais pas avoir cette conversation : j'allais lui dire que je voulais m'introduire dans les maisons pour faire mon enquête, il allait me répliquer que c'était son travail, bla bla bla. Pourquoi ne pas sauter ce passage ?

— Lily, je vais finir par me fâcher, dit Jack avec un grognement de certitude fataliste.

— Tu ne peux pas faire ce que je fais. C'est quoi ta prochaine étape maintenant ? le défiai-je. Est-ce que tu penses encore pouvoir découvrir le moindre indice ici ?

Bien entendu, il s'énerva, comme je m'y attendais. Il enfonça ses mains dans les poches de sa veste en cuir et chercha quelque chose à frapper à portée. Ne trouvant rien, il commença lui aussi à faire les cent pas. Nous nous déplaçâmes à travers la pièce comme deux adversaires prêts à s'affronter à l'épée.

— Demande au chef si je peux aller jeter un coup d'œil aux dossiers du Dr LeMay à son cabinet, suggéra-t-il avec un air de défi.

— Ça ne risque pas d'arriver.

Je connaissais Chandler : il avait certaines limites.

— Trouve ce que le meurtrier portait quand il a tué le médecin, l'infirmière et Meredith Osborn.

Jack avait donc conclu, tout comme moi, que l'assassin avait porté quelque chose par-dessus ses vêtements.

— Je ne le trouverai pas dans la maison, lui dis-je.

— Tu ne penses pas ?

— Je ne sais pas... Quand quelqu'un cache quelque chose comme ça, il le garde pas trop loin, mais pas dans un lieu aussi proche que sa propre maison...

— Tu penses au garage, à l'abri de voiture ?

Je hochai la tête.

— Ou dans la voiture. Mais tu sais aussi bien que moi que légalement, ça te mettrait dans une situation terrible. Avant d'en venir là, tu ne peux rien tenter d'autre ?

— J'espérais obtenir quelque chose de Dill. C'est un type sympa, mais il ne veut pas parler de son premier mariage. Au moins, le parquet est posé dans son grenier ! dit Jack avec un rire bref. J'ai pensé retourner interroger le couple qui vivait à côté de Meredith et Emory quand ils ont eu leur premier enfant, poursuivit-il sans enthousiasme. J'ai reconsidéré ce qu'ils m'ont dit, et je crois que quelque chose cloche dans leur récit.

— Ils vivent où ?

— Dans le petit village perdu, au nord de Little Rock, où les Osborn habitaient avant de venir s'installer ici. Tu sais… celui qui n'est pas loin de Conway.

— Et qu'est-ce qui cloche ?

— Ce qui cloche… c'est quelque chose qu'a dit la femme et qui n'a pas de sens. Elle a dit que Meredith lui avait confié que l'arrivée du bébé avait été le jour le plus triste de sa vie et que l'accouchement à la maison avait été épouvantable.

Ça pouvait être un indice, comme ça pouvait ne rien vouloir dire – les simples effusions d'une femme qui venait de donner naissance, chez elle, pour la première fois.

— Elle a eu le deuxième enfant à l'hôpital, fis-je remarquer. Enfin, c'est ce que je suppose ; je pense que si elle avait eu Jane Lilith à la maison, quelqu'un l'aurait déjà évoqué.

Mais je notai mentalement de vérifier ce point.

— Pourquoi est-ce que Meredith devait mourir ? dit Jack. Pourquoi Meredith ?

Il ne s'adressait pas vraiment à moi. Il regardait par la fenêtre, les mains toujours dans les poches. De profil, il semblait sombre et effrayant. Si je coupais virtuellement sa queue-de-cheval, je pouvais me rendre compte de ce à quoi il avait ressemblé en tant que flic. Je n'aurais pas eu peur de prendre des coups s'il m'avait arrêtée, songeai-je, mais j'aurais compris qu'essayer de fuir aurait été une folie.

— Elle gardait les deux autres petites filles, suggérai-je.

Jack hocha la tête.

— Alors elle les connaissait bien, physiquement. Elle aurait eu l'occasion, tôt ou tard, de voir chaque petite fille toute nue. Mais le bébé Macklesby n'avait aucune marque distinctive sur le corps.

— Alors selon toi, qui t'a envoyé la photo ?

— Je pense que c'était Meredith Osborn, déclara-t-il en se détournant de la fenêtre pour me regarder droit dans les yeux. Je pense qu'elle l'a envoyée parce qu'elle voulait réparer une grande injustice. Et je pense que c'est pour ça qu'on l'a tuée.

— Qu'est-ce que tu faisais, en réalité, la nuit où elle a été tuée ?

— J'étais en route pour aller lui poser quelques questions, expliqua-t-il. J'étais passé devant le Grill de Bartley et j'avais vu son mari et ses enfants à l'intérieur. Le bébé était dans l'une de ces chaises hautes, et Eve et lui bavardaient. Je savais donc que Meredith était seule chez elle et je pensais qu'elle en savait bien plus à propos de la photo.

— Pourquoi ?

— Roy a cherché les empreintes sur la photo et l'enveloppe. Il n'y en avait aucune sur la photo – on l'avait nettoyée – mais il y en avait sur l'enveloppe, sur le scotch utilisé pour coller le rabat. Elle était très nette, toute petite. Tu m'avais dit combien Meredith était petite. Tu n'as jamais remarqué à quel point ses mains étaient petites ?

Non, je n'avais jamais fait attention.

— J'espérais pouvoir obtenir ses empreintes pour pouvoir les comparer. J'avais prévu de sonner à la porte et de lui dire que j'étais un détective de la ville et aussi ton petit ami. Je voulais lui tendre une photo et lui demander de l'identifier. Quand elle m'aurait dit qu'elle ne connaissait pas la personne, j'aurais rangé la photo dans un plastique pour relever les empreintes plus tard.

Si je pouvais aller chez les Osborn, j'étais presque prête à parier que je pourrais trouver quelque chose avec des empreintes dessus. Et je pourrais aussi vérifier s'il manquait une page au livre de souvenirs scolaires d'Emory.

— Mais je ne veux pas que tu sois impliquée là-dedans. Tu as vu comment elle est morte, dit brutalement Jack.

Je relevai vivement les yeux. Il se tenait juste devant moi.

— Je sais quand tu es sur le point de faire quelque chose ; tu crispes la mâchoire d'un air têtu, poursuivit-il. Qu'est-ce que tu as en tête, Lily ?

— Le ménage, répondis-je.

— Le ménage de quoi ?

— Le ménage chez les Osborn, et chez les Kingery.

Il considéra ma réflexion.

— Ce n'est pas ton affaire, dit-il.

— Je veux qu'on soit partis d'ici pour Noël.

— Moi aussi, acquiesça-t-il avec ferveur.

— Eh bien voilà, ajoutai-je pour conclure notre discussion.

— Est-ce que j'ai dit quelque chose que je n'ai pas eu conscience de dire ?

— On est d'accord pour en finir avec ça avant Noël.

Jack me jeta un regard noir.

— Donc je m'en vais d'ici, dit-il abruptement. Je t'appelle. Ne fais rien qui puisse te mettre en danger.

— Sois prudent au volant, ajoutai-je.

Il me déposa un baiser froid sur la joue, m'adressa un autre regard soupçonneux et, sans plus s'attarder, il partit. Je regardai Jack boucler sa ceinture par la fenêtre dépourvue de rideaux et sortir de l'allée.

Puis je me rendis chez le veuf et lui proposai de nettoyer sa maison.

Chapitre 6

Avec ses os fins et son teint pâle, les yeux rouges et gonflés d'Emory lui donnaient un air de lapin russe. Ces yeux semblèrent à peine assimiler mon identité. Il paraissait totalement rongé de l'intérieur.

— Ah, oui ? Que puis-je faire pour vous ? me demanda-t-il d'une voix lointaine.

— Je suis venue nettoyer votre maison.

— Quoi ?

— C'est ce que je fais pour gagner ma vie, le ménage. C'est ce que je peux vous offrir pour vous soulager.

Il était toujours perplexe. J'étais mécontente de moi, je parvins difficilement à contrôler mon impatience.

— Ma sœur… dit-il d'une voix hésitante. Elle vient demain.

— Alors il faut que votre maison soit propre pour son arrivée.

Il me dévisagea encore un moment. Je l'imitai. Derrière lui, au fond d'un couloir sombre, je vis Eve surgir par une porte ouverte. Elle n'était plus qu'un petit fantôme d'elle-même.

— Mademoiselle Lily, dit-elle. Merci d'être venue.

C'était ce qu'elle avait entendu son père dire aux visiteurs tout au long de la journée, et son effort pour paraître adulte me serra le cœur. Je me demandai aussi ce qu'Eve faisait chez elle, alors qu'elle était censée être chez les O'Shea.

Emory finit par s'écarter pour me laisser entrer, mais il semblait toujours incertain. Je jetai un coup d'œil à ma montre, pour lui faire comprendre combien mon temps était précieux, et ce geste sembla le tirer de sa léthargie.

— C'est tellement gentil de votre part, mademoiselle... Bard, dit-il. Est-ce qu'il y a quelque chose qu'on doit... ?

— Je me suis dit qu'Eve pourrait me montrer où se trouvent les produits.

Je ne suis pas une conseillère en matière de deuil. Je ne connais absolument rien aux enfants. Mais c'est toujours mieux d'être occupé.

— Ce serait bien, dit-il d'un air vague. Alors je vais... et il s'égara totalement. Oh, Eve, reprit-il par-dessus son épaule, rappelle-toi tes manières. Reste avec Mlle Bard.

Eve sembla légèrement irritée, mais elle répondit :

— Oui, Papa.

La petite fille et moi échangeâmes un regard prudent.

— Où est le bébé ? demandai-je.

— Elle est chez les O'Shea. J'y suis restée un moment, moi aussi, mais Papa a dit qu'il fallait que je rentre.

— Très bien. Où est la cuisine ?

Un sourire incrédule se dessina sur ses lèvres. Tout le monde savait certainement où se trouvait la cuisine ! Mais Eve était polie et me guida vers l'arrière de la maison, sur la droite.

— Où sont tous les produits d'entretien ? demandai-je.

Je posai mon sac sur le comptoir de la cuisine, retirai mon manteau et l'accrochai au dos d'une chaise.

Eve ouvrit un placard dans la buanderie voisine. Je remarquai que le panier de linge sale était rempli.

— Tu ferais peut-être mieux de me faire visiter la maison avant que je commence.

La fillette me fit donc faire le tour de sa maison. Cette dernière était une vieille et grande demeure, avec de hauts plafonds, des murs lambrissés et des sols qui nécessitaient de l'entretien. Je remarquai le compteur d'un plancher chauffant. Je n'en avais pas vu depuis des années. Un sapin de Noël, décoré de symboles religieux, se dressait dans le salon, la seule pièce commune de la famille. Le canapé, la table basse et les fauteuils étaient en bois d'érable, recouverts de plaids d'un brun fade. Propres mais affreux.

Emory était avachi dans l'un des fauteuils, les mains posées autour d'une tasse froide qui avait contenu du café. Je savais qu'elle était froide car je voyais le cercle vers le milieu. Il avait bu quelque chose après s'être assis, tout seul. Il ne remarqua même pas notre passage dans la pièce. Je me demandai si je devais l'épousseter comme un meuble.

La chambre principale était en ordre, mais les meubles avaient besoin d'être astiqués. La chambre d'Eve... eh bien, le lit avait été fait n'importe comment, mais le sol était jonché de Barbies et de livres colorés. La chambre du bébé était plus ordonnée, puisque ce dernier ne marchait pas encore. La corbeille à couches était pleine. La salle de bains devait faire l'objet d'un nettoyage complet. La cuisine, ça allait à peu près.

— Où sont les draps ? demandai-je.

— Ceux de Maman sont là-dedans, expliqua Eve en pointant du doigt la double penderie dans la chambre principale.

Je défis le lit double, portai les draps dans la buanderie et lançai une machine. De retour dans la chambre, j'ouvris la penderie.

— C'est le tabouret de Maman, dit Eve obligeamment. Elle en a toujours besoin pour descendre les affaires de l'étagère.

Je faisais au moins quinze centimètres de plus que Meredith et je pouvais facilement atteindre l'étagère. Mais le tabouret serait pratique si je voulais regarder derrière les draps.

Je me mis sur la pointe des pieds, soulevai une paire de draps et parcourus des yeux le contenu des étagères de la penderie. Une couverture supplémentaire pour le lit, un carton qui portait l'inscription « Cirage », une boîte en métal bon marché pour les dossiers et les papiers importants. Puis, sous une pile de sacs, je repérai une boîte marquée « Eve ». Après avoir posé les draps sur le lit, j'envoyai Eve chercher un chiffon à poussière et la cire pour les meubles.

Je soulevai la boîte et l'ouvris. Je dus serrer les dents pour me résoudre à en examiner le contenu. Mon impression d'intrusion était écrasante.

Dans la boîte, je découvris des cartes de vœux « Bienvenue au bébé ! », le genre que la famille et les amis envoient à un couple qui vient d'avoir un enfant. Je les feuilletai rapidement. Aucun indice là-dedans. Je trouvai également un petit hochet et une tenue de nourrisson en tricot très doux, jaune avec de petites girafes vertes, avec un entrejambe à pressions et de longues manches. Elle avait été soigneusement pliée. Peut-être la tenue d'Eve quand elle était rentrée de l'hôpital. Mais Eve était née à la maison, me rappelai-je. Bon, eh bien peut-être la tenue préférée de Meredith pour son bébé. Ma mère avait encore les miennes et celles de Varena empaquetées au grenier.

Je refermai la boîte et la remis dans sa position. Le temps qu'Eve revienne dans la chambre, j'avais réarrangé le couvre-lit à fleurs et tendu en travers du lit la couverture pliée aux pieds.

Nous fîmes toutes les deux la poussière. Évidemment, Eve n'était pas des plus efficaces, comme peut l'être une petite fille de huit ans en deuil de sa mère. Je suis quelque peu rigide quant à la manière dont j'aime que le ménage soit fait, et je n'ai pas l'habitude de travailler avec quelqu'un, mais j'y parvins tout de même.

J'éprouvai un instant d'inquiétude en voyant Eve manipuler les affaires de sa mère, mais la petite semblait le faire avec tant de neutralité que je me demandai si elle avait vraiment pris conscience que sa mère n'allait pas revenir.

Au cours de mon nettoyage, je m'assurai d'avoir examiné chaque coin et recoin. À l'exception des tiroirs de la commode et des tables de nuit, je vis ce qu'il y avait à voir dans la chambre : sous le lit, au fond du placard et de presque chacun des meubles. Plus tard, alors que je commençais à ranger le linge propre, je pus même jeter un coup d'œil au contenu des tiroirs. Rien que les affaires habituelles, d'après ce que je pus en juger.

L'un des tiroirs du petit bureau installé dans le coin était bourré de factures de médecin liées à la grossesse de Meredith. Au premier coup d'œil, je compris que cette dernière avait été difficile. J'espérai que le magasin de meubles offrait une bonne assurance à ses employés.

— Secoue le produit, Eve, lui rappelai-je, et elle agita l'aérosol jaune de cire pour les meubles. Maintenant, vaporise.

Elle aspergea prudemment un jet de cire sur la surface du bureau. Elle frotta avec un chiffon, avant de remettre à leur place le bac à lettres, le pot à crayons et une boîte qui contenait des timbres et des étiquettes d'adresse. Quand Eve s'excusa pour aller à la salle de bains, je serrai de nouveau les dents et fis quelque chose qui me dégoûtait : je ramassai la brosse à cheveux de Meredith, sur laquelle on pouvait raisonnablement supposer qu'il y avait des empreintes, l'emballai dans un sac plastique propre que j'avais mis de côté, me rendis dans la cuisine et le fourrai dans mon sac.

J'étais de retour dans la chambre et arrangeai une pile de papiers pour que les coins soient bien à angle droit quand Eve réapparut.

— Ce sont les factures de Maman, dit-elle d'une voix importante. On paie toujours nos factures.

— Bien sûr, acquiesçai-je en rassemblant les produits d'entretien et en en tendant quelques-uns à Eve. On a fini ici.

Alors que nous entamions la chambre d'Eve, je vis bien que la petite fille s'ennuyait, l'originalité de sa tâche commençant à perdre de son intérêt.

— Où est-ce que vous avez dîné, hier soir ? lui demandai-je avec désinvolture.

— On est allés au restaurant, répondit-elle. J'ai pris un milk-shake. Jane a dormi tout le temps. C'était super.

— Ton père était avec vous, remarquai-je.

— Ouais, il voulait laisser Maman passer une soirée tranquille, expliqua Eve d'un air approbateur.

Puis la fin de cette soirée tranquille lui revint en plein visage, et je vis le plaisir du souvenir de son milk-shake disparaître. Je ne pouvais plus lui poser la moindre question à propos de la veille.

— Pourquoi tu n'irais pas chercher ton dernier livre de photos de classe pour me montrer tes amis ? suggérai-je tandis qu'elle me sortait les draps de son placard et que je commençais à faire son petit lit.

— Oh, bien sûr ! s'exclama-t-elle avec enthousiasme.

Elle se mit à fouiller dans la bibliothèque basse qui était remplie de livres d'enfants et de bibelots. Rien ne semblait particulièrement rangé dans cette bibliothèque, et je ne fus pas surprise d'entendre Eve me dire qu'elle n'arrivait pas à mettre la main sur son livre de photos le plus récent. Elle en sortit un qui datait de deux ans, à la place, et sembla ravie de me citer les noms de chaque enfant sur la photo. Je n'avais besoin que de sourire et de hocher la tête et, de temps en temps, de dire :

— Vraiment ?

D'une manière aussi insouciante que possible, je me mis à parcourir moi-même les livres de la bibliothèque. Le livre de souvenirs de l'année précédente ne s'y trouvait pas.

Eve se détendit sensiblement tandis qu'elle regardait les photos de ses amis et connaissances.

— Est-ce que tu es allée chez le médecin, la semaine dernière, Eve ? demandai-je, de manière toujours aussi fortuite.

— Pourquoi tu veux savoir ça ? demanda-t-elle.

Je fus embarrassée. Je ne m'étais pas imaginé qu'une enfant pourrait me demander en quoi cela m'intéressait.

— Je me demandais seulement qui était ton médecin.

— Le Dr LeMay.

Ses yeux bruns s'agrandirent alors qu'elle repensait à sa réponse.

— Il est mort aussi, dit-elle avec tristesse, comme si le monde entier mourait autour d'elle.

Pour Eve, c'est ce qu'elle avait dû ressentir.

Je ne trouvais pas de manière naturelle et indolore de lui poser une nouvelle fois la question, et je ne pouvais pas faire encore plus de peine à la fillette. À ma grande surprise, Eve poursuivit d'elle-même :

— Maman est venue avec moi.

— Ah oui ?

Je tentai de garder une voix aussi évasive que possible.

— Oui. Elle aimait bien le Dr LeMay, et Binnie aussi.

Je hochai la tête en soulevant une pile de cahiers de coloriage et les remis bien droits.

— Ça fait mal, mais ça n'a pas duré longtemps, déclara Eve, citant manifestement les paroles de quelqu'un.

— Qu'est-ce qui n'a pas duré longtemps ? demandai-je.

— Ils m'ont fait une prise de sang, répondit-elle avec importance.

— Beurk.

— Ouais, ça fait mal, admit-elle en secouant la tête comme une femme d'âge moyen, avec philosophie. Il y a certaines choses qui font mal mais il faut faire avec.

Je hochai de nouveau la tête. Ça faisait beaucoup de philosophie stoïque pour une enfant de cours moyen.

— Je maigrissais et Maman pensait que j'avais peut-être quelque chose qui n'allait pas, expliqua-t-elle.

— Alors, qu'est-ce qui n'allait pas ?

— Je ne sais pas, répondit Eve en baissant les yeux. Elle ne me l'a jamais dit.

Je hochai la tête comme si c'était tout à fait normal. Mais ce qu'Eve venait de dire m'inquiétait, m'inquiétait sérieusement. Et si quelque chose n'allait vraiment pas chez la petite ? Son père était certainement au courant, à propos de la visite chez le médecin et de la prise de sang ? Et si Eve était anémique ou avait une maladie pire encore ?

Elle me semblait bien portante, mais j'étais prête à admettre que je n'étais pas compétente en la matière.

Eve était fine et pâle, oui, mais pas de manière anormale. Elle avait des cheveux brillants et ses dents semblaient propres et saines, elle sentait bon et semblait se tenir debout sans peine, et elle était capable de croiser mon regard. L'absence de l'une de ces conditions est une raison de s'inquiéter, leur présence est rassurante. Alors pourquoi je n'arrivais pas à me détendre ?

Nous passâmes ensuite à la chambre du bébé. Eve me suivait comme une ombre. De temps en temps, la sonnette retentissait et j'entendais Emory traverser la maison pour ouvrir la porte, mais les visiteurs ne restaient jamais longtemps. Confronté à la tristesse crue d'Emory, il devait être difficile de rester là à bavarder.

Après avoir fini la chambre du bébé et la salle de bains, je pénétrai dans la cuisine et découvris que la nourriture s'entassait plus vite qu'Emory n'avait le temps de la stocker. Il était là debout, un bol en plastique à la main, celui-ci recouvert d'un film rose que tout le monde avait dans le coin. J'ouvris le réfrigérateur et évaluai la situation.

— Hmm, fis-je.

Je commençai à tout réorganiser. Emory posa le bol et vint m'aider. Tous les petits restes éparpillés ici et là finirent à la poubelle, les plats qui les contenaient dans l'évier, et je nettoyai l'étagère du bas où quelque chose avait coulé.

— Vous avez une liste ? demandai-je à Emory.

Il sembla sortir de sa transe.

— Une liste ? répéta-t-il comme s'il n'avait jamais entendu ce mot.

— Vous devez faire une liste des personnes qui vous ont apporté à manger et dans quel plat. Vous avez du papier, à portée de main ?

Il valait mieux que la sœur d'Emory arrive le plus vite possible.

— Papa, j'ai un cahier dans ma chambre ! s'exclama Eve avant de courir le chercher.

— Oui, je crois que ça m'a traversé l'esprit, mais j'ai oublié, dit Emory.

Il cligna des yeux et sembla se réveiller peu à peu. Quand Eve réapparut dans la cuisine avec plusieurs feuilles de papier, il la serra contre lui. Elle se tortilla dans ses bras.

— Il faut qu'on fasse la liste, Papa ! dit-elle en le regardant sévèrement.

Je songeai qu'au cours du jour précédent, Eve avait eu sa dose de câlins et de caresses dans le dos pour deux éternités.

Elle commença elle-même la liste, d'une écriture précaire et assez particulière. Je lui expliquai comment faire et elle s'installa sur un tabouret devant le comptoir, inscrivant laborieusement la nourriture offerte d'un côté, celui qui l'avait apportée de l'autre, et ajoutant une petite étoile à ceux qui devaient récupérer un plat.

Enthousiasmé par notre activité, Emory commença à passer des coups de fil depuis le téléphone posé sur le comptoir de la cuisine. D'après les bribes de conversation que je surpris, je compris qu'il appelait le commissariat pour savoir quand le corps de Meredith allait pouvoir revenir de l'autopsie à Little Rock selon eux, prenait des dispositions pour la musique du service funèbre, donnait des nouvelles à son travail, essayait de remettre sa vie en mouvement. Il commença à écrire sa propre liste d'une écriture minuscule et illisible. C'était une liste des choses à faire avant l'enterrement, m'expliqua-t-il d'une voix calme. J'étais ravie de le voir sortir de sa torpeur.

Il commençait à se faire tard et j'accélérai donc mon rythme de travail. Je terminai promptement de balayer, nettoyer et éponger la cuisine. Je sélectionnai le dîner d'Emory et Eve en posant des plats sur le comptoir avec des instructions pour les faire réchauffer. Emory parlait toujours au téléphone, alors je quittai la cuisine, Eve sur mes talons. J'enfilai mon manteau et passai la bandoulière de mon sac à main autour de moi.

— Tu pourras revenir, Lily ? demanda Eve. Tu sais tout faire !

Je baissai les yeux vers elle. Je trahissais cette enfant et son père en abusant de leur confiance. L'admiration qu'Eve me vouait me fendit le cœur.

— Non, je ne peux pas revenir demain, répondis-je avec toute la gentillesse dont j'étais capable. Varena se marie le lendemain et j'ai encore beaucoup à faire à ce sujet. Mais j'essaierai de revenir vous voir.

— D'accord.

Elle accepta de manière très disciplinée, ce qui, je commençais à le comprendre, était typique d'Eve Osborn.

— Et merci d'être venue nous aider aujourd'hui, ajouta-t-elle après avoir avalé sa salive par deux fois.

Très « maîtresse de maison ».

— Je me suis dit que vous aviez plutôt besoin d'un peu de ménage que de nourriture, encore !

— Tu avais raison, dit-elle sobrement. La maison est bien plus agréable.

— À plus, lançai-je en me penchant pour la serrer brièvement contre moi ; j'avais l'impression d'être maladroite. Prends soin de toi.

Quelle chose stupide à dire à un enfant, me grondai-je mentalement, mais je ne savais absolument pas quoi dire d'autre.

Emory se tenait devant la porte d'entrée. J'eus l'impression d'agir comme un ours. J'avais failli partir sans le saluer.

— Je ne pourrais jamais assez vous remercier, dit-il avec une sincérité douloureuse et importune.

— Ce n'était rien.

— Non, non, insista-t-il, ça signifie beaucoup.

Il était sur le point de se remettre à pleurer.

Oh, bon sang.

— Au revoir, dis-je fermement en sortant.

En jetant un coup d'œil à ma montre, je réalisai que je n'allais jamais pouvoir m'en sortir sans expliquer à mes parents où j'étais et ce que j'avais fait.

Pour renforcer encore mon sentiment de culpabilité, mes parents jugèrent qu'en montrant mon soutien à Emory Osborn dans cette épreuve, j'avais agi en formidable chrétienne. Dire que je les laissais penser le meilleur à mon sujet quand je le méritais le moins...

J'essayai de repousser mes remords dans un petit coin de mon cœur. Au moins, les Osborn avaient maintenant une maison propre pour recevoir leurs visiteurs. Et j'avais un rapport négatif pour Jack. Je n'avais rien découvert d'important, à l'exception de la visite d'Eve chez le médecin. Même si j'avais volé la brosse.

Quand Varena sortit de sa chambre, l'air presque aussi larmoyant qu'Emory, je mis la deuxième partie de mon plan à exécution.

— Je suis d'humeur à faire le ménage, lui dis-je. Ça te dirait que je m'occupe de la maison de Dill, pour qu'elle soit impeccable pour votre premier Noël ensemble ?

Varena et Dill ne partaient en lune de miel qu'après Noël, ils passeraient donc les fêtes à la maison avec Anna.

D'une manière ou d'une autre, puisque ma mission était d'épargner de la peine à Varena, je me sentis moins coupable que lorsque j'avais proposé à Emory de nettoyer la sienne. Mais j'avais un goût amer dans la bouche, sans doute celui du dégoût que je m'inspirais à moi-même.

— Merci ! dit Varena avec une surprise manifeste. Ce serait vraiment un poids en moins pour moi. Tu es sûre ?

— Tu sais que j'ai besoin de m'occuper, lui dis-je franchement.

— Sois bénie, dit-elle avec compassion en me serrant contre elle.

D'une certaine manière, la compassion indésirable de ma sœur renforça ma détermination.

Puis la sonnette retentit ; quelques amis de mes parents qui revenaient tout juste de voyage pour voir les décorations de Noël à Pigeon Forge. Ils étaient tout à leur voyage et avaient ramené un cadeau à Dill et Varena. Je pus aisément me glisser dans ma chambre après les salutations de rigueur. Je pris une douche bien chaude et attendis l'appel de Jack.

Il ne vint pas. Le téléphone sonna ce soir-là, des appels provenant d'amis qui voulaient vérifier que tout s'organisait bien, de Dill qui voulait parler à Varena, de compagnies de cartes de crédit qui voulaient proposer de nouveaux services à mes parents, de membres de l'église qui tentaient d'organiser un repas pour la famille Osborn après l'arrivée des proches pour les funérailles de Meredith.

Mais pas de Jack.

Quelque chose me turlupinait et je voulais revoir les photos de Summer Dawn à huit ans. Je voulais poser quelques questions à Jack. Je voulais jeter un coup d'œil dans sa serviette. Voilà ce qui pouvait me permettre d'identifier ce qui me tourmentait.

Vers 20 h 30, j'appelai Chandler McAdoo.

— Allons faire un tour, proposai-je.

Chandler se présenta chez mes parents dans son propre véhicule, une Jeep. Il portait une chemise fatiguée, en flanelle à carreaux rouges et blancs, une veste de camouflage, un jean et des Nike.

Ma mère ouvrit la porte avant que j'aie pu l'atteindre.

— Chandler, dit-elle, légèrement surprise. Vous voulez nous poser d'autres questions au sujet de l'autre jour ?

— Non, m'dame. Je viens prendre Lily.

Il portait une casquette à l'effigie des Arkansas Travelers et sa visière s'inclina quand il me fit un signe de tête. J'enfilai mon manteau.

— Alors ça, ça me rappelle le bon vieux temps, dit ma mère avec un sourire.

— À tout à l'heure, Maman, dis-je en remontant la fermeture de mon vieux coupe-vent rouge.

— Très bien, chérie. Amusez-vous bien tous les deux.

J'aimais bien la Jeep. L'intérieur était impeccable et j'approuvais totalement. Jack avait tendance à disperser de la paperasse partout dans la sienne.

— Alors, on va où ? demanda Chandler.

— Il fait trop froid et on est trop vieux pour l'étang de Frankel, dis-je. Qu'est-ce que tu dis du Cœur du Delta ?

— C'est parti pour le Cœur, approuva-t-il.

Le temps que nous prenions place dans le petit restaurant familial que nous fréquentions assidûment dans notre période lycée, Chandler était lancé dans le résumé de sa vie : ses deux tentatives de mariage, le petit garçon dont il était si fier (qu'il avait eu avec Cindy, la femme numéro deux) et la femme qui partageait actuellement sa vie – Tootsie Monahan, la demoiselle d'honneur de Varena que j'appréciais le moins.

Après avoir tous deux jeté un œil au menu – qui ressemblait étrangement à celui de l'époque de mes seize ans, à l'exception des prix – et passé notre commande auprès de la serveuse (hamburger complet avec frites pour Chandler, milk-shake au caramel pour moi), Chandler m'adressa un regard aiguisé qui signifiait « Venons-en au fait ».

— Alors, c'est quoi l'histoire avec ce type avec qui tu sors ?

— Jack.

— Je connais son foutu nom. Qu'est-ce qu'il fait ici ?

Chandler et moi nous dévisageâmes pendant un instant. Je pris une profonde inspiration.

— Il suit la piste de…

Je m'arrêtai net. Comment pouvais-je faire ça ? Où était ma loyauté ?

Chandler fit un mouvement rotatif de la main pour m'inciter à cracher le morceau.

Chandler avait déjà dit certaines choses à Jack, à cause de son affection pour moi. Mais l'effort physique d'ouvrir la bouche pour dévoiler les affaires de Jack, ça m'était presque impossible. Je fermai les yeux une seconde et pris une nouvelle inspiration.

— Une personne disparue, achevai-je.

Il assimila cet aveu.

— D'accord, raconte-moi.

J'hésitai.

— Ce ne sont pas mes affaires.

— Qu'est-ce que tu attends de moi, Lily ?

Le visage de Chandler sembla infiniment plus âgé.

Oh, doux Jésus, je détestais ça.

— Dis-moi ce que faisaient les gens quand Meredith Osborn a été tuée. Je ne sais pas si ça a un quelconque rapport avec le boulot de Jack, Chandler, et c'est la vérité. J'étais dans la maison, à quelques pas d'elle et s'il y a une chose que je sais faire, c'est me battre.

Je n'avais pas compris combien ça me tracassait avant de le formuler à voix haute.

— Je n'ai même pas eu l'occasion de lever le petit doigt pour lui venir en aide, repris-je. Parle-moi de ce soir-là.

Je me disais qu'il pouvait le faire sans enfreindre aucune loi.

— Ce que les gens faisaient. Ce qui est arrivé à Meredith.

Chandler semblait réfléchir, le regard concentré sur la salière, dans laquelle les grains de riz contrastaient avec la blancheur immaculée du sel.

Je ne m'étais pas rendu compte que je retenais ma respiration jusqu'à ce que Chandler commence à parler. Il joignit ses petites mains devant lui et ses traits se durcirent légèrement, une expression rigide qui, je le réalisais, devait être son attitude professionnelle.

— D'après ce que j'ai pu voir, Mme Osborn a succombé à plusieurs coups de couteau dans la poitrine, commença-t-il. On l'a frappée au visage, peut-être pour l'assommer et la faire tomber, et pour pouvoir la poignarder plus facilement. On l'a attaquée dans le jardin derrière la maison. Ça n'a dû prendre qu'une minute ou deux. Après ça, elle n'a pas pu faire plus d'un mètre. Ses blessures étaient très sévères. En plus, il devait faire au-dessous de 0 et elle n'avait pas de manteau.

— Mais elle a parcouru ce mètre.

— Oui.

— Vers la petite maison de Varena.

— Oui.

Je sentis ma bouche se comprimer pour devenir un trait dur et mes yeux se plisser, ce que mon ami Marshall avait une fois qualifié de « tête de poing ».

— Quel genre de couteau ?

— Une sorte de couteau de cuisine à lame simple, je dirais, mais on doit attendre l'autopsie pour être en être sûrs. On n'a retrouvé aucun couteau.

— Tu es allé chez les Osborn ?

— Bien sûr. On devait vérifier que le tueur n'était pas à l'intérieur et la porte de derrière n'était pas fermée à clé.

— Alors quelqu'un a fait du bruit, ou a attiré Meredith à l'extérieur... ?

Il haussa les épaules.

— Quelque chose comme ça, j'imagine. Elle n'avait pas peur. Sinon, elle serait restée à l'intérieur et elle aurait verrouillé la porte de derrière. Elle aurait pu nous appeler. J'ai vérifié, le téléphone fonctionne. Mais au lieu de ça, elle est sortie.

Une conclusion inéluctable flotta tacitement entre nous : Meredith avait vu quelqu'un qu'elle connaissait dans le jardin, quelqu'un en qui elle avait confiance.

— À quelle heure Emory a-t-il dit avoir quitté la maison ?

— Vers 19 heures. Avec les deux petites. Il a dit qu'il voulait accorder à sa femme un peu de temps pour elle. Elle avait vécu une période difficile avec la naissance du deuxième, elle ne récupérait pas ses forces et ainsi de suite.

Je haussai les sourcils.

— Oui, la serveuse a confirmé qu'Emory était arrivé au restaurant à peu près cinq minutes plus tard. Emory et Eve ont mis environ quarante-cinq minutes à manger, et puis le bébé s'est réveillé et Emory lui a donné un biberon, lui a fait faire son rot et tout ça. Ils ont donc quitté le restaurant vers 20 h 15. Emory devait passer acheter quelques petites choses au Kmart, donc il a emmené les filles et ils ont acheté des vitamines et d'autres trucs... ce qui nous amène vers 20 h 50, 21 heures, par là.

— Et il est rentré chez lui.

— Et il est rentré chez lui, approuva Chandler. Il était totalement déchiré. Il est devenu blanc comme un linge.

— Vous avez déjà fouillé la maison ?

— Oui, on était obligés. On n'a trouvé aucune preuve que qui que soit d'autre que la famille ait pénétré à l'intérieur. Rien de suspect. Pas d'entrée par effraction, pas de message de menace sur le répondeur, aucun signe de lutte… le néant.

— Chandler… hésitai-je, mais je ne trouvais aucun autre moyen de le savoir. Est-ce que vous avez fouillé sa voiture ?

Chandler remua sur son siège.

— Non. Tu penses qu'on aurait dû ?

— Est-ce que tu as demandé à Eve si son père était repassé à la maison parce qu'il avait oublié un truc, ou quelque chose dans le genre ?

— J'ai fait de mon mieux pour l'interroger à ce sujet. Je devais faire vraiment très attention, je ne voulais pas que la petite pense qu'on soupçonnait son père. Elle n'a que huit ans !

Chandler me regardait avec colère, comme si c'était moi qui l'avais fait.

— Qu'est-ce qu'elle a dit ? demandai-je en gardant une voix calme et neutre.

— Elle a dit qu'ils étaient allés au restaurant. Point barre. Puis au Kmart. Point barre.

Je hochai la tête en détournant les yeux.

— Où se trouvait Jess O'Shea ?

Je sentis la chaleur du long regard que Chandler posa sur moi alors que de mon côté, je fixai des yeux la table en Formica bon marché.

— Dave a demandé à Emory à quelle église il allait, et quand il a désigné la presbytérienne, on a appelé Jess, dit lentement Chandler. Lou nous a dit qu'il était dans son bureau en train de conseiller un membre de la congrégation.

— Tu as appelé là-bas ?

— Oui.

— Il a répondu ?

— Oui. Mais il a dit qu'il ne pouvait pas venir tout de suite.

Je me demandai si Jess était venu chez les Osborn, cette nuit-là. Je ne me souvenais pas si la scène entre Emory et lui le jour suivant m'avait donné l'impression qu'il s'agissait d'une première rencontre ou de la suite d'un dialogue entamé la veille au soir. Je m'étais sentie tellement embarrassée que j'avais essayé de faire abstraction de leur conversation pour ne pas l'entendre.

— Est-ce qu'il a donné une raison ?

— J'ai seulement supposé qu'il devait finir son entretien avec la personne qui se trouvait dans son bureau.

Résultat, Jess n'était donc pas chez lui et la police ne lui avait pas demandé de se justifier pour le laps de temps qui nous intéressait. De leur point de vue, ils n'avaient aucune raison de le faire.

Varena m'avait dit que Dill passait la soirée chez lui avec Anna. Dill ne me semblait pas être le genre de père à laisser Anna toute seule chez eux, mais il avait peut-être pu trouver une solution malgré tout, songeai-je. Je me demandai si j'allais pouvoir trouver un moyen de poser des questions sans faire retentir l'alarme dans la tête de Varena.

— Lily, si quelqu'un est en danger, ou si tu as la moindre idée de celui qui a assassiné cette pauvre femme, tu es légalement dans l'obligation de me le dire. Et moralement, aussi.

Je regardai au fond des yeux ronds et bruns de Chandler. Je connaissais cet homme depuis toujours, j'avais été son amie, par intermittence, tout ce temps.

Quand j'étais rentrée à Bartley après ma spectaculaire victimisation et l'acharnement, par la suite, des médias, Chandler m'avait assidûment rendu visite. Il était entre deux mariages et on sortait dîner ensemble, on se baladait, on passait du temps tous les deux pour me permettre de m'éloigner un peu de ma famille et de leur amour qui m'étouffait.

À cette époque-là, sept ans plus tôt, nous avions également partagé un moment horriblement embarrassant dans le gros pick-up que Chandler conduisait alors. Mais j'étais certaine que nous faisions tous les deux de notre mieux pour ne pas y repenser.

— Je ne connais personne qui soit en danger, dis-je avec prudence. Je ne sais pas qui a tué Meredith.

C'était absolument vrai.

— Tu devrais me dire tout ce que tu sais, dit Chandler d'une voix lente et résolue, aussi effrayante que le sifflement d'un serpent.

Je serrai les poings sur la table en Formica usée grise et rose. J'enfonçai les talons dans le socle en bois de mon siège, comme pour me donner une impulsion. Une expression de surprise passa sur le visage de Chandler et il se redressa en s'écartant de moi.

— Qu'est-ce que tu as en tête ? demanda-t-il vivement, en repoussant son assiette vide sur le côté sans me quitter des yeux, préparant sa surface pour l'action.

Pour une fois, j'avais hâte de m'expliquer. Mais je ne pouvais pas. Je pris deux profondes inspirations pour me détendre.

— Tu aimes cet homme, dit-il.

Je commençai à secouer la tête de gauche à droite : non. Mais je dis :

— Oui.

— C'est le bon.

Je hochai la tête, un petit mouvement saccadé de haut en bas.

— Et il ne... il arrive à se faire à... ce qui t'est arrivé ?

— Les cicatrices ne le dérangent pas, répondis-je d'une voix aussi douce et légère que des paysages qui se fondent dans un rêve.

Chandler vira au cramoisi. Il détourna les yeux et les concentra sur les motifs du Formica.

— C'est bon, lui dis-je, presque dans un murmure.

— Est-ce qu'il... est-ce qu'il sait combien il a de la chance ? demanda Chandler, incapable de trouver une autre manière de me demander si Jack était aussi amoureux de moi.

— Je ne sais pas.

— Lily, si tu veux que j'aie une sérieuse discussion avec ce type, tu n'as qu'un mot à dire.

Et il ne plaisantait pas. Je l'observai d'un regard neuf. Cet homme était prêt à s'engager volontairement dans une conversation des plus humiliantes sans y réfléchir à deux fois.

— Est-ce que tu vas lui demander de mettre un genou à terre et de jurer d'oublier toutes les autres ?

le taquinai-je en souriant légèrement, incapable de m'en empêcher.

— Sans une foutue hésitation.

Ça aussi, il le pensait.

— Quel type formidable tu es, dis-je.

Toute la tension se dissipa, comme si j'étais un ballon percé d'une épingle.

— Tu as déjà parlé à Jack, c'est ça ?

— C'est un ancien flic et peu importe la manière dont sa carrière a pris fin.

Chandler rougit, mal à l'aise, puisque Jack n'avait pas exactement quitté la police de Memphis dans des circonstances honorables. Il reprit :

— Jack Leeds était un bon policier et il a procédé à d'importantes arrestations. Dès que j'ai réalisé qui il était, j'ai appelé un ami à moi qui est dans la police de Memphis.

Intéressant. Chandler avait appris la présence de Jack en ville probablement avant moi – et il avait pris ses renseignements sur lui.

— Mais en fait, le seul truc que ce type a pu me dire contre Jack, c'est qu'il a fréquenté une femme de ménage un peu louche, là-bas, poursuivit Chandler avec un sourire grimaçant.

Je le lui rendis. Toute la tension avait disparu et nous étions de nouveau de vieux amis. Sans me consulter, Chandler paya mon milk-shake et son plat, et je me levai avant d'enfiler mon manteau.

Quand il me déposa chez moi, il me fit un baiser sur la joue. Nous n'avions rien ajouté à propos de Meredith Osborn, ou du Dr LeMay, ni de Jack. Je savais que Chandler n'avait pas insisté uniquement parce qu'il m'était redevable, d'une certaine manière :

la dernière fois que nous nous étions vus, nous avions tous les deux passé une soirée épouvantable. Quelle que soit la raison, je m'en félicitais. Mais je savais aussi que si Chandler pensait que je lui cachais quelque chose, un élément susceptible de contribuer à la résolution des meurtres survenus dans la ville qu'il avait juré de protéger, il me tomberait dessus comme une tonne de briques.

Nous étions peut-être de vieux amis, mais nous portions tous les deux le fardeau de notre vie d'adulte.

Jack n'appela pas.

Cette nuit-là, je restai allongée, éveillée, les bras tendus, raides, le long de mon corps, les yeux rivés sur les bandes de lumière que le clair de lune jetait sur le plafond de mon ancienne chambre. Comme une distillation de toutes les nuits horribles que j'avais passées au cours des sept dernières années ; sauf que dans la maison de mes parents, je ne pouvais avoir recours à aucune de mes méthodes habituelles d'évasion et de délivrance. Je finis par me lever, m'asseoir dans le petit fauteuil dans le coin de la chambre et allumer la lumière.

J'avais fini ma biographie. Heureusement, j'avais pris quelques livres de poche chez Varena, en prévision de nuits comme celle-ci... des ouvrages que je n'aurais pas forcément choisis si j'avais eu plus de choix. Le premier était un livre de conseils sur le comportement à avoir avec son beau-fils ou sa belle-fille et le second, une romance historique. Un type au physique incroyable s'étalait en couverture. Je rivai les yeux sur son torse dénudé avec ses énormes pectoraux, en me demandant si la musculature de mon *sensei* lui-même pouvait l'égaler. Je trouvais tout à fait invraisemblable qu'un homme de combat, judicieux, porte sa chemise à moitié tombée sur ses épaules, de manière incommode et pas du tout pratique, et je trouvais encore plus ridicule que son amie ait choisi d'essayer de l'embrasser alors qu'il se penchait du haut de sa monture. Je calculai son poids, l'angle de la partie supérieure de son corps et la traction qu'il exerçait. Je pris en compte le vent fort qui soufflait dans ses cheveux et décrétai que Lord Robert Dumaury allait finir par terre aux pieds de Phillipetta Dunmore dans quelques secondes, se déboîtant probablement les épaules en chemin... et encore, c'était s'il avait de la chance. Je secouai la tête.

Je me plongeai donc dans le livre de conseils, et j'en appris plus que je ne l'avais jamais voulu sur le fait d'être une nouvelle mère pour un enfant déjà grand et que vous n'avez pas élevé. Le bouquin, lui, montrait tous les signes de celui qui a été lu et relu. J'espérai qu'il aurait plus d'utilité pour Varena que les aventures de Mlle Dunmore avec M. Pectoraux.

J'aurais tout donné pour une bonne grosse biographie bien épaisse.

Je lus la moitié du livre avant que le sommeil ne vienne. J'étais toujours dans le petit fauteuil, la lumière allumée, quand je fus réveillée à 7 heures par les bruits de ma famille se levant.

Je me sentais épuisée, presque trop lasse pour bouger.

Je fis quelques pompes et tentai quelques mouvements de jambes. Mais mes muscles étaient mous et faibles, comme si je me remettais d'une chirurgie importante. J'enfilai lentement ma tenue de sport. J'avais réservé ma matinée au nettoyage de la maison de Dill. Mais au lieu de me lever pour aller dans la salle de bains, je me rassis dans le fauteuil et me couvris le visage de mes mains.

Quelle idée de m'être impliquée dans cet enlèvement d'enfant, quelle idée ! Mais dans l'intérêt de ma famille, je ne savais absolument pas quoi faire d'autre. Avec un soupir de pure lassitude, je me levai et ouvris la porte de ma chambre pour réintégrer ma vie de famille.

C'était comme tremper ses orteils à la surface d'un étang calme, pour se faire aspirer soudain sous la surface par des remous.

Puisque nous étions la veille du mariage, Maman et Varena avaient un programme chargé. Maman devait passer à l'atelier de couture récupérer la robe qu'elle avait prévu de porter le lendemain : elle y avait fait faire des retouches. Elle devait aussi passer chez le traiteur pour revoir les dernières dispositions pour la réception. Varena et elle devaient emmener Anna à la fête d'anniversaire d'une amie, puis passer prendre la robe à fleurs de la petite qui, commandée sur le catalogue Penney, avait été expédiée avec un certain retard. (Suite à une poussée de croissance de dernière minute, la jolie robe d'Anna, achetée des mois auparavant, était maintenant trop serrée aux épaules et Varena avait donc dû feuilleter tous les catalogues pour trouver rapidement de quoi la remplacer.) Varena et ma mère étaient toutes deux déterminées à ce qu'Anna essaie la robe immédiatement.

La liste de courses n'en finissait pas de s'allonger. Je me surpris à m'en désintéresser totalement après les premiers objets. Dill déposa Anna pour partir faire les courses avec Varena et Maman, et Anna et moi nous installâmes à la table de la cuisine, dans ce calme étrange qui règne dans l'œil d'un cyclone.

— Est-ce que ça se passe toujours comme ça, un mariage, tante Lily ? me demanda Anna d'un air las.

— Non. Tu peux aussi simplement te marier en catimini.

— ... C'est qui Katie ?

— En catimini : sans le dire à personne ; l'homme et la femme qui vont se marier prennent leur voiture et vont quelque part où personne ne les connaît pour se marier. Et puis ils rentrent chez eux et l'annoncent à leur famille.

— Je pense que c'est ce que je ferai, moi, me dit Anna.

— Non. Fais un gros mariage. Qu'ils paient en retour pour tout ça, lui conseillai-je.

Anna sourit.

— J'inviterai toute la ville ! s'exclama-t-elle. Et Little Rock aussi !

— Ça sera bien, approuvai-je en hochant la tête.

— Peut-être le monde entier.

— Encore mieux.

— Est-ce que tu as un petit ami, tante Lily ?

— Oui.

— Est-ce qu'il t'écrit des lettres ?

Anna plissa son visage comme si elle trouvait sa question stupide, mais elle voulait tout de même connaître la réponse.

— Il m'appelle au téléphone, répondis-je. Parfois.

— Est-ce qu'il…

Anna fouillait dans sa mémoire pour trouver d'autres choses que les petits amis adultes pouvaient faire.

— Est-ce qu'il t'envoie des fleurs et des bonbons ?

— Il ne l'a pas encore fait.

— Qu'est-ce qu'il fait pour te montrer qu'il t'aime bien ?

Ça, je ne pouvais pas le partager avec une fillette de huit ans.

— Il me serre dans ses bras, lui dis-je.

— Baaaaah. Et il t'embrasse ?

— Oui, des fois.

— Bobby Mitzer m'a embrassée, me confia Anna dans un murmure.

— Sans blague ? Est-ce que ça t'a plu ?

— Baaaaah.

— C'est peut-être pas le bon garçon, c'est tout, dis-je, et nous échangeâmes un sourire.

Puis Maman et Varena vinrent dire à Anna qu'elles étaient prêtes depuis plusieurs minutes et venaient voir pourquoi elle était toujours assise à table comme si elle y avait passé la journée.

— Tu peux te débrouiller toute seule, chez Dill ? me demanda Varena avec inquiétude. (Elle venait de déposer Anna à sa fête.) Bien sûr, ne le fais pas si tu n'en as pas envie.

— Tout ira bien, dis-je, surprise de mon ton froid et catégorique.

J'avais apprécié de parler avec Anna, mais maintenant je me sentais de nouveau épuisée.

Maman me regarda vivement.

— Tu as mal dormi, dit-elle. Encore des cauchemars ?

Et Varena, mon père et ma mère m'observèrent longuement avec la même expression inquiète.

— Je vais très bien, dis-je, tentant de rester aimable, et les détestant de repenser encore une fois à cette rude épreuve.

Est-ce que j'inspirais réellement une telle pitié ? C'était épouvantable, étais-je en train de m'apitoyer sur mon sort ? C'était juste les conséquences du fait d'être *à la maison*.

Pour la première fois, il me vint à l'esprit que si j'avais été capable de rester plus longtemps après l'agression, de surmonter l'épreuve, ils se seraient peut-être de nouveau habitués à moi et auraient vu ma vie comme une continuation et non comme une ligne interrompue. Mais j'avais été contrainte de partir, et leur souvenir le plus clair et le plus récent de moi était celui d'une femme plongée dans une souffrance atroce, en proie à des cauchemars, non seulement dans son sommeil, mais éveillés également.

— Je vais aller faire le ménage maintenant.

J'enfilai mon manteau.

— Dill est au travail, il vérifie son inventaire, dit Varena. Je ne sais pas combien de temps ça va lui prendre. On passera prendre Anna et on l'emmènera directement au magasin après sa fête. On rentrera après.

Je hochai la tête et allai prendre mon sac.

Maman et Varena peaufinaient toujours leur programme quand je sortis de la maison. Mon père faisait des mots croisés, un demi-sourire sur les lèvres en saisissant des bribes de leur conversation. Il ne détestait pas cette frénésie du mariage comme la plupart des hommes, ou du moins, comme ils le prétendent. Il adorait ça. Il prenait un grand plaisir à se plaindre du coût de la réception, à se demander s'il fallait aller à l'église emprunter une table supplémentaire pour les cadeaux qui continuaient d'arriver, si Varena avait bien rédigé chacune des cartes de remerciements à temps.

Je touchai l'épaule de mon père en passant à côté de lui et il tendit la main pour s'emparer de la mienne. Après une seconde, il la tapota doucement avant de me lâcher.

Dill possédait une maison dans le style ranch, sans éclat, qui comptait trois chambres, dans le quartier le plus récent de Bartley. Varena m'avait donné la clé. Ça me faisait toujours une drôle d'impression de trouver une porte verrouillée dans ma petite ville natale. Quand j'avais grandi ici, personne ne verrouillait jamais quoi que ce soit.

Sur le chemin, j'avais vu un autre sans-abri, une femme blanche cette fois-ci. Elle avait les cheveux gris mais semblait robuste et pédalait sur un vieux vélo chargé d'un assortiment d'objets étranges reliés tous ensemble par une corde de Nylon.

Le soir précédent, les amis de mes parents avaient évoqué l'activité des gangs au lycée de Bartley. Des gangs ! Au Delta de l'Arkansas ! À Bartley, la ville monotone, reculée, minuscule et appauvrie de Bartley !

J'imagine que dans un coin de mon esprit, je m'étais attendue à ce que les courants du monde n'arrivent jamais jusqu'à Bartley, que cette dernière conserverait la sécurité à laquelle on s'attend dans une petite ville. Mon chez-moi avait changé. Je pouvais y revenir, mais son caractère était altéré à jamais.

Brusquement, j'en eus ras le bol. De moi-même, et de mes problèmes. Il était grand temps que je me remette au travail.

Je commençai, comme j'aime toujours le faire, par un aperçu d'ensemble du travail que j'allais devoir effectuer. La maison de Dill, qui semblait fraîchement repeinte, la moquette fraîchement posée, était assez propre et plutôt ordonnée – mais, comme chez les Osborn, j'y voyais quelques signes de la négligence de ces derniers jours. Varena n'était pas la seule à ressentir les effets de la fièvre nuptiale prolongée.

Je n'avais aucun guide ici pour me montrer où se trouvaient toutes les affaires. Je me demandai si Anna aurait été une assistante aussi intéressante qu'Eve l'avait été la veille.

Ceci me rappela le but de ma proposition. Avant que quiconque ou quoi que ce soit puisse m'interrompre, je fouillai la chambre d'Anna à la recherche de son livre de souvenirs. Tout en cherchant, naturellement, je remis de l'ordre dans sa chambre, qui était un vrai chantier. Je jetai les vêtements sales dans le panier, empilai ses cahiers et affaires scolaires, rangeai ses poupées dans une caisse Rubbermaid vide qui portait l'étiquette « Poupées et vêtements de poupées ».

Je trouvai le livre sous son lit. Il manquait la page 23.

Je me laissai tomber sur les fesses, comme si un adversaire venait de me flanquer un coup à l'estomac.

— Non, dis-je tout fort, percevant la détresse dans ma propre voix.

Après avoir essayé de réfléchir pendant quelques minutes, je rangeai le livre dans le petit casier sur le bureau d'Anna, et continuai mon ménage. Je ne pouvais rien faire d'autre.

Je devais faire face : la page qu'on avait envoyée à Roy Costimiglia, puis que Jack avait récupérée, provenait presque sans aucun doute du livre d'Anna. Mais, me repris-je, ça ne signifiait pas forcément qu'Anna était Summer Dawn Macklesby.

Le fait que le livre se trouve chez Dill augmentait peut-être les chances qu'outre Meredith, quelqu'un d'autre ait pu envoyer cette page à Roy Costimiglia. C'est du moins ce que je pensais. Mais j'aurais préféré trouver le livre n'importe où sauf là.

Si Anna était l'enfant enlevé, Dill pouvait souffrir d'un terrible dilemme : vouloir d'un côté remettre les choses en ordre avec la famille de Summer, et garder sa fille adorée de l'autre. Et si c'était sa femme, instable, qui avait kidnappé le bébé Macklesby et que Dill venait de le découvrir ? Il élevait Anna comme sa propre enfant depuis huit ans.

Et si la première femme de Dill avait enlevé Summer Dawn, alors, qu'était-il arrivé à leur enfant biologique ?

Alors que je rangeai par paires les chaussures d'Anna sur une petite étagère en bas de sa penderie, j'aperçus une couverture bleue qui dépassait derrière une paire de bottes en caoutchouc. Je fronçai les sourcils et m'accroupis, tendis le bras et parvins à glisser un doigt entre le mur et le livre. Je le sortis et le retournai vivement pour voir la couverture.

C'était une autre copie du livre de photos de classe.

Je l'ouvris en espérant avec ferveur qu'Anna y avait inscrit son nom. Pas de nom.

— Merde, dis-je tout haut.

Quand j'étais jeune et qu'on recevait nos albums, enfin, nos livres de souvenirs, bref, peu importe la manière dont on appelle ça, la première chose qu'on faisait, c'était écrire notre nom à l'intérieur.

L'un de ces livres devait être celui d'Anna. Si la première hypothèse de Jack était correcte, si la personne qui avait envoyé la page du livre à Roy n'était pas complètement démente, alors l'autre livre appartenait soit à Eve, soit à Krista, et celui qui avait envoyé la photo était très proche d'elles. Comme par exemple quelqu'un de la maison. Un parent.

Dill utilisait la troisième chambre comme bureau. Il y avait une photo encadrée de Dill au mur, tenant un bébé dans ses bras, certainement Anna. Le cliché avait manifestement été pris dans une chambre d'hôpital et Anna semblait être un nouveau-né. Mais pour moi, tous les bébés se ressemblent plus ou moins, et celui que Dill regardait si tendrement pouvait être Anna, comme n'importe quel autre enfant. Le nourrisson était emmailloté dans une couverture.

Je nettoyai, frottai et surtout, je m'inquiétai. Je me repris et dépoussiérai, aspirai, astiquai et essuyai, et l'activité me fit du bien. Mais elle ne m'aida pas à résoudre quoi que ce soit.

Quand je retournai dans la chambre d'Anna pour y ranger une Barbie que j'avais trouvée dans la cuisine, j'en profitai pour regarder de plus près sa collection de photos encadrées. L'une représentait une femme dont j'étais certaine qu'il s'agissait de la première femme de Dill, la mère d'Anna. Elle était plantureuse, comme Varena ; et, comme Varena, elle avait les cheveux bruns et les yeux bleus. À part ces similitudes superficielles, elle ne ressemblait pas du tout à ma sœur, en réalité. Je gardai les yeux rivés sur le portrait, essayant d'y lire la personnalité de cette femme. Y avait-il une tension, quelque chose d'un peu désespéré, dans la manière dont elle serrait le petit chien sur ses genoux ? Son sourire était-il forcé, hypocrite ?

Je secouai la tête. Je n'aurais pas accordé la moindre attention à la photo si je n'avais pas su que cette femme s'était peut-être suicidée. Tant de désespoir si bien dissimulé. Dill avait une mère dérangée et avait épousé une femme dérangée. J'avais légèrement peur qu'il ait décelé quelque chose de profond chez Varena qu'on ne soupçonne pas, une faiblesse secrète et intérieure qui l'avait attiré ou le mettait à l'aise en sa compagnie. Mais Varena me semblait saine d'esprit et robuste, et j'avais un compteur Geiger intégré pour repérer l'instabilité chez les autres.

C'était étrange de voir les vêtements de Varena suspendus dans la moitié de la penderie de Dill, sa porcelaine dans ses armoires. Elle avait vraiment emménagé chez lui. Cette intimité me pesa en songeant ce que Varena risquait de perdre si Anna était l'enfant de quelqu'un d'autre, il en découlerait sans aucun doute le scandale qui mettrait fin à tous les scandales... la couverture médiatique, acharnée, insistante. Je frissonnai. Je savais combien une vie pouvait en être affectée.

Le mariage était si proche... plus qu'un jour.

Avec beaucoup de réticence, je pénétrai dans le cabinet de Dill et ouvris son armoire à dossiers. J'avais enfilé une paire neuve de gants en caoutchouc. Pour vous dire à quel point je me sentais coupable.

Mais il *fallait* le faire.

Dill était un homme méthodique et je trouvai très vite le dossier intitulé simplement « Anna – 1 an ». Il y avait un dossier séparé pour chaque année de sa vie, qui contenait des dessins, des photos et une page des choses adorables qu'elle avait faites ou dites. Les fichiers scolaires étaient bourrés de bulletins et de résultats de tests.

En ce qui me concernait, c'était la première année d'Anna qui m'intéressait le plus. Le dossier contenait le certificat de naissance d'Anna, un compte rendu de ses vaccins, son livre de bébé et quelques négatifs rangés dans une enveloppe intitulée « Bébé est né ». L'écriture n'était pas celle de Dill. Il n'y avait rien ici qui prouvait l'identité d'Anna dans un sens ou dans l'autre. Pas de groupe sanguin, aucune mention d'une quelconque caractéristique distinctive. Un certificat de l'hôpital contenait les empreintes de bébé d'Anna à l'encre noire. Il fallait que je demande à Jack si les Macklesby avaient des empreintes similaires de Summer Dawn. Si le contour du pied était totalement différent de celui d'Anna, ça allait forcément révéler quelque chose, non ?

L'impasse.

Soudain, je repensai aux négatifs portant l'inscription « Photos de naissance ». Où se trouvaient les albums photo familiaux ?

Je les trouvai dans un meuble du salon et bénis Dill d'être aussi ordonné. Ils étaient classés par année.

Je m'emparai de celui de l'année de naissance d'Anna. Voilà les photos : un nourrisson tout rouge dans les bras d'un médecin, barbouillé de sang et autres fluides, la bouche ouverte dans un cri ; puis le bébé, désormais tenu par un Dill masqué et vêtu d'une blouse d'hôpital, les fesses rondes du bébé tournées vers l'objectif ; celle-ci avait probablement été prise par une infirmière. Dans le coin du cliché, le visage tout juste visible, se trouvait la femme en photo dans la chambre d'Anna. Sa mère, Judy.

Et sur les fesses du bébé, une grosse tache de naissance brune.

C'était une preuve, non ? Il s'agissait indiscutablement d'une photo prise en salle d'accouchement, et il s'agissait indiscutablement du bébé de Dill et sa femme, Judy. Et ce bébé, que l'on voyait sur une troisième photo, bercé dans les bras de cette même femme, était sans le moindre doute possible la vraie Anna Kingery.

L'exaltation de trouver enfin une certitude apaisa le sentiment de culpabilité que j'éprouvai en extrayant la photo clé de l'album. Celle-ci aussi rejoignit le fond de mon sac, après que j'eus remis l'album photo dans sa position initiale.

Je finis mon ménage, inspectai une dernière fois la maison et fus satisfaite du résultat. Je sortis les poubelles, balayai les marches de devant et de derrière. J'avais fini. Je rentrai une dernière fois pour ranger le balai.

Dill se tenait dans la cuisine.

Il parcourait une pile de courrier qu'il tenait à la main. Quand le balai heurta le sol, Dill releva vivement les yeux.

— Salut, Lily, c'était rudement gentil de ta part, déclara-t-il.

Il me sourit, son visage doux et sans intérêt n'exprimant rien d'autre que la bienveillance.

— Hé, je t'ai fait peur ? Je pensais que tu m'avais entendu rentrer la voiture dans le garage.

Il avait dû pénétrer à l'intérieur par la porte de derrière pendant que je balayai les marches de devant.

Toujours tendue, je me penchai pour ramasser le balai, soulagée que mon visage soit caché le temps que je me remette de mes émotions.

— J'ai vu Varena en ville, dit-il tandis que je me redressai et me dirigeai vers le placard à balais. J'arrive pas à croire qu'après toute cette attente, on se marie enfin demain.

J'essorai une éponge que j'avais oubliée et l'étendis soigneusement sur la paroi entre les deux éviers.

— Lily, tu ne veux pas me regarder ?

Je me tournai pour croiser son regard.

— Lily, je sais que toi et moi, on n'a jamais été très proches. Mais je n'ai pas de sœur, et j'espère que tu en seras une pour moi.

Je fus écœurée. Lancer des appels émotionnels n'était pas une manière de créer une relation.

— Tu ne sais pas combien ça a toujours été difficile pour Varena.

Je haussai les sourcils.

— Excuse-moi ?

— D'être ta sœur.

Je pris une profonde inspiration. Je tournai une paume vers le ciel. Tu m'expliques ?

— Elle me tuerait si elle savait que je te disais ça. (Il secoua la tête face à sa propre audace.) Elle ne s'est jamais sentie aussi jolie que toi, aussi intelligente que toi.

Ça n'avait pas la moindre importance maintenant. Ça n'avait même plus aucune, aucune importance depuis plus d'une décennie.

— Varena, commençai-je, et ma voix me sembla rouillée, est une grande fille. Ça fait longtemps que nous ne sommes plus des adolescentes.

— Quand tu es une sœur cadette, apparemment, il y a des bagages dont tu ne te débarrasses jamais. C'est ce que ressent Varena, en tout cas. Elle a toujours eu l'impression d'être une perdante. Avec tes parents. Avec vos professeurs. Avec vos petits copains.

Qu'est-ce que c'était que ce ramassis de conneries ? Je jetai à Dill un regard froid.

— Et quand tu t'es fait violer...

Je devais bien le lui accorder, il n'avait pas hésité à prononcer le mot.

— ... toute l'attention était sur toi, et toi, tout ce que tu voulais, c'était t'en débarrasser, et j'imagine que d'une certaine manière, ça lui a apporté une certaine... satisfaction.

Ce qui aurait fait naître chez elle un sentiment de culpabilité.

— Et bien sûr, elle a commencé à se sentir coupable, coupable de trouver ne serait-ce qu'un brin de justice dans le fait qu'on t'ait agressée.

— Et où tu veux en venir... ?

— Tu n'as pas l'air heureuse d'être ici. Au mariage. En ville. Tu n'as pas l'air heureuse pour ta sœur.

Je ne voyais pas bien le rapport entre ces deux déclarations. Est-ce que j'étais censée remuer la queue parce que Varena allait se marier... Parce qu'elle s'était sentie coupable quand je m'étais fait violer ? Je n'avais aucune animosité particulière envers Dill Kingery, et j'essayai donc de comprendre son raisonnement.

Je secouai la tête. Je ne voyais toujours aucun rapport.

— Puisque Varena veut t'épouser, je suis ravie qu'elle le fasse, dis-je prudemment.

Je n'allais pas m'excuser d'être qui j'étais, qui j'étais devenue.

Dill me regarda. Il soupira.

— Eh bien, je vais me contenter de ça, j'imagine, dit-il avec un petit sourire crispé.

Oui, j'imagine.

— Et toi alors ? demandai-je. Tu as épousé une femme déséquilibrée. Ta mère n'est pas exactement quelqu'un de prévisible. J'espère que tu ne vois rien de ce genre chez Varena.

Il rejeta la tête en arrière en riant.

— Alors ça c'est le comble, vraiment, Lily, dit-il en secouant la tête ; il n'avait pas l'air de trouver ma remarque charmante. Tu ne parles pas des masses, mais quand tu te décides, tu sautes à la gorge. Je pense que c'est ce que tes parents meurent d'envie de me demander aussi depuis ces deux dernières années.

J'attendis.

— Non, reprit-il. Je ne vois rien de ce genre chez Varena. Et c'est pour ça que je suis avec elle depuis si longtemps. C'est pour ça que nos fiançailles se sont éternisées. Je voulais être sûr. Pour moi, mais surtout pour Anna. Je pense que Varena est la personne la plus saine d'esprit que j'aie jamais rencontrée.

— Est-ce que ta femme a menacé, ne serait-ce qu'une fois, de faire du mal à Anna ?

Il devint blanc comme un linge. Je n'avais jamais vu quelqu'un devenir aussi blême à cette vitesse.

— Quoi… comment…

Il bafouillait.

— Avant de se tuer, est-ce qu'elle a menacé de s'en prendre à Anna ?

J'avais l'impression d'être un cobra et lui, une souris.

— Qu'est-ce que tu as entendu ? étouffa-t-il.

— Juste une supposition. Est-ce qu'elle a essayé de faire du mal à Anna ?

— Va-t'en s'il te plaît maintenant, dit-il pour terminer. Lily, s'il te plaît va-t'en.

Je m'en étais bien tirée, aucun doute. Quel interrogatoire magistral ! Au moins, songeai-je, Dill et moi avions été tous deux aussi désagréables l'un avec l'autre, même si j'avais pris une légère avance en évoquant quelque chose de nouveau, quelquc chose dont personne n'était au courant à Bartley – du moins à en juger par la réaction de Dill.

J'étais prête à parier qu'on ne m'inviterait pas à partir en vacances avec Dill et Varena.

Il semblait possible que la première femme de Dill ait été capable – d'après Dill – de faire du mal à son bébé. Et il manquait la page 23 du livre scolaire qui appartenait très probablement à Anna.

Je compris ce que signifiait l'expression « la mort dans l'âme ». J'essayai de me rassurer en pensant à la tache de naissance d'Anna. J'avais au moins appris un fait.

Tandis que je reculai dans l'allée de Dill, je me rendis compte que je n'avais pas envie de rentrer à la maison.

Je commençai à errer sans but – des réminiscences de mon adolescence, quand « faire un tour » était déjà une activité en soi – sans penser à la route, jusqu'à ce que je me retrouve sur la place du centre-ville.

Je me garai et entrai dans le magasin de meubles ; une clochette tinta quand la porte se referma. Mary Maude Plummer était en train de taper à l'ordinateur derrière un haut comptoir dressé au milieu de la boutique. Des lunettes de vue perchées au bout du nez, elle avait sur le visage son expression professionnelle, compétente et sérieuse.

— Je peux vous aider… ? dit-elle avant de relever les yeux de son écran. Oh, Lily ! s'exclama-t-elle gaiement, son visage changeant du tout au tout.

— Viens faire un tour, proposai-je. J'ai la voiture.

— Ta mère te la laisse ?

Mary Maude se fendit d'un petit rire un peu sot. Elle regarda le magasin vide autour d'elle.

— Oui, ça devrait être possible ! Emory ! appela-t-elle.

Emory Osborn se matérialisa depuis les ombres de l'arrière-boutique, comme un fantôme blond et fin.

— Bonjour, mademoiselle Bard, dit-il d'une voix vaporeuse.

— Emory, est-ce que tu peux garder la maison pendant ma pause déjeuner ? demanda-t-elle d'une voix douce et profonde, qu'on utilise avec les enfants lents. Jerry et Sam devraient revenir d'une minute à l'autre.

— Bien sûr, répondit Emory.

Il semblait sur le point de se faire balayer par la prochaine bourrasque venue.

— Merci.

Mary Maude récupéra son sac sous le comptoir.

Quand nous fûmes assez loin pour qu'Emory ne puisse plus nous entendre, Mary Maude murmura :

— Il n'aurait jamais dû venir travailler aujourd'hui. Mais sa sœur est arrivée et elle s'occupe de la maison, donc j'imagine qu'il n'avait rien d'autre à faire.

Nous sortîmes par la porte comme deux petites filles qui font l'école buissonnière. Je notai combien Maude était pomponnée et professionnelle dans sa tenue blanche d'hiver, une contraste vif et fâcheux avec mes vêtements de sport.

— Je faisais le ménage chez Dill, expliquai-je, en reprenant soudain conscience de moi-même.

Je ne me rappelais pas m'être excusée pour ma tenue depuis des années.

— C'est ce que tu fais pour gagner ta vie maintenant ? demanda-t-elle en bouclant sa ceinture.

— Ouais, répondis-je.

— Bon sang, est-ce que t'aurais imaginé que je finirais par vendre des meubles et que toi, tu les nettoierais ?

Nous secouâmes simultanément la tête.

— Je parie que tu es la meilleure dans ce que tu fais, dit-elle d'un ton prosaïque.

J'en fus étonnée et curieusement touchée.

— Et je parie que toi, tu vends un paquet de meubles, répondis-je, encore plus surprise de découvrir que je le pensais vraiment.

— Je m'en sors pas mal, approuva-t-elle avec désinvolture. (Elle me regarda et un sourire plissa ses traits.) Tu sais, Lily, des fois j'arrive tout simplement pas à croire qu'on soit devenues adultes.

Ça n'était jamais un problème pour moi.

— Moi, j'arrive pas à me souvenir que j'ai été une ado, dis-je.

— Mais on est là, vivantes, en bonne santé, célibataires mais pas sans espoir, et soutenues par notre famille et nos amis, déclara Maude en chantant presque.

Je levai les sourcils.

— Je dois m'entraîner à compter mes bénédictions tout le temps, expliqua-t-elle, et je me mis à rire. Tu vois, ça fait pas de mal, ajouta-t-elle.

Nous prîmes notre déjeuner dans un fast-food décoré de guirlandes, de lumières scintillantes et de neige artificielle. Sur un traîneau en plastique, un robot Père Noël hochait la tête et agitait la main.

Pendant un petit moment, nous nous réhabituâmes l'une à l'autre. Nous évoquâmes des amis communs et ce qu'ils étaient devenus, combien de fois ils s'étaient mariés et avec qui. Mary Maude aborda son divorce et le bébé qu'elle avait mis au monde mort-né. Nous n'avions pas besoin de parler de mon passé ; tout le monde ne le connaissait que trop bien. Mais Mary me posa quelques questions sur Shakespeare, sur mon quotidien là-bas et, pour mon plus grand plaisir, ce fut facile de lui répondre.

Elle aussi me demanda si je fréquentais quelqu'un en particulier.

— Oui, dis-je en tentant de ne pas garder les yeux rivés sur mes mains. Un homme de Little Rock, Jack Leeds.

— Oh, c'est le type avec la queue-de-cheval qui est arrivé pendant la répétition du mariage ?

— Ouais, acquiesçai-je en essayant, cette fois, de ne pas lever les yeux. Comment tu le sais ?

Pourquoi est-ce que je posais la question finalement, alors que je savais comment fonctionnait le téléphone arabe de Bartley ?

— Lou O'Shea est passée hier. Jess et elles ont mis un lit de côté pour Krista, à Noël.

— Ils ont l'air d'être un couple charmant, dis-je.

— Ouais, c'est vrai, approuva Mary Maude en trempant une frite dans une véritable flaque de ketchup.

Elle avait confectionné toute une couverture de serviettes en papier pour protéger son tailleur blanc.

— C'est sûr qu'ils ont des difficultés avec Krista, depuis qu'ils ont Luke.

— C'est ce que j'ai entendu. Tu penses qu'elle se sent délaissée maintenant qu'il y a le petit ?

— J'imagine, même s'ils ont été très francs avec elle sur le fait qu'elle avait été adoptée, qu'ils l'aimaient suffisamment pour l'avoir choisie. Mais j'imagine qu'elle doit se dire que Luke est vraiment à eux, et pas elle.

J'ajoutai que je n'avais pas réalisé que les O'Shea étaient aussi honnêtes sur l'adoption de Krista.

— Lou plus que Jess, fit remarquer Mary Maude. Lou a toujours été plus terre à terre que son mari, mais j'imagine qu'il a plus l'habitude de garder des secrets, étant pasteur et tout ça.

Les pasteurs avaient effectivement beaucoup de secrets à garder. Je n'y avais jamais pensé jusque-là. Je me levai pour me chercher du thé – et une autre serviette pour Mary Maude.

— Lou m'a dit que l'homme avec qui tu sortais était plutôt canon, déclara Mary Maude d'un ton narquois, ramenant ainsi la conversation au sujet le plus intéressant.

Jamais je n'aurais cru qu'une femme comme Lou O'Shea pourrait penser ça.

— Oui.

— Il est gentil ?

Mary Maude semblait mélancolique.

C'était la journée où tout le monde voulait en savoir plus sur Jack. D'abord Anna, maintenant Mary Maude. Ça devait être l'effet qu'avaient les mariages sur les femmes.

— Gentil… dis-je en essayant d'associer ce mot à Jack pour voir si ça lui allait. Non. Il n'est pas gentil.

La surprise fit bondir les sourcils de Mary Maude.

— Pas gentil ! Bon, alors, il est riche ?

— Non, répondis-je sans hésitation.

— Alors pourquoi tu sors avec lui ?

Soudain, ses joues se teintèrent et elle sembla simultanément enchantée et embarrassée.

— Est-ce qu'il est… ?

— Oui, répondis-je en tentant de ne pas paraître aussi empruntée que j'en avais l'impression.

— Oh, chérie, dit Mary Maude en secouant la tête et en pouffant.

— Emory est célibataire maintenant, fis-je remarquer pour détourner la conversation de moi et éviter d'ouvrir une voie qui pourrait aboutir à une révélation.

Elle ne perdit pas de temps à jouer la choquée.

— Même pas en rêve ! dit-elle en mâchant sa dernière frite.

— Pourquoi en es-tu si sûre ?

— En plus du fait que, maintenant, cela impliquerait de s'occuper d'un nourrisson et d'une petite de huit ans, c'est l'homme lui-même. Je n'ai jamais rencontré quelqu'un d'aussi difficile à saisir qu'Emory. Il est poli comme tout, jamais de vulgarités, il est... oui, il est... *doux*. Les vieilles dames l'adorent. Mais Emory n'est pas un homme simple, et ce n'est pas l'idée que je me fais de la virilité.

— Oh ?

— Non pas que je pense qu'il soit gay, protesta-t-elle hâtivement. C'est juste que, par exemple, on était devant le magasin pour regarder le défilé de la Fête de la Moisson, en septembre dernier, et toutes les reines de beauté passaient devant nous, assises sur les dossiers de décapotables, tu sais, comme nous à l'époque...

J'avais complètement oublié ça. C'était peut-être pour cette raison que ma participation à la parade de Shakespeare avait fait ressortir des sentiments si profonds...

— Et Emory, lui, il ne s'y intéressait absolument pas. Tu vois ? On le sait quand un homme apprécie les femmes. Eh bien, pas lui. Il se préoccupait des chars et des groupes qui jouaient. Il adorait les petites filles, tu sais, Miss Citrouille Junior, ce genre de trucs, et il m'a dit qu'il avait même pensé à y inscrire Eve, sauf que sa femme n'était pas d'accord. Mais ces grandes nanas dans leurs robes à paillettes et leurs soutiens-gorge push-up, ça lui faisait ni chaud ni froid. Non, je vais devoir chercher ailleurs qu'au magasin de meubles pour trouver un rencard.

J'émis un son assez vague.

— Bon, et si on parlait plutôt de Lou et Jess O'Shea. Ils regardaient la parade juste à côté de moi et crois-moi, chérie ! Ce Jess, lui, il sait apprécier les femmes adultes !

— Mais il n'a pas... ?

— Oh, Seigneur, non ! Il est complètement dévoué à Lou. Mais il n'est pas aveugle non plus. (Mary Maude regarda sa montre.) Oh, dis ! Il faut que j'y retourne.

Nous jetâmes nos détritus à la poubelle et sortîmes tout en parlant. Enfin, c'était Mary Maude qui parlait et moi, j'écoutais ; mais je savais être une oreille agréable. Et quand je la déposai de nouveau au magasin, je la serrai brièvement contre moi.

Je ne savais pas où aller sinon chez mes parents.

Je plongeai de nouveau en pleine crise. Les deux dîners en l'honneur de Varena et Dill, qui avaient déjà été déplacés au moins deux fois, étaient de nouveau en passe d'être annulés. Le lycéen qu'on avait engagé pour garder Krista, son petit frère Luke, et Anna, avait attrapé la grippe.

D'après Varena, qui était assise à la table de la cuisine avec le minuscule annuaire de Bartley ouvert devant elle, Lou et elle avaient contacté chacun des adolescents habitués à garder des enfants à Bartley, et ils étaient tous soit au lit avec la grippe, soit déjà pris par la soirée de Noël organisée par l'église méthodiste.

Je ne pouvais vraisemblablement rien faire si ce n'était montrer de la compassion. Puis une solution qui résoudrait deux problèmes me vint à l'esprit, et je sus ce qu'il me restait à faire.

Jack me le revaudrait certainement à jamais.

Je donnai une petite tape sur l'épaule de Varena.

— Je peux m'en occuper, dis-je.

— Quoi ?

Je l'avais interrompue au beau milieu d'une semi-crise d'hystérie avec ma mère.

— Je peux m'en occuper, répétai-je.

— Tu veux... garder des enfants ?

— C'est ce que j'ai dit.

J'étais légèrement vexée de la pure incrédulité contenue dans la voix de ma sœur.

— Est-ce que tu as déjà gardé des enfants *une seule fois* ?

— Vous avez besoin d'une baby-sitter oui ou non ?

— Oui, ce serait formidable, mais... tu es sûre que ça ne te dérange pas ? Tu n'as jamais été... je veux dire, tu as toujours dit que les enfants, ce n'était pas... ton truc.

— Je peux le faire.

— Bon ! Alors c'est... génial, s'exclama-t-elle avec vigueur, réalisant apparemment que, malgré son opinion à mon égard, elle n'avait aucune réserve à émettre.

En réalité, j'avais gardé les quatre enfants Althaus une journée quand Jay Althaus avait eu un accident de voiture et que Carol avait dû rester à l'hôpital. Les deux couples de grands-parents n'étaient pas en ville à ce moment-là. Quand j'avais répondu au coup de fil de Carol, j'avais eu une mère et une femme hors d'elle, paniquée et pathétique au bout du fil.

Je savais donc changer des couches et donner son bain à un bébé, et le plus grand des fils Althaus m'avait montré comment faire chauffer un biberon. Je n'étais peut-être pas Mary Poppins, mais tous les enfants seraient en vie, nourris et propres à l'heure où les parents rentreraient.

Varena était au téléphone avec Lou O'Shea, en train de lui annoncer la bonne nouvelle.

— Elle est ravie de s'en charger, disait-elle, tentant toujours de ne pas paraître stupéfaite. Vers quelle heure ? 18 heures ? Est-ce que les enfants auront mangé ? Ah, d'accord. Et il y aura Anna, Krista, ton petit garçon... oh, vraiment ? Oh, mon Dieu. Laisse-moi lui demander.

Varena couvrit le récepteur. Elle faisait un gros effort pour avoir l'air enjoué et insouciant.

— Lily, Lou dit qu'ils ont accepté de garder les petits Osborn aussi. À ce moment-là, ils pensaient que Shelley viendrait avec son petit ami.

Shelley, c'était l'adolescente grippée.

Je pris une profonde inspiration, comme je le faisais en cours de karaté avant de commencer mon kata.

— Pas de problème, dis-je.

— Tu es sûre ?

Je me bornai à hocher la tête.

— Elle dit que ça ne pose aucun problème, déclara-t-elle d'un ton chantant dans le récepteur. Oui, ça ne durera que trois heures maximum, plutôt deux, et on ne sera qu'à quelques pâtés de maisons.

Lou semblait légèrement inquiète à l'idée que je garde une telle ribambelle d'enfants.

La sonnette de la porte d'entrée retentit et ma mère se précipita dans le salon pour répondre. Je l'entendis dire « Bonjour ! » avec une sorte d'enthousiasme débordant qui me mit sur mes gardes. Et évidemment, ce fut Jack qu'elle guida dans la cuisine avec un air fier et ravi, comme si elle venait de le retrouver alors qu'il était sur le point de s'enfuir.

Je me surpris à bondir sur mes pieds et à le rejoindre avant même de m'en rendre compte. Il glissa ses bras autour de moi en m'embrassant, mais son baiser me signifiait que mes parents l'observaient pardessus mon épaule.

— Eh bien, jeune homme, c'est un plaisir de vous revoir. Nous commencions à redouter de ne pouvoir vous croiser avant que vous ne quittiez la ville.

Mon père se montrait franc et chaleureux.

Jack portait une chemise en flanelle à carreaux bleu et vert et un jean bleu ; il avait ramené ses cheveux épais sur sa nuque, retenus par un élastique. Je lui caressai tendrement l'épaule avant dc m'écarter.

— J'ai vu un sacré paquet de cadeaux dans le salon, dit Jack à mon père. On dirait bien que vous préparez un mariage, non ?

Il sourit, et ces profondes lignes séduisantes apparurent en parenthèses depuis son nez jusqu'aux coins de sa bouche fine et expressive.

Maman, Papa et Varena se mirent à rire, aussi charmés par son sourire que je l'étais moi-même.

— En réalité, poursuivit Jack, j'espérais que vous apprécieriez ceci.

— Oh, merci, dit Varena, stupéfaite et ne cherchant pas à le cacher, en prenant la petite boîte emballée que Jack sortit de l'une des poches de sa veste.

Alors que je me tournais pour regarder Varena ouvrir le présent, Jack passa un bras autour de ma taille et m'attira contre lui, mon dos contre sa poitrine. Je sentis les coins de ma bouche se relever et je baissai les yeux sur mes mains, posées sur les bras de Jack sous ma poitrine. Après une profonde inspiration, je dus faire un effort pour me concentrer sur la petite boîte dans les mains de Varena.

Elle souleva le couvercle et retira d'une étoffe une antique pelle à tarte en argent, un objet charmant avec une gravure. Quand Varena nous la fit admirer, je pus lire l'inscription en courbe qui disait « V K 1889 ».

— C'est tout simplement magnifique, déclara Varena, ravie et totalement surprise. Comment l'avez-vous trouvée ?

— Pur hasard, répondit Jack. (Il me serrait fermement contre lui.) Je me suis retrouvé dans un magasin d'antiquités et celle-ci m'a tapé dans l'œil.

Je pouvais presque voir le cerveau de ma mère s'emballer. Je savais qu'elle trouvait que c'était un cadeau réfléchi. Un tel cadeau annonçait que Jack avait prévu de me fréquenter un moment, vu les efforts qu'il faisait pour gâter ma famille. Le visage de mon père s'illumina (de manière bien trop visible) quand la même pensée dut lui venir à l'esprit.

J'avais l'impression de voir un rituel tribal se dérouler sous mes yeux.

— Il faut que je la pose à un endroit bien visible, pour que tout le monde la remarque, dit Varena à Jack, désireuse de lui témoigner combien elle était enchantée.

— Je suis ravi que ça vous plaise, répondit Jack.

Et avant de pouvoir dire « ouf », Jack était installé à la table de mes parents, un sandwich au fromage fondu et un bol de soupe devant lui, Varena et ma mère lui étant totalement dévouées.

Quand il eut fini son repas, Maman et Varena nous expulsèrent pratiquement de la cuisine pour nous empêcher de les aider à ranger. Elles furent sidérées d'entendre Jack leur proposer de faire la vaisselle et déclinèrent avec des sourires idiots. Quand je montai dans la voiture de Jack, j'étais déchirée entre l'envie de rire et l'exaspération.

— Je pense qu'elles m'aiment bien, dit Jack, le visage impassible.

— Eh bien, tu peux respirer maintenant.

Il se mit à rire, puis s'arrêta brusquement pour me regarder avec une expression indéchiffrable. Il démarra le moteur.

— On va où ? Je dois être au presbytère à 18 heures, lui rappelai-je.

Maman et Varena avaient immédiatement dit à Jack que je m'étais portée volontaire pour garder les enfants.

— Il faut qu'on parle, dit-il.

Il n'ajouta plus rien pendant le trajet jusqu'au motel, Jack sombre et taciturne, moi, mal à l'aise et consciente de ne pas être dans le même état d'esprit.

Tandis que nous tournions au coin de l'église presbytérienne, je pensai à Krista, Anna et Eve.

Et, curieusement, je me souvins soudain des nuits passées chez d'autres filles quand j'étais toute petite. Je me souvins que j'emportais une valise pleine pour une seule nuit, remplie de tout et n'importe quoi pour s'amuser, des films à regarder, de quoi faire les commères.

Y compris un livre de photos de classe.

Chapitre 7

Jack s'était installé dans une autre chambre pour que le gérant du motel fasse réparer la fenêtre de la salle de bains brisée pendant le cambriolage.

J'étais déjà sur les nerfs quand Jack entra, et lorsqu'il s'assit sur l'un des fauteuils en peluche couvert de vinyle, toutes mes défenses se mirent en alerte. Je m'assis au bord de l'autre fauteuil et lui jetai un regard prudent.

— Je t'ai vue la nuit dernière, déclara-t-il sans préambule.

— Où ça ?

Il soupira.

— Avec ton ancien petit ami.

Je ralentis ma respiration, combattant la rage qui montait en moi. Je m'agrippai aux accoudoirs de mon foutu fauteuil orange.

— Tu es revenu tôt en ville et tu ne m'as pas appelée… Est-ce que tu es revenu exprès pour m'espionner ?

Il se raidit. Lui aussi sembla s'agripper légèrement à son siège.

— Bien sûr que non, Lily ! Tu me manquais, et j'ai fini plus tôt que prévu ; alors j'ai conduit tout l'après-midi pour revenir. Puis je t'ai vue dans un restau avec ce flic.

— Est-ce qu'on s'embrassait, Jack ?

— Non.

— Est-ce qu'on se tenait la main, Jack ?

— Non.

— Est-ce qu'il avait l'air heureux, Jack ?

— Non.

Il pencha la tête et se frotta le front du bout des doigts.

— Laisse-moi te raconter la dernière fois que j'ai passé une soirée avec Chandler McAdoo.

Je me penchai jusqu'à ce qu'il soit obligé de me regarder s'il ne voulait pas passer pour un lâche.

— C'était il y a sept ans, la sale période, et j'étais revenue à Bartley depuis deux mois. Chandler et moi, on est allés au cinéma et puis on a conduit jusqu'au lac, comme on le faisait quand on était jeunes.

Jack ne cilla pas, et il m'écoutait attentivement. J'en étais certaine.

— Une fois au lac, Chandler a voulu m'embrasser et je voulais de nouveau me sentir femme, alors je l'ai laissé faire. J'y ai même pris du plaisir… enfin, un peu. Et puis c'est allé un peu plus loin et il a soulevé mon tee-shirt. Tu veux savoir ce qui s'est passé ensuite, Jack ? Chandler s'est mis à pleurer. À l'époque, les cicatrices étaient récentes, bien rouges. Il a pleuré en voyant mon corps. Et c'est la dernière fois que j'ai vu Chandler en sept ans.

Un lourd silence s'installa dans la chambre froide.

— Pardonne-moi, finit par dire Jack. (Il était sincère, ce n'était pas une expression passe-partout.) Pardonne-moi.

— En fait, tu n'as jamais pensé que je faisais des trucs derrière ton dos.

— Tu crois ça ?

Il semblait légèrement en colère, et légèrement amusé.

— Tu as offert un cadeau à Varena avant même de me parler de la nuit dernière, dis-je. Tu savais depuis le début qu'on ne se... séparerait pas.

J'avais failli utiliser « rompre », mais ça sonnait un brin trop puéril.

Brusquement, les traits de Jack s'immobilisèrent totalement, comme s'il venait d'avoir une sorte de révélation.

Il tourna les yeux vers moi.

— Comment est-ce qu'il a pu pleurer ? me demanda Jack. Tu es tellement belle...

J'étais toujours sans voix, mais pour une tout autre raison. Jack ne m'avait jamais rien dit de tel.

— Ne me plains pas, dis-je doucement.

— Lily, tu viens de dire que je n'avais jamais vraiment douté de toi. Maintenant, je te le dis, tu sais que la pitié est bien la dernière chose que j'éprouve pour toi.

Il s'allongea dans mon dos et passa un bras autour de moi. Je savais qu'il était toujours éveillé. Il me restait une heure et demie.

Je ne voulais pas penser à Summer Dawn. Je ne voulais pas réfléchir aux morts qui jonchaient le chemin qu'il fallait parcourir pour la retrouver.

Je voulais caresser Jack, emmêler mes doigts dans ses cheveux. Je voulais comprendre son raisonnement.

Mais c'était un homme pourvu d'une mission et ce qu'il désirait plus que tout au monde, c'était ramener Summer Dawn à ses parents. Même s'il gardait son bras autour de moi et qu'il me déposait de temps en temps un baiser dans le cou, ses pensées avaient dérivé loin de moi, et les miennes durent suivre.

À contrecœur, je commençai à lui raconter ce que j'avais découvert : les deux livres de souvenirs, l'un complet et l'autre avec une page arrachée, dans la chambre d'Anna Kingery ; l'absence de ce livre chez Eve Osborn. Je lui appris qu'Eve était allée chez le médecin récemment, ce que je n'avais pas encore vérifié au sujet d'Anna. J'évoquai la mère d'Anna... la femme que je supposais être la mère d'Anna. Puis je sortis de mon sac le sachet qui contenait la brosse à cheveux et la photo de naissance d'Anna pour les poser près de la serviette de Jack.

Ensuite, je roulai vers lui. Je ne sais pas ce qu'il lut sur mon visage, mais il dit « Bon sang » dans sa barbe, avant de détourner les yeux.

— Tu as appris quelque chose ? demandai-je pour effacer cette expression de son visage.

— Comme je te l'ai dit, mon voyage était plutôt un fiasco, répondit-il, mais ça ne semblait pas vraiment l'ennuyer.

J'imagine qu'un privé devait rencontrer beaucoup d'impasses.

— Mais tôt ce matin, je me suis baladé du côté du commissariat et j'ai emmené Chandler et un autre type, Roger, boire un café et manger un beignet. Puisque j'étais flic, et qu'ils voulaient prouver que les flics de petites villes sont tout aussi capables que ceux des grandes, ils étaient plutôt bavards.

Je balayai ses cheveux de son visage et hochai la tête pour lui montrer que je l'écoutais. Je ne voulais pas lui révéler qu'ils ne lui auraient rien dit si Chandler n'avait pas pris ses renseignements sur lui et ne m'en avait pas parlé.

— Ils m'ont appris que le tuyau retrouvé dans la ruelle était bien celui qui a servi à tuer le médecin et son infirmière, me déclara Jack. Et on n'a relevé aucune empreinte de Christopher Sims dessus. La surface était rouillée et quelqu'un a frotté un tissu dessus. Celui qui l'a nettoyé a mal fait son boulot. Il en laissé une partielle. Et elle ne correspond pas à celle de Sims. Il est toujours en garde à vue pour le vol de sac, mais je ne pense pas qu'il sera accusé du meurtre.

— Est-ce qu'il a dit quelque chose de sensé ?

— Pas vraiment. Il a dit à la police qu'il avait cu beaucoup de visiteurs dans sa nouvelle maison, à savoir la ruelle derrière les magasins. Cet endroit est tout à fait accessible pour chacun des pères concernés dans cette affaire. Jess O'Shea est venu voir Sims pour jouer son rôle de pasteur, Emory travaille au magasin de meubles dont l'arrière donne sur la ruelle, et la pharmacie de Kingery est à un pâté de maisons de là.

— J'ai remarqué, oui.

— Bien sûr que tu as remarqué, acquiesça-t-il en se penchant pour m'embrasser dans le cou, et il s'attarda plus longtemps que prévu. J'ai encore envie de toi, souffla-t-il d'une voix lente et rauque.

— Ça aussi, je l'ai remarqué, dis-je en me serrant contre lui. Mais le mariage a lieu demain. Laisse-moi te parler de ce soir. Puisque je vais garder tous les enfants – Eve, le bébé, Krista, Luke et Anna – chez les O'Shea, je peux peut-être apprendre quelque chose d'eux, ou de la maison.

— Où vont tous les parents ?

— À un dîner. C'est un truc de couples, j'étais trop heureuse de pouvoir l'éviter.

— Avec qui t'auraient-ils placée ? demanda Jack.

Je réalisai alors que j'allais quelque peu bouleverser le plan de table de l'hôtesse.

— Je ne sais pas, admis-je. L'ami de Dill, j'imagine, Berry Duff.

— Est-ce qu'il s'est un peu rapproché de ta famille ?

— Non, je crois qu'il est rentré directement chez lui après le dîner de répétition. Il devait revenir aujourd'hui, si je me souviens bien, et passer la nuit quelque part en ville. Ici, au motel, je suppose.

— Il t'admire.

— Bien sûr, tout le monde rêve d'une fille comme moi, dis-je, consciente du ton sarcastique de ma voix, incapable de m'en empêcher.

— Est-ce que tu l'aimais bien ?

Bon sang, qu'est-ce qu'il était en train de faire ?

— Il est assez gentil, répondis-je.

— Tu pourrais être avec lui, dit-il en fixant ses yeux noisette sur les miens ; sans ciller. Il ne t'entraînerait pas dans des histoires comme celle-là.

— Hmm, fis-je d'un air pensif, Berry est drôlement mignon... et il possède sa propre ferme. Varena n'arrêtait pas de me répéter combien sa maison est belle. Elle participe à la tournée des Jardins de printemps.

Pendant une seconde, le visage de Jack fut un vrai tableau. Puis il se jeta sur moi. Il me plaqua contre le lit et se glissa sur moi.

— Est-ce que tu me fais marcher, femme de ménage ?

— À ton avis, détective ?

— Je pense que je te prends où je veux quand je veux, dit-il, et sa bouche glissa vers le bas.

— Jack, dis-je après un moment, je dois te dire quelque chose.

— Quoi ?

— Ne me plaque plus jamais comme ça.

Jack s'écarta sur le côté immédiatement, les mains levées dans un geste de capitulation.

— C'est juste que je suis si bien contre toi, dit-il. Et… parfois j'ai l'impression que si je ne mets pas de poids sur ton corps, tu pourrais t'envoler.

Il tourna les yeux sur le côté, avant de les reposer sur moi.

— Bon sang, qu'est-ce que je raconte ? s'exclama-t-il, secouant la tête face à son imagination débordante.

Mais je voyais exactement ce qu'il voulait dire.

— Je dois rentrer à la maison, dis-je. Je serai chez les O'Shea vers 17 h 30.

Je me redressai vivement et m'assis, le dos tourné vers lui pour retrouver mes vêtements dans le tas près du lit.

Je sentis sa main me caresser le dos. Je frissonnai.

— Qu'est-ce que tu vas faire ? demandai-je par-dessus mon épaule.

Je me penchai pour ramasser mon soutien-gorge.

— Oh, j'ai une ou deux idées, dit-il avec désinvolture.

Il attacha mon soutien-gorge pour moi.

Jack était sur le point de faire quelque chose d'illégal.

— Comme quoi ?

J'enfilai mon tee-shirt.

— Oh, je vais peut-être aller au cabinet du médecin, cette nuit.

— Qui va t'ouvrir, selon toi ? Tu ne penses quand même pas à entrer par effraction ?

— Je pense que ce ne sera pas un problème, m'assura-t-il.

— Tu sais que tout ce que tu apprends de cette manière ne sera pas considéré comme une preuve recevable, fis-je remarquer, incrédule. J'ai assez regardé la télé pour le savoir.

— Est-ce que tu vois un autre moyen de découvrir leurs groupes sanguins ?

— Leurs groupes sanguins ? Je croyais que tu avais dit qu'on n'avait pas d'échantillon de celui de Summer Dawn ? Et tu es sûr qu'il y aura un dossier avec les groupes sanguins au cabinet du médecin ?

— Les trois familles venaient le consulter.

— Mais combien de gamins ont besoin qu'on leur fasse une prise de sang ?

— Tu as dit qu'Eve en avait fait une. Si je peux au moins éliminer une fillette sur les trois, c'est déjà ça, argumenta-t-il. J'ai réalisé que Summer Dawn ne pouvait avoir que deux groupes possibles. En fait, c'est quand Chandler a évoqué vos cours de biologie au lycée que ça m'est venu à l'esprit.

— De quel groupe serait Summer Dawn ?

— Sa mère est de groupe A et son père, O. Donc Summer Dawn est forcément A ou O.

Jack avait dû revoir ses cours de science.

— Donc si Anna et Eve sont de groupe B ou AB, elles ne peuvent pas être Summer Dawn. Ça serait Krista.

— Voilà.

— J'espère que ce n'est pas Anna, dis-je, regrettant immédiatement de l'avoir dit à voix haute, et avec cette nuance de désespoir dans la voix.

— J'espère aussi, pour ta sœur, ajouta vivement Jack et je fus encore plus triste d'avoir dit quelque chose.

Je sentais qu'il essayait d'annihiler ma peur, me rappelant ainsi qu'il avait une mission à accomplir et qu'il devait la mener à bien. Je détestais ça.

— Tiens, ta chaussette.

— Jack, et si elles sont toutes A ou O ?

Je m'emparai de la chaussette et l'enfilai. J'eus le temps de lacer ma chaussure avant qu'il réponde.

— Je ne sais pas. Je trouverai quelque chose, dit-il, mais sans le moindre espoir dans la voix. Peut-être que ce n'est pas la bonne piste. Je vais appeler Tante Betty pour voir si elle n'a pas des idées. Je serai à droite et à gauche, donc essaie de m'appeler ici si tu as besoin de moi. Les choses vont bouger ce soir.

Avant de quitter la maison de mes parents pour me rendre chez les O'Shea, je composai le numéro de mon amie Carrie Thrush. Comme je l'espérais, elle était toujours au bureau, son dernier patient venant de partir quelques minutes plus tôt.

— Comment vas-tu ?

— Bien, dit-elle, l'air surpris. Je serai heureuse quand la saison des grippes sera finie !

— La maison va bien ?

Carrie avait accepté de passer une fois ou deux pour s'assurer que le facteur avait respecté mon inscription « Stop courrier ». J'avais pensé que ce ne serait pas une grosse contrainte pour elle, puisqu'elle sortait avec Claude Friedrich, qui vivait dans un appartement juste à côté. En réalité, j'aurais demandé à Claude directement s'il ne boitait pas toujours à cause d'une blessure à la jambe.

— Lily, ta maison va bien, dit Carrie, avec une douce tolérance dans la voix. Et toi, comment ça va ?

— Ça va, répondis-je à contrecœur.

— Eh bien, on sera contents de te revoir. Oh, il faut que je te dise ! Le vieux M. Winthrop est mort hier, chez lui. Il a fait une crise cardiaque foudroyante pendant le dîner. Arnita a dit qu'il s'était tout bonnement effondré dans son assiette de purée. Elle a appelé les urgences, mais c'était trop tard.

Je songeai que toute la famille Winthrop devait être soulagée par la mort du vieux tyran, mais il aurait été indécent de l'admettre.

— Cette famille aura tout traversé, cette année, commenta Carrie, pas le moins du monde découragée par mon absence de réponse.

— J'ai vu Bobo avant de partir, lui dis-je.

— Sa Jeep est passée devant chez toi deux fois hier soir.

— Hmmm.

— Il transporte une grosse lampe de poche.

Je me raclai la gorge.

— Eh bien, il rencontrera une fille de son âge qui ne se prosterne pas devant lui parce qu'il est un Winthrop. Il n'a que dix-neuf ans.

— C'est vrai. (Carrie semblait amusée.) En plus, tu as ta propre petite queue-de-cheval...

C'était le petit nom qu'elle donnait à Jack. Elle trouvait ça vraiment drôle. Et je savais qu'elle souriait à l'autre bout du fil.

— Comment va ta famille ? demanda-t-elle.

— Le mariage a rendu tout le monde fou.

— Et en parlant de Jack, tu as des nouvelles ?

— Ah... il... il est ici.

— Ici ? à Bartley ?

Carrie était étonnée et impressionnée.

— C'est pour le travail, ajoutai-je à la hâte. Il a eu une mission ici.

— D'accord. Quelle coïncidence !

— C'est vrai, insistai-je comme pour l'avertir. Il travaille.

— Alors tu ne l'as pas vu du tout, je suis sûre.

— Oh, heu... deux ou trois fois.

— Il vient chez toi ?

— Oui. Il est venu.

— Il a rencontré tes parents, déduisit-elle promptement.

— Oui, bon, d'accord.

— D'ac-cord ! (Elle avait jeté le mot comme si elle venait de prouver un fait.) Il revient à Shakespeare avec toi ?

— Oui.

— Pour Noël ?

— Oui.

— Bien joué, Lily !

— On verra, dis-je, sceptique. Et toi ? Tu seras là ?

— Oui, je fais la cuisine et Claude vient chez moi. Je devais aller dans ma famille, même si c'est loin en voiture, mais quand j'ai appris que Claude allait rester tout seul, je leur ai dit que j'irais les voir au printemps.

— On avance vite par chez vous !

— Pourquoi s'en priver ? Il a la quarantaine et je suis à mi-chemin.

— Aucun intérêt de ralentir alors, dis-je.

— C'est clair !

J'entendis la voix étouffée de Carrie qui demandait à son infirmière d'appeler quelqu'un pour lui donner ses résultats d'examen. Puis sa voix redevint claire.

— Alors quand est-ce que tu rentres ?

— Le lendemain du mariage, répondis-je fermement. Je ne pourrai pas supporter d'y rester une minute de plus.

Elle se mit à rire.

— On se voit bientôt alors, Lily.

— OK. Merci pour la maison.

— Pas de problème.

Nous raccrochâmes toutes deux avec de nouveaux éléments de réflexion.

Je savais que la relation entre Carrie et Claude Friedrich, le chef de la police, devenait sérieuse. J'espérais qu'elle allait durer. Je les appréciais déjà séparément plusieurs mois avant qu'ils ne commencent à se regarder.

Je me surpris à me demander ce que devait ressentir Bobo pour la mort de son grand-père. J'étais certaine qu'il avait du chagrin, mais le soulagement devait s'y mêler un peu aussi. Bobo et ses parents allaient désormais avoir un peu de paix, du temps pour récupérer. Il était même possible qu'ils veuillent me réembaucher.

Je me forçai à revenir au présent. Il était presque l'heure d'aller remplir ma mission baby-sitting. J'allais être chez les O'Shea ; j'allais pouvoir fouiller la maison comme je l'avais fait chez les Kingery et les Osborn. J'observai mon reflet dans le miroir de la salle de bains, regonflai mes cheveux et remis un peu de poudre quand je remarquai enfin combien j'avais l'air triste.

On ne pouvait rien pour moi.

Dans ma chambre, j'enfilai mon pull de Noël, celui que j'avais porté au défilé, supposant sans doute que la couleur vive me rendrait un peu plus sympathique aux yeux des enfants. Je mangeai un bol de salade de fruits restante, seule chose que je pus trouver dans le réfrigérateur étant donné que tout le monde sortait dîner.

L'ami de Dill, Berry Duff, sonna à la porte alors que j'étais en train de faire la vaisselle ; je le laissai entrer. Il me sourit.

— Vous avez l'air bien gai, fit-il remarquer.

— Je vais garder des enfants.

Son visage s'affaissa.

— Oh, moi qui étais impatient de parler avec vous au dîner.

— Urgence de dernière minute. Le baby-sitter a attrapé la grippe et ils n'ont trouvé personne d'autre.

— J'espère que ça se passera bien, dit Berry, d'un air plutôt dubitatif, me sembla-t-il. J'ai moi-même des enfants, et un petit groupe pareil, c'est généralement synonyme de soirée difficile !

— Quel âge ont les vôtres ? demandai-je poliment.

— J'en ai un de neuf ans, un qui est au lycée... voyons voir... Daniel a quinze ans maintenant. Ce sont deux gentils enfants. Je ne vais pas les voir assez souvent.

Je me souvins que sa femme avait la garde des enfants.

— Est-ce qu'ils vivent assez près pour que vous puissiez leur rendre visite régulièrement ? demandai-je.

— Tous les week-ends, d'habitude. (Il sembla triste et fâché.) Ça ne sera jamais pareil que de les regarder grandir tous les jours.

Il se laissa tomber sur l'une des chaises de la cuisine, et je retournai à l'évier pour finir d'essuyer la vaisselle.

— Mais vous savez où ils sont, dis-je, me surprenant moi-même. Vous savez qu'ils sont en sécurité. Vous pouvez décrocher le téléphone et les appeler.

Berry me dévisagea, avec une stupeur compréhensible.

— C'est vrai, dit-il, hésitant. Je suis sûr que la situation pourrait être pire. Comme par exemple, si ma femme s'enfuyait avec eux, se terrait, comme le font certaines épouses pour empêcher l'autre parent de s'approcher des enfants ? Ce serait horrible. Je crois que je deviendrais dingue, tout simplement.

Berry rumina cette idée pendant une minute.

— Si ça arrivait, je ferais tout pour les retrouver, conclut-il, avant de relever les yeux vers moi. Mon Dieu, dis donc, comment en êtes-vous venue à ce sujet déprimant ? C'est censé être une famille heureuse, ici ! Mariage, demain !

— Oui, admis-je. Mariage, demain.

Il fallait m'y résoudre, ceci n'était pas un problème que je pouvais régler avec des coups et blessures. Je rendis Berry plus perplexe encore quand je vins lui tapoter l'épaule, avant d'enfiler mon manteau et de crier au revoir à mes parents.

J'avais la sensation d'avoir oublié de dire quelque chose à Jack, aujourd'hui, un détail, mais qui avait son importance. Mais je n'arrivais pas à le faire remonter à la surface de mon esprit.

Le presbytère comportait un grand nombre de chambres, puisque le pasteur pour qui la maison avait été construite était père de cinq enfants. C'était en 1938, bien entendu. Désormais, le presbytère était un gouffre financier qui nécessitait une nouvelle installation électrique complète ; ce fut ce que m'apprit Lou dans les cinq premières minutes suivant mon arrivée. Je vis qu'elle avait des raisons légitimes de se plaindre, car la forme longue et étroite du salon ne lui permettait pas de grouper plusieurs meubles, pour commencer. Et bien qu'il y eût une cheminée, et qu'elle fût décorée pour la saison, le conduit nécessitait tant de réparations qu'elle n'était pas fonctionnelle.

La femme du pasteur portait un sage costume vert et des talons aiguilles noirs. Les mèches de son carré noir étaient soigneusement recourbées vers l'intérieur, et un maquillage discret avait réussi à dissimuler légèrement son nez en trompette. Lou était manifestement impatiente de sortir sans les enfants, mais tout aussi inquiète de savoir que c'était moi qui les gardais. Elle faisait de son mieux pour ne pas montrer son tracas, mais quand elle me montra pour la troisième fois la liste de numéros d'urgence à côté du téléphone, je sentis une réplique acerbe me venir sur le bout de la langue, prête à fuser.

Au lieu de ça, bien sûr, je pris une inspiration pour me calmer et hochai la tête. Mais la ligne de ma bouche devait trahir une certaine sévérité car Lou hésita un instant, avant de s'excuser avec effusion d'être aussi surprotectrice. Pour couper court à ses excuses, elle se pencha pour allumer le sapin de Noël, qui occupait presque un quart de la pièce.

Les lumières se mirent à clignoter.

Je serrai les dents pour éviter de dire quelque chose que Lou trouverait sans le moindre doute inacceptable.

Le presbytère ressemblait à un spot publicitaire, comme n'importe quelle autre maison parée pour la saison, avec ses longues cannes de bonbon posées de chaque côté de la cheminée qui ne fonctionnait pas, à l'endroit normalement réservé aux ustensiles pour animer le feu. Une guirlande argentée était tendue entre les coins du manteau et Lou y avait suspendu de longues stalactites en plastique.

En face de la cheminée se trouvait une fenêtre centrale devant laquelle était placé le sapin. Toutefois, une scène de la Nativité s'étalait sous le sapin, à la place des cadeaux, avec son étable en bois, la série complète de bergers, Joseph, Marie, les chameaux et les vaches, et le bébé Jésus dans une crèche.

Le beau Jess entra dans la pièce, vêtu d'un costume sombre égayé par un gilet fantaisie de Noël. Il portait le bébé de Meredith Osborn dans les bras, Jane, et cette dernière semblait mécontente.

Le moment était venu pour moi de montrer ce que je valais. Je me calai confortablement avant de tendre les bras, et il y déposa la petite Jane, qui hurlait.

— Est-ce que c'est l'heure du biberon ? criai-je.

— Non, hurla Jess. Je viens de la nourrir.

Alors il fallait qu'elle fasse son rot. Après manger venait le rot, puis le caca, puis le dodo. Voilà ce que j'avais appris sur les bébés. Je tournai Jane pour la mettre droite contre mon épaule et commençai à la tapoter doucement de ma main droite. Petit chose rougeaude… elle était si petite. Jane avait de petites mèches de cheveux blonds, fins et bouclés par-ci par-là. Elle avait les yeux fermés sous la rage, mais dès que je la mis debout, cette dernière sembla diminuer de volume. Elle ouvrit ses petits yeux et me regarda d'un air vague.

— Coucou, dis-je, sentant qu'il fallait que je lui parle.

Les autres enfants vinrent s'entasser dans la pièce. Le petit frère de Krista, Luke, était un vrai bloc de ciment pour un nourrisson, si lourd et carré qu'il piétinait plutôt qu'il ne marchait. Il avait les cheveux foncés, comme Lou, mais il aurait la belle mâchoire carrée de son père.

Un rot des plus surprenants jaillit du gosier du bébé. Son corps se détendit contre mon épaule, qui me sembla soudain moite.

— Oh, chérie, dit Lou. Oh, Lily…

— J'aurais dû vous mettre un bavoir sur l'épaule, dit Jess.

Ce conseil arrivait un peu tard.

Je regardai l'enfant droit dans les yeux, et elle fit un de ces petits bruits que font les bébés. Elle battit l'air de ses mains.

— Je vais la tenir le temps que tu ailles te nettoyer, proposa Eve, tandis que Krista s'exclamait :

— Baaaaah ! Regarde le truc blanc sur l'épaule de mademoiselle Lily !

— Assieds-toi dans le fauteuil, dis-je à Eve.

Eve s'installa dans le fauteuil le plus proche, les jambes croisées sur le coussin. Je déposai la petite sœur d'Eve sur ses genoux et m'assurai que cette dernière tenait correctement le bébé. C'était le cas.

Je me rendis dans la salle de bains, suivie par le troupeau d'enfants, sortis un gant de toilette du placard à linge et l'humidifiai pour frotter le liquide sur mon épaule. Je ne voulais pas sentir cette odeur toute la soirée. Krista entretenait un commentaire détaillé sans jamais s'arrêter, Anna semblait tiraillée entre l'envie de compatir pour sa future tante et celle de critiquer les vomis dégoûtants des bébés comme le faisait Krista ; Luke, lui, me regardait béatement, en se tenant l'oreille gauche avec sa main gauche et en agrippant une poignée de cheveux sur le sommet de son crâne avec sa main droite, une position étrange – comme s'il recevait des signaux d'une autre planète.

Je réalisai que Luke aussi portait encore certainement des couches.

Les O'Shea me crièrent au revoir en s'échappant de la maison remplie d'enfants, et je mis le gant sale dans le panier avant de jeter un coup d'œil à ma montre. Il était temps de changer Jane.

J'installai Luke à l'autre bout du salon devant un dessin animé de Noël et le laissai communiquer avec

Mars. Il choisit de s'asseoir pratiquement entre les branches du sapin de Noël. Le clignotement des guirlandes ne semblait pas le déranger.

Les filles me suivirent toutes dans la chambre du bébé. Eve était prioritaire car il s'agissait de sa sœur, Krista espérait voir du caca pour étoffer son commentaire détaillé sur la saleté des bébés, et Anna attendait toujours de voir de quel côté le vent soufflait.

En attrapant une couche propre dans le distributeur, je posai le bébé sur la table à langer et entamai ce procédé si compliqué et laborieux qu'est le déshabillage du petit. En revoyant mentalement comment je m'y étais prise avec le petit Althaus, j'ouvris les scratchs de la couche, soulevai Jane par les jambes, retirai la couche usée, attrapai une lingette dans la boîte posée sur la table, nettoyai les zones concernées et glissai la nouvelle couche sous Jane. Je ramenai la partie frontale entre ses jambes minuscules, tirai les bandes adhésives et fermai le tout. Puis je réinsérai le bébé dans sa grenouillère et ne me trompai qu'une seule fois en remettant les pressions.

Les trois filles durent finalement trouver que tout cela était bien ennuyeux. Je les vis partir en groupe vers la chambre de Krista. Elles se ressemblaient tellement, en apparence, tout en étant pourtant très différentes les unes des autres. Elles avaient toutes trois huit ans, à quelques mois près ; elles faisaient toutes à peu près la même taille ; elles avaient les yeux foncés et les cheveux bruns. Mais Eve les portait longs, et j'avais l'impression qu'elle avait utilisé un fer à friser ; et puis elle était fine et très pâle. Krista, plus robuste et avec plus de couleur, avait des cheveux courts et épais, ainsi qu'un caractère plus affirmé. Sa mâchoire saillait tellement qu'elle semblait sur le point d'engloutir son menton. Anna, elle, avait des cheveux brun clair qui lui arrivaient aux épaules, une constitution et une taille moyennes, ainsi qu'un sourire facile.

L'une de ces trois petites filles n'était pas celle qu'elle croyait être. Ses parents n'étaient pas les personnes qu'elle avait toujours identifiées comme tels. Son foyer n'était pas son vrai foyer ; elle faisait partie d'une autre famille. Elle n'était pas l'aînée, mais la cadette. Toute sa vie avait été un mensonge.

Je me demandai ce que Jack était en train de faire. J'espérai que, dans tous les cas, il n'allait pas se faire prendre.

J'emportai le bébé avec moi au salon. Luke était toujours absorbé par la télévision, mais il se tourna à demi vers moi quand j'entrai et me réclama son goûter.

Avec l'attention aux détails particulière que nécessite la surveillance de plusieurs enfants, j'installai Jane dans son siège pour bébé, passai la sangle autour d'elle et bouclai la fermeture qui l'empêchait de tomber, puis j'allai chercher une banane pour Luke dans une cuisine en plein chaos.

— Je veux des chips. J'aime pas la nanane, dit-il.

Je soupirai doucement.

— Si tu manges ta banane, je te donnerai quelques chips, dis-je avec toute la diplomatie dont j'étais capable. Après dîner. Vous allez manger dans une minute.

— Mademoiselle Lily ! cria Eve. Viens voir !

Ignorant Luke qui continuait de se plaindre à propos des bananes, je longeai le couloir vers ce qui devait être la chambre de Krista, à en juger par les panneaux sur sa porte qui interdisaient formellement à Luke d'y entrer.

Il me sembla incroyable que les filles aient pu se mettre dans cet état en si peu de temps. Krista et Anna étaient barbouillées de maquillage et accoutrées de leur garde-robe tout entière : jupes à froufrou, chapeaux à plumes, minuscules talons hauts. Eve, assise sur le lit de Krista, était plus modestement parée, et ne portait pas de maquillage du tout.

J'observai les visages épouvantables de Krista et Anna, réalisant avec horreur que si toutes ces choses se trouvaient dans la chambre de Krista, c'est que cette activité devait être autorisée.

— Vous êtes… charmantes, dis-je, ne sachant ce qu'il aurait fallu répondre.

— C'est moi la plus jolie ! insista Krista.

Si le critère à juger était la dose de maquillage, alors elle avait raison.

— Pourquoi tu ne mets pas de maquillage, mademoiselle Lily ? demanda Eve.

Les trois petites vinrent m'entourer pour analyser mon visage.

— Elle a du mascara, décréta Anna.

— Et du truc rouge, du fard à joues, déclara Krista en observant mes pommettes.

— De l'ombre à paupières, ajouta Eve avec triomphe.

— Ce n'est pas forcément mieux d'en mettre plus, dis-je, tombant dans l'oreille de trois sourdes.

— Si tu mettais plus de maquillage tu serais super jolie, tante Lily, déclara Anna, étonnamment.

— Merci Anna. Je ferais mieux de retourner voir le bébé.

Luke avait détaché la grenouillère de Jane et l'avait tirée par ses petits pieds. Il était penché au-dessus d'elle avec une paire de ciseaux à ongles aiguisés.

— Qu'est-ce que tu fais, Luke ? demandai-je quand je retrouvai mon souffle.

— Je vais t'aider, dit-il gaiement. Je vais couper les ongles de bébé Jane.

Je réprimai un frisson.

— C'est gentil de vouloir m'aider. Mais tu dois attendre que le papa de Jane te dise s'il est d'accord ou pas pour le faire.

Ce discours me semblait plutôt diplomate.

Luke insista avec véhémence sur le fait que les ongles longs de Jane mettaient sa vie en danger et qu'il fallait les couper sur-le-champ.

Je commençai à avoir une sérieuse aversion pour cet enfant.

— Écoute-moi, dis-je très calmement en coupant court à sa justification.

Luke se tut immédiatement. Il semblait totalement effrayé.

Bien.

— Tu ne touches pas au bébé à moins que je ne te le demande, dis-je.

Il me semblait avoir prononcé une simple phrase déclarative, mais Luke était peut-être doué pour interpréter le ton de la voix. Il laissa tomber les ciseaux. Je les fourrai dans la poche de mon pantalon, là où j'étais certaine qu'il ne pourrait pas les récupérer.

Je soulevai le siège du bébé et emportai Jane avec moi dans la cuisine pour préparer le repas des enfants. Lou m'avait mis de côté des pâtes avec une forme amusante et leur sauce, que je n'aurais même pas données à mon chien si j'en avais eu un. Je fis réchauffer le plat en essayant de ne pas en respirer l'odeur. Je le répartis ensuite dans des bols, puis coupai des parts de gâteau à la gélatine pour le dessert, que je posai dans des petites assiettes en y ajoutant des quartiers de pomme que Lou m'avait déjà préparés. Puis je versai le lait.

Les enfants accoururent et grimpèrent sur les chaises à la minute où je les appelai, même Luke. Sans même avoir à leur demander, ils penchèrent tous la tête et déclamèrent à l'unisson une prière à la grandeur de Dieu. Je fus totalement prise de court et restai figée, la porte du réfrigérateur ouverte pour y ranger le lait.

Les cinquante minutes suivantes furent... fastidieuses.

Je comprenais bien qu'à l'approche de Noël, les enfants devenaient tout excités. Je réalisai qu'en meute, ils étaient plus nerveux que séparément. J'avais entendu dire que sous la supervision d'une baby-sitter, et sans le contrôle des parents, les petits avaient tendance à pousser leurs limites, ou plutôt celles de leur baby-sitter. Je dus prendre quelques profondes inspirations tandis que la tribu se déchaînait pendant le dîner. Je m'assis sur un tabouret, Jane posée dans son siège sur le comptoir à côté de moi. Elle, au moins, était endormie. Un bébé qui dort est une chose qui frôle la perfection.

Alors que je nettoyais la sauce tomate répandue sur la table, que je rajoutais quelques quartiers de pomme dans l'assiette de Luke et que je disais à Krista d'arrêter de donner de petits coups de cuillère à Anna, je pris progressivement conscience qu'Eve était bien plus calme que les autres. Elle dut faire un effort visible pour se joindre à l'hilarité générale.

Bien sûr, sa mère venait de mourir.

Je gardai donc un œil vigilant sur elle.

Peu à peu, je n'escomptais plus apprendre quelque chose de cette soirée, j'espérais surtout simplement y survivre. J'avais pensé trouver un moment pour fouiller dans les papiers de la famille. Ça me semblait maintenant tellement impossible que je fus convaincue de quitter la maison aussi ignorante qu'en y entrant.

Krista s'occupa du problème pour moi.

En tendant la main pour attraper les biscuits que j'avais posés au centre de la table, elle renversa son verre de lait, qui ruissela sur la table et sur les genoux d'Anna. Cette dernière se mit à crier en traitant Krista de crétine et me jeta un regard terrifié. Ce n'était pas un langage autorisé dans la famille Kingery et, puisque j'étais presque sa tante, je lui adressai le regard sévère de circonstance.

— Tu as un pantalon de rechange, ici ? demandai-je.

— Oui mad'moiselle, répondit une Anna radoucie.

— Krista, tu nettoies le lait avec cette éponge pendant que j'emmène Anna se changer. Je dois mettre ses vêtements à la machine tout de suite.

Je soulevai le bébé de son siège et l'emportai avec moi dans le couloir en essayant de ne pas le réveiller. Anna me précéda en hâtant le pas, pressée de se changer pour retrouver ses camarades.

Je peux vous dire qu'elle n'était pas à l'aise de se déshabiller en ma présence, mais nous avions créé un petit lien, le matin même, et elle ne voulait pas me vexer en me demandant de sortir. Dieu sait que je n'aime pas envahir l'intimité de quiconque, mais je n'avais pas le choix. Après avoir trouvé un endroit sûr par terre pour Jane, je remis un peu d'ordre dans la pièce pendant qu'Anna retirait ses chaussures, puis ses chaussettes, son pantalon et sa culotte. Je lui tournai le dos, mais j'étais face à un miroir quand elle baissa sa culotte et, puisqu'elle me tournait aussi le dos, je pus clairement distinguer la tache de naissance brune sur sa hanche.

Je dus prendre appui contre le mur. Une vague de soulagement faillit me faire chanceler. Cette tache présente sur les fesses d'Anna signifiait tout simplement qu'Anna était bien le bébé sur la photo avec Dill et sa mère, leur véritable enfant, et non Summer Dawn Macklesby.

J'avais finalement une raison d'être reconnaissante.

Je ramassai les vêtements humides et Anna, qui en avait enfilé des propres et secs, sortit de la chambre à toute vitesse pour finir de dîner.

Je m'apprêtais à reprendre Jane quand Eve entra dans la chambre, les mains derrière le dos, les yeux rivés sur ses chaussures. Quelque chose dans son attitude me mit en alerte.

— Mademoiselle Lily, tu te souviens ce jour où tu es venue chez nous pour faire le ménage ? demanda-t-elle comme si ça remontait à des semaines auparavant.

Je restai immobile. Je me revis moi-même ouvrir la boîte sur l'étagère…

— Attends, lui dis-je. Je t'écoute mais laisse-moi juste une minute.

Le téléphone le plus proche, et celui qui était le plus isolé, se trouvait fixé au mur de l'une des chambres principales.

Je feuilletai l'annuaire et trouvai le numéro du motel de Jack. Faites qu'il soit là, faites qu'il soit là…

M. Patel me mit en contact avec la chambre de Jack. Il répondit à la deuxième sonnerie.

— Jack, ouvre ta serviette, dis-je.

Quelques bruits correspondants à l'autre bout du fil.

— Ça y est.

— La photo du bébé.

— Summer Dawn ? Celle qui était dans le journal ?

— Oui, celle-là. Que porte le bébé ?

— Un de ces trucs en une seule pièce.

— Jack, à quoi elle ressemble ?

— Heu, longues manches, des pressions…

— Quels sont les *motifs* ?

— Oh. Des petits animaux, on dirait.

Je pris une profonde, très profonde inspiration.

— Jack, quel genre d'animal ?

— Des girafes, répondit-il après une pause qui en disait long.

— Oh Seigneur, dis-je, à peine consciente de ce que je disais.

Eve entra dans la pièce. Elle avait emporté le bébé et me l'amenait. J'observai son visage pâle et je suis sûre que j'eus l'air aussi frappée que j'en avais la sensation.

— Mademoiselle Lily, dit-elle, d'une voix faible et un peu triste. Mon père est devant la porte. Il est venu nous chercher.

— Il est là, dis-je au téléphone avant de raccrocher.

Je me mis à genoux face à Eve.

— Qu'est-ce que tu voulais me dire ? demandai-je. Je n'aurais pas dû téléphoner alors que tu attendais pour me parler. Tu peux me raconter à présent.

Mon intensité la rendait nerveuse, je le voyais, mais je ne pouvais rien y faire. Au moins, elle savait que je la prenais au sérieux.

— Il est là maintenant, c'est... je dois rentrer.

— Non, tu dois me parler, dis-je, aussi gentiment que possible, mais avec fermeté.

— Tu es forte, dit-elle lentement ; ses yeux ne s'arrêtaient jamais sur les miens. Mon père disait que ma maman était faible. Mais toi, tu ne l'es pas.

— Je suis forte, dis-je d'une voix sûre, avec autant d'aplomb qu'on pouvait en mettre dans une déclaration.

— Tu pourrais peut-être... lui dire que Jane et moi on doit passer la nuit ici, comme prévu ? Pour qu'il ne nous ramène pas à la maison ?

Elle avait eu l'intention de me dire autre chose.

Je me demandai combien de temps il me restait avant qu'Emory fasse irruption et découvre ce qui nous retenait.

— Pourquoi tu ne veux pas rentrer à la maison ? demandai-je, comme si nous avions tout le temps du monde.

— Peut-être que s'il veut m'emmener, Jane pourrait rester ici avec toi ? demanda Eve, et des larmes apparurent soudain dans ses yeux tremblants. Elle est si petite.

— Il ne la prendra pas.

Eve sembla presque prise d'un vertige tant elle était soulagée.

— Tu ne veux pas y aller, dis-je.

— Non, s'il te plaît, murmura-t-elle.

— Alors tu n'iras pas.

Dire à un père qu'il ne pouvait pas récupérer ses enfants, ça n'allait pas bien passer. J'espérai que Jack avait trouvé quelque chose, ou qu'Emory ferait le faux pas décisif.

Il le fallait. Il fallait le provoquer.

Il était temps de passer à l'action.

— Reste ici, dis-je à Eve. Il se peut que ce soit atroce, mais je ne laisserai personne vous emmener, toi et Jane, hors de cette maison.

Eve sembla soudain effrayée par ce qu'elle venait de déclencher, réalisant, à son niveau, que le monstre était désormais sorti du placard et que rien ne l'y ferait plus rentrer à nouveau. Elle avait pris sa vie et celle de sa sœur en main, du haut de ses huit ans. Je suis certaine qu'elle aurait voulu pouvoir effacer ce qu'elle avait dit, retirer son appel au secours.

— Ça ne dépend plus de toi maintenant, lui dis-je. Ce sont des affaires de grandes personnes.

Elle parut rassurée, puis elle fit une chose qui me donna des frissons dans le dos : elle souleva sa petite sœur dans le porte-bébé et l'emporta dans un coin de la pièce, puis tira le fauteuil à dos noir pour le bloquer, avant de s'accroupir derrière avec le bébé.

— Jette la robe de chambre du révérend O'Shea par-dessus la chaise, suggéra la petite voix. Peut-être qu'il ne nous trouvera pas.

Je sentis mon corps entier se contracter. Je ramassai la robe de chambre en velours bleu que Jess avait laissée étendue au bout du lit, et l'étalai sur le fauteuil.

— Je reviens dans une minute, dis-je avant de longer le couloir jusqu'au salon, les vêtements souillés d'Anna toujours sous le bras.

Je les jetai dans la buanderie en passant. J'essayai d'avoir l'air aussi normal que possible. Il y avait des enfants ici, sous ma responsabilité.

Emory se tenait juste devant la porte, à l'intérieur. Il portait un jean et une veste courte. Il avait retiré ses gants et les avait fourrés dans sa poche. Ses cheveux clairs étaient peignés et il semblait rasé de frais. C'était comme si... j'hésitais à le formuler, même pour moi-même.

C'était comme s'il était là à attendre son rencard.

Ses yeux bleus et naïfs croisèrent les miens sans hésitation. Luke, Anna et Krista jouaient à un jeu vidéo à l'autre bout de la pièce.

— Bonsoir, mademoiselle Bard, dit-il, légèrement perplexe. J'ai envoyé Eve vous dire que finalement, j'ai décidé que les filles passeraient la nuit à la maison, après tout. Je ne voudrais pas abuser de la gentillesse des O'Shea.

Je me dirigeai vers la télévision. Il fallait que j'éteigne l'écran avant que les enfants puissent me regarder. Krista et Luke furent surpris et fâchés, même s'ils étaient trop bien élevés pour dire quoi que ce soit. Mais Anna, d'une manière ou d'une autre, sembla comprendre que quelque chose n'allait pas. Elle me dévisagea, les yeux ronds comme des billes, mais ne posa aucune question.

— Tous les trois, allez jouer dans la chambre de Krista, leur dis-je.

Luke ouvrit la bouche pour protester, me considéra une deuxième fois et bondit sur ses pieds pour courir dans la chambre de sa sœur. Krista me jeta un regard mutin mais quand Anna, après s'être retournée à plusieurs reprises, suivit le même chemin, elle quitta aussi la pièce.

Emory s'était rapproché du couloir qui menait aux chambres. En fait, il était adossé à la cheminée. Il avait retiré sa veste. Il sourit tendrement aux enfants quand ils passèrent devant lui. Je m'approchai.

— Les filles vont rester ici cette nuit, déclarai-je.

Son sourire commença à s'affaisser sur les bords.

— Je peux reprendre mes enfants quand je le souhaite, mademoiselle Bard, me dit-il. Je pensais avoir besoin de temps seul avec ma sœur pour organiser les funérailles, mais elle a dû rentrer chez elle à Little Rock ce soir, alors je veux que mes filles reviennent à la maison.

— Les filles vont rester ici cette nuit.

— Eve ! cria-t-il soudain. Viens ici tout de suite !

J'entendis les enfants faire le silence dans la chambre de Krista.

— Restez où vous êtes ! criai-je à mon tour en espérant qu'ils comprenaient bien tous que j'étais très sérieuse.

— Comment pouvez-vous m'empêcher de récupérer mes enfants ?

Emory semblait presque larmoyant, pas furieux, mais quelque chose dans sa façon de se tenir me maintenait sur mes gardes.

Action ou vérité.

— Je peux vous le dire très simplement, Emory, dis-je. Je sais tout de vous.

Quelque chose d'effrayant passa sur son visage l'espace d'une seconde.

— Qu'est-ce que vous racontez, bon sang ? se défendit-il en se permettant d'afficher une colère et un dégoût raisonnables. Je suis venu chercher mes petites filles ! Vous ne pouvez pas les garder si je veux les récupérer !

— Ça dépend de ce pour quoi vous les voulez, espèce de fils de pute.

Ce fut la vulgarité qui fractura la façade d'Emory.

C'est alors qu'il s'approcha. Il s'empara de l'un des stalactites en plastique suspendus à la guirlande de la cheminée et, si je n'avais pas attrapé son poignet, il me l'aurait planté dans le cou. Je basculai pour l'empêcher d'approcher la pointe de ma gorge et nous tombâmes tous les deux. Tandis qu'Emory et moi heurtions le sol dans un bruit sourd, j'entendis les enfants se mettre à gémir, mais à cet instant précis, ça me semblait très loin et de moindre importance. J'étais tombée sur le côté et ma main droite était prise au piège.

Emory était petit et semblait frêle, mais il était bien plus fort que je ne m'y étais attendue. J'agrippai son avant-bras avec ma main gauche, pour éloigner l'objet en plastique de mon cou, certaine de mourir s'il arrivait à me le planter. Il avait refermé son autre main autour de mon cou et j'entendis mes propres bruits d'étouffement.

Je tirai violemment sur mon épaule pour tenter désespérément de libérer ma main droite. J'y parvins enfin, et trouvai ma poche. Je sortis les ciseaux à ongles et les plantai dans le flanc d'Emory.

Il hurla et eut une secousse qui le tira sur le côté, mais, sans savoir comment, je perdis les ciseaux. Heureusement, j'avais maintenant mes deux mains libres.

Je les regroupai pour repousser sa main droite, me soulevai péniblement contre lui et nous roulâmes jusqu'à ce que je me retrouve au-dessus. Cependant, sa main gauche visait toujours mon cou avec le pic. Je tordis son bras droit d'avant en arrière, même si la solidité et la position de son bras gauche m'empêcher de forcer suffisamment pour le casser. Je luttai péniblement pour pouvoir l'enfourcher, et je finis par y parvenir. Mais maintenant, je voyais une traînée de petits points gris à la place des meubles du salon. Je poussai sur mes genoux puis me laissai retomber de tout mon poids sur lui. Emory expulsa tout l'air de ses poumons et il chercha à retrouver de l'oxygène ; je pensais pouvoir riposter la première malgré tout. Je me soulevai de nouveau et m'effondrai encore sur lui, mais, tel un serpent, il prit avantage de mon mouvement pour rouler sur le côté et, puisque je repoussais ses bras du même côté, il m'entraîna avec lui et nous atterrîmes sous le sapin de Noël, dont les minuscules lumières clignotaient, clignotaient sans fin.

Je les voyais clignoter frénétiquement à travers mon voile gris, et elles me rendirent folle.

Brusquement, je lâchai le bras d'Emory et arrachai une guirlande lumineuse entre les branches. Je fis vivement glisser le cordon autour de son cou, mais je ne pouvais pas changer de main pour pouvoir bien serrer. Il dirigea la stalactite en plastique contre ma gorge.

La pointe en plastique était moins tranchante qu'un couteau et je suis musclée, elle n'avait donc pas encore pénétré ma peau le temps que la guirlande autour du cou de mon agresseur commence à faire son effet.

Il retira sa main gauche de ma gorge pour s'agripper à la guirlande, sa principale erreur depuis que j'avais failli perdre connaissance. Je pus tourner la tête sur le côté pour minimiser la pression de la stalactite. Je m'en sortais bien mieux jusqu'à ce qu'Emory, qui essayait de se libérer avec sa main gauche, s'empare de l'étable de la crèche et l'abatte sur ma tête.

Je ne m'étais évanouie qu'une minute, mais pendant cette minute, la pièce s'était vidée et la maison était devenue silencieuse. Je roulai sur mes genoux et m'aidai du canapé pour me lever. Je tentai de faire un pas. Bon, je pouvais marcher. Je ne savais pas ce que j'étais capable de faire d'autre, mais je m'emparai du premier objet avec lequel je pouvais me défendre, l'une des longues cannes de bonbon que Lou avait installées de chaque côté de la cheminée. J'inspectai le couloir des yeux en me plaquant contre le mur, puis passai devant la buanderie sur ma gauche et un placard sur ma droite. La pièce suivante sur ma gauche était la chambre de Krista. La porte était ouverte.

Je jetai un regard prudent à travers l'encadrement de la porte. Les trois enfants étaient assis sur le lit de Krista, Anna et Krista enlacées et Luke suçant frénétiquement ses doigts en se tirant les cheveux. Krista poussa un petit cri en me voyant. Je posai un doigt sur mes lèvres et elle hocha la tête, l'air paniqué. Mais Anna avait les yeux écarquillés, comme si elle essayait de trouver un moyen de me dire quelque chose.

Je me demandai à qui elles allaient faire confiance, à l'étrangère pas très sympa qu'elles ne connaissaient pas, ou à Emory, le gentil monsieur qu'elles voyaient depuis des années.

— Est-ce qu'il a trouvé Eve ? demandai-je d'une voix à peine plus forte qu'un murmure.

— Non, il ne l'a pas trouvée, répondit Emory avant de surgir de derrière la porte.

Il était passé par la cuisine ; je le vis au couteau dans sa main.

Anna cria. Je ne pouvais pas la blâmer.

— Anna, dit Emory, les gentilles petites filles ne font pas de bruit.

Anna réprima un autre cri, morte de peur, et le son qui en résulta fut terrifiant. Emory lui jeta un coup d'œil.

Je m'avançai dans la pièce, levai la canne de bonbon et l'abattis sur le bras d'Emory avec toute la fureur que j'avais en moi.

— *Moi*, je ne suis pas gentille, dis-je.

Il hurla et lâcha le couteau. Je posai un pied dessus et le fis glisser derrière moi du bout du pied, pile au moment où Emory se jeta sur moi. Ma canne en plastique n'avait pas dû beaucoup l'intimider.

Cette fois, j'étais prête et, quand il me fonça dessus, je fis un pas de côté en laissant traîner un pied pour le faire trébucher. Alors, je lui assenai un nouveau coup sur la nuque avec la canne.

Si les enfants n'avaient pas été là, je l'aurais frappé encore ou je lui aurais cassé un bras pour m'assurer qu'il ne reviendrait pas à la charge. Mais les enfants étaient bien là, Luke pleurait et gémissait avec tout l'abandon d'un enfant de deux ans, tandis qu'Anna et Krista sanglotaient.

Est-ce que quelques coups supplémentaires les traumatiseraient davantage ? Non, décidai-je, et je levai mon pied.

Mais Chandler McAdoo s'exclama :

— Non !

Toute la tension me quitta d'une traite. Je laissai tomber le bout de plastique à rayures rouges et blanches et songeai qu'il fallait rassurer les enfants. Mais je pris vaguement conscience que je n'étais pas du tout sécurisante à cet instant précis.

— Eve et Jane sont derrière le fauteuil dans la chambre de l'autre côté du couloir, dis-je.

J'avais une voix épuisée, je l'entendais moi-même.

— Je sais, dit Chandler. Eve a appelé le 911.

— Mademoiselle Lily ? appela une toute petite voix tremblante.

J'entrai d'un pas lourd dans la chambre parentale. La tête d'Eve apparut derrière le fauteuil. Je m'assis au bout du lit.

— Tu peux sortir Jane maintenant, dis-je. Merci d'avoir appelé la police. C'était tellement intelligent, tellement courageux.

Eve poussa le fauteuil et sortit le siège de Jane, bien qu'il fût presque trop lourd pour ses petits bras.

Chandler ferma la porte.

Elle se rouvrit vivement et Jack entra.

Il s'arrêta et me regarda.

— Rien de cassé ? demanda-t-il.

— Non.

Je secouai la tête et me demandai pendant une seconde si j'étais capable de m'arrêter. J'avais l'impression d'être une pendule en mouvement permanent. Je me frottai la gorge d'un air absent.

— Un bleu, dit Jack.

Je l'observai tandis qu'il essayait de décider de quelle manière nous approcher, Eve et moi.

Avec un gros effort, je levai la main et caressai la tête d'Eve. Puis je la serrai dans mes bras et elle se mit à pleurer.

Cette nuit-là, j'étais assise, Eve sur les genoux, et je racontai ce qui s'était passé dans la maison jaune sur Fulbright Street. Chandler était là, ainsi que Jack – et Lou O'Shea ; Jess avait demandé avec ferveur à être le pasteur d'Eve, mais Eve avait montré une nette préférence pour Lou.

Papa, semblait-il, était devenu bizarre quand il comprit que le coût de la grossesse et de l'accouchement de Meredith allait être considérable. Il avait commencé à aimer jouer avec sa fille de huit ans.

— Il aimait toujours que je mette du rouge à lèvres et du maquillage, déclara Eve. Il aimait que je joue tout le temps à me déguiser.

— Qu'est-ce que ta maman en pensait, Eve ? demanda Chandler d'une voix neutre.

— Elle trouvait ça drôle, au début.

— Et quand est-ce que ça a changé ?

— Vers Thanksgiving, je crois.

C'était juste après Thanksgiving que l'article sur les crimes non résolus était paru dans le petit journal de Little Rock. Avec la photo du bébé dans sa grenouillère à girafes. La même grenouillère que Meredith avait gardée toutes ces années dans une boîte sur une étagère de sa penderie, comme un souvenir des premiers jours de son bébé.

— Maman n'était pas contente. Elle tournait en rond dans la maison en pleurant. Elle avait beaucoup de mal à s'occuper de Jane. Elle... (Eve se mit à chuchoter.) Elle m'a posé des questions bizarres.

— À propos de... ? demanda Chandler.

— Si Papa me touchait bizarrement.

— Oh. Et qu'est-ce que tu lui as dit ?

Chandler faisait preuve de calme et de respect envers Eve, comme s'il s'agissait là d'une conversation des plus banales. Je ne savais pas que mon vieil ami pouvait être ainsi.

— Non, il ne m'a jamais touchée... là. Mais il aimait jouer à Viens Là Petite Fille.

J'eus un haut-le-cœur.

Je ne ferai pas de récit détaillé, mais l'essentiel était qu'Emory aimait mettre du rouge à sa fille et l'invitait à approcher, comme s'ils étaient des étrangers, pour l'inciter à toucher son entrejambe à travers son pantalon.

— Qu'est-ce qui s'est passé d'autre ? demanda Chandler après un moment.

— Maman et lui se sont disputés. Maman disait qu'ils devaient parler de ma date de naissance, et Papa ne voulait pas, et Maman a dit... oh, je ne me souviens plus.

Meredith lui avait-elle demandé si Eve était leur bébé ? Lui avait-elle demandé s'il se comportait mal avec l'enfant ?

— Et puis Maman et Papa ont pris mon livre de souvenirs de l'école et ont arraché une page. Je ne les ai pas vus le faire, mais un jour quand je suis rentrée de l'école, la page manquait, ma photo préférée d'Anna, Krista et moi. Elle avait été découpée bien proprement, donc je pense que c'est Maman qui l'a fait. Donc la nuit suivante que j'ai passée avec Anna, je l'ai pris avec moi pour pas que Maman découpe d'autres pages.

Jack et moi échangeâmes un regard.

— Et puis Maman a dit qu'il fallait me faire une prise de sang. Alors je suis allée chez le Dr LeMay, et lui et Mlle Binnie m'ont dit qu'ils allaient faire des tests, et que j'avais été courageuse, et il m'a donné un bonbon. Maman m'a dit de ne le dire à personne, mais Papa a vu la marque de la piqûre quand il m'a donné mon bain le soir ! Mais je n'ai rien dit, je n'ai rien dit !

De grosses larmes roulèrent sur les joues d'Eve.

— Personne ne pense que tu as fait quoi que ce soit de mal, dis-je.

Je n'avais pas réalisé combien elle était crispée, jusqu'à ce qu'elle se détende.

— Alors Papa a compris. Je pense qu'il a fouillé dans les papiers et qu'il a trouvé celui que le médecin avait donné à Maman.

Les résultats du labo ? Un reçu pour la somme qu'avait peut-être payée Meredith pour les tests ?

— Alors le lendemain soir, il a dit que Maman avait besoin de temps libre et qu'on allait faire une sortie.

— Et vous êtes montées dans la voiture, c'est ça ? demanda Chandler.

— Oui, Jane et moi. J'étais en train de boucler ma ceinture quand Papa a dit qu'il avait oublié ses gants. Il a ouvert le coffre, il a sorti quelque chose qu'il a mis sur lui, et il est retourné à l'intérieur. Et puis quelques minutes plus tard il est revenu avec quelque chose sous son bras, il l'a mis dans le coffre et on est partis manger. Quand on est rentrés…

Cette fois, Eve pleura pour de bon.

Chandler se glissa dehors avec les clés d'Emory pour ouvrir le coffre de sa voiture. Il revint moins de cinq minutes plus tard.

— J'ai appelé des gens pour faire des recherches et prendre des photos, dit-il calmement. Viens, ma chérie, on va te mettre au lit un petit moment, que tu puisses te reposer au calme.

Lou, dont les joues étaient humides de larmes, tendit les bras vers Eve, qui se laissa soulever et emmener.

— Qu'est-ce qu'il y avait dans le coffre ?

— Un imperméable en plastique transparent avec beaucoup de taches et un couteau de cuisine à lame simple.

Je frissonnai.

Jack et Chandler entamèrent une discussion sérieuse.

Chandler appela les hommes qui fouillaient la maison de Fulbright Street. Moins de trente minutes plus tard, le mince détective Brainerd apporta une boîte à chaussures familière dans la chambre du presbytère.

Jack enfila des gants, ouvrit la boîte et se mit à sourire.

Dill et Varena avaient ramené Anna à la maison bien plus tôt, je supposais qu'elle avait mis mes parents au courant et leur avait dit où j'étais.

Jack me déposa au motel pendant qu'il se rendait à la prison pour avoir une conversation avec Emory Osborn.

À son retour, j'étais toujours allongée sur le lit, les yeux rivés au plafond, mon manteau toujours sur le dos. J'avais mal à la gorge.

Sans rien dire, Jack consulta un carnet d'adresses qu'il sortit de sa serviette. Puis il décrocha le téléphone, prit une profonde inspiration et composa un numéro.

— Roy ? Comment ça va ? Ouais, j'ai vu l'heure. Mais j'ai pensé que c'était à toi d'appeler Teresa et Simon. Pour leur dire qu'on a retrouvé leur petite fille. Bien sûr que je ne plaisanterais pas là-dessus ! Non, je ne veux pas leur téléphoner, c'est ton affaire.

Jack éloigna le récepteur de son oreille et j'entendis Roy crier à l'autre bout. Quand le volume eut un peu diminué, Jack expliqua du mieux qu'il put en quelques phrases.

— Non, je ne sais pas… ils feraient mieux d'appeler leur avocate pour la faire venir ici avant eux. Je pense qu'il y aura plusieurs étapes, mais Osborn a tout avoué finalement. Ouais.

Jack se pencha en arrière sur le lit, jusqu'à s'étendre à côté de moi, son corps collé au mien.

— Il a mis au monde son propre bébé, et l'enfant est mort. Je trouve qu'il y a un truc louche d'ailleurs, c'était un garçon… et il aime vraiment les petites filles. Quoi qu'il en soit, il s'est senti coupable et n'a pas pu le dire à sa femme. Il lui a fait prendre un calmant très fort, qu'on lui avait donné quand il avait souffert d'une sérieuse blessure, elle est tombée dans les pommes et il a commencé à tourner en rond en cherchant un moyen de lui avouer que le bébé n'avait pas survécu. Il vivait tout près de Conway, et il s'est retrouvé à errer en voiture à Conway, au hasard, soi-disant. Ouais, je sais pas si je marche là-dessus, surtout que… attends, laisse-moi finir.

Jack retira ses chaussures.

— Il dit qu'il a roulé dans le quartier des Macklesby, qu'il a reconnu la maison parce qu'il y avait livré un canapé quatre mois plus tôt. Il aimait bien Teresa, il la trouvait jolie. Et il s'est brusquement souvenu que Teresa était enceinte à l'époque, s'est demandé si elle avait accouché. Il a observé la maison pendant un moment, en disant qu'il était trop affolé pour rentrer et affronter sa femme. Soudain, il avait une chance de tout sauver. Il a vu Teresa sortir sur le perron avec le bébé dans son siège, s'arrêter, poser le siège et retourner à l'intérieur. Il s'est dit que ce geste était celui d'une très mauvaise mère, qu'elle ne méritait pas d'avoir un bébé, et qu'elle en avait déjà deux autres, d'ailleurs. Sa femme n'en avait pas un seul. Il a enlevé Summer Dawn et l'a ramenée chez lui.

Roy parla à son tour. Je sentis mes paupières s'alourdir maintenant que la chaleur de Jack m'avait aidée à me détendre. Je me tournai vers lui et fermai les yeux une minute à cause de la lumière sur la table de nuit qui m'éblouissait.

— Il a conduit Meredith chez le médecin le lendemain et lui a dit qu'il avait déjà emmené le bébé chez un pédiatre. Son médecin ne pouvait pas examiner le bébé, car ce dernier aurait remarqué que le bidule du cordon ombilical avait déjà trop cicatrisé pour un nourrisson d'un jour.

Roy parla quelques instants. C'était un bourdonnement lointain. Je gardai les yeux fermés.

— Ouais, il a tout avoué. Il a dit que c'était entièrement la faute de sa femme si le bébé était mort et qu'il s'agissait d'un garçon. Il lui en voulait d'avoir interrompu son plaisir avec la petite fille qu'il avait si soigneusement choisie pour elle, d'avoir commencé à se demander d'où elle venait quand elle a vu la photo dans le journal... Évidemment, Meredith a emmené la petite faire une prise de sang et découvert qu'elle ne pouvait pas être sa fille. Mais elle l'aimait tellement qu'elle n'arrivait pas à décider quoi faire. Emory a tout découvert à propos de la prise de sang, a décrété que Meredith l'avait trahi, et il l'a tuée. Il s'est introduit dans ma chambre d'hôtel, a trouvé les pages qu'elle m'avait envoyées... pour lui, c'était une justification à son acte.

Encore Roy.

Puis Jack demanda :

— Tu vas les appeler maintenant ou attendre le matin ?

Peu de temps après ça, je perdis le fil de leur conversation.

— Chérie ?

Je clignai des yeux.

— Quoi ?

— Chérie, c'est le matin.

— Quoi ?

— Tu dois rentrer chez toi te préparer pour le mariage, Lily.

J'ouvris grand les yeux. C'était effectivement le jour J. Je tournai la tête vers le réveil, paniquée. Je poussai un long soupir de soulagement en voyant qu'il n'était que 8 heures.

Jack était debout à côté du lit. Il sortait tout juste de la douche.

D'habitude, le matin, je bondis hors du lit et je me bouge, mais là je me sentais tellement faible ! Puis je me rappelai la nuit précédente et je sus où j'étais.

— Oh, c'est vrai qu'il faut que je rentre, j'espère qu'ils ne s'inquiètent pas, dis-je. J'ai tellement assuré pendant tout le séjour, j'ai tout fait comme il faut ! Je déteste tout foutre en l'air le dernier jour.

Jack se mit à rire. C'était un son agréable.

Je me redressai. Il m'avait retiré mon manteau à un moment ou un autre. J'avais dormi tout habillée, sans prendre de douche et il fallait à tout prix que je me brosse les dents. Quand Jack se pencha pour m'enlacer, je reculai.

— Non non non, dis-je fermement. Pas maintenant. Je suis dégoûtante.

Quand Jack vit que j'étais sérieuse, il s'assit sur l'une des chaises recouvertes de vinyle.

— Tu veux que j'aille nous chercher des cafés ? demanda-t-il.

— Oh, c'est gentil, mais je ferais mieux de rentrer vite chez mes parents pour les rassurer.

— Alors je te vois au mariage.

— D'accord. (Je tendis la main et lui caressai le bras.) Qu'est-ce que tu faisais, la nuit dernière ?

Pendant que tu affrontais le vrai kidnappeur ? (Jack me jeta un regard mystérieux.) Eh bien, chérie, je suis rentré dans ton futur beau-frère.

— Quoi ?

— Je me suis dit que le seul moyen pour voir l'intérieur d'un coffre de voiture – ce qui était ta suggestion, je te rappelle – c'était d'avoir un petit accident avec les voitures qui nous intéressaient. Il aurait été totalement justifié de regarder dans le coffre ensuite. Alors je me suis dit que si je le heurtai pile comme il fallait, le coffre s'ouvrirait tout seul.

— Tu es rentré dans Jess ?

— Ouais.
— Et dans Dill aussi ?
— J'allais le faire. Mais vu que je risquais le coup du lapin, j'ai préféré foncer dans celle d'Emory. Et c'est là que j'ai reçu ton appel. Je suis arrivé à la maison des O'Shea juste au moment où ton ex-petit copain se garait. Il m'a passé les menottes.
— Il *quoi* ?
— Je ne voulais pas le laisser entrer avant moi, alors il m'a mis les menottes.
Je ne savais pas quoi dire. J'essayai de ne pas sourire.
— Je ferais mieux d'aller me laver, lui dis-je. Tu seras là ?
— J'ai apporté mon costume, me rappela-t-il.

S'il y avait bien un moment où mes parents ne pouvaient pas me jeter de regards désapprobateurs, c'était le jour du mariage de Varena. Ils n'avaient pas beaucoup apprécié que Jack m'ait déposée devant chez eux à la vue de tous alors que je portais les vêtements de la veille.
Mais dans l'euphorie du grand jour – et du jour précédent – on pouvait légitimement l'ignorer.
Je pris une très longue douche et me brossai deux fois les dents. Pour reprendre le contrôle de moi-même, je me rasai les jambes et les aisselles, m'épilai les sourcils et passai dix ou quinze minutes à m'appliquer des crèmes et du maquillage.
Ce ne fut que lorsque j'entrai dans la cuisine pour boire un café que ma mère remarqua le bleu.
Elle reposa vivement sa tasse.
— Ton cou, Lily.

Je regardai dans le petit miroir du couloir, à côté de la cuisine. J'avais un bleu spectaculaire sur le cou.

— Emory, expliquai-je, remarquant pour la première fois combien ma voix était rauque.

Je touchai la zone. Sensible. Très sensible.

— Ça va, dis-je. Vraiment. J'ai juste envie de boire quelque chose de chaud.

Et ce furent les seuls mots que nous échangeâmes au sujet de la nuit précédente.

J'avais vraiment de la chance que ce soit le mariage de Varena.

Et le matin suivant, celui de Noël, je rentrai chez moi à Shakespeare.

Pendant le trajet, je réfléchis : je me demandai ce qu'il adviendrait du bébé, Jane, qu'Eve (je pensai à elle comme Eve Osborn) considérait comme sa sœur. Je me demandai ce qui allait se passer dans les jours à venir, quand les Macklesby pourraient enfin serrer leur fille dans leurs bras. Je me demandai quand j'allais devoir revenir pour témoigner au procès d'Emory. L'idée de devoir retourner une nouvelle fois à Bartley me donnait des sueurs froides, mais d'ici là, j'espérais m'être détendue.

Je n'avais personne à qui parler ni à écouter pendant quatre heures entières.

La périphérie désolée de Shakespeare fut un tel plaisir à mes yeux que je faillis verser quelques larmes.

Les décorations, la fumée qui s'échappait des cheminées, les pelouses et les rues désertes : aujourd'hui, c'était Noël.

Si mon amie Carrie Thrush s'en était souvenue, la dinde devait être décongelée et prête à être enfournée.

Et Jack, qui avait fait un détour par Little Rock pour prendre quelques vêtements, était lui aussi en route.

Les cadeaux que je lui avais achetés étaient déjà emballés et cachés dans ma penderie. Les « épinards Madeleine », la cocotte de patates douces et la sauce à la canneberge étaient au frigo.

Je mis de côté le passé en m'engageant dans mon allée.

J'allais passer Noël à Shakespeare.

Encore un peu de patience,

Lily Bard revient bientôt

pour un quatrième volet de la série :

***Libertinage fatal*.**

En attendant, découvrez dès à présent

le 1er chapitre !

Chapitre 1

J'amorçai un coup violent sur le nez, puis roulai sur lui, saisis son cou à pleines mains et commençai à serrer. Après la douleur, l'insondable humiliation, la rage qui émanait de moi était totalement pure et saine. Il m'agrippa les poignets et tenta péniblement de repousser mes doigts. Il faisait des bruits rauques, implorants, et progressivement, je pris conscience qu'il prononçait mon nom.

Ça ne faisait pas partie du souvenir.

Et je n'étais pas de retour dans cette cabane au milieu des champs de coton. J'étais sur un lit large et ferme, et non un lit rouillé et affaissé.

— Lily ! Arrête !

La pression sur mes poignets augmenta.

Je n'étais pas au bon endroit – ou plutôt, *ce* n'était pas le bon endroit.

— Lily !

L'homme, ce n'était pas le bon… enfin, le mauvais.

Je lâchai prise et me précipitai à bas du lit avant de reculer dans un coin de la pièce. La respiration pénible et hachée, je sentais mon cœur battre bien trop fort dans mes oreilles.

Une lumière s'alluma et m'aveugla un instant. Une fois habituée à la luminosité, je pris conscience, avec une lenteur angoissante, que c'était Jack qui se trouvait face à moi. Jack Leeds. Il saignait du nez et son cou était strié de marques rouges.

C'était moi qui lui avais fait ça.

J'avais mis toutes mes forces à essayer de tuer l'homme que j'aimais.

— Je sais que tu ne veux pas, mais ça pourrait peut-être t'aider, me disait Jack, la voix altérée par le gonflement de son nez et de sa gorge.

Je faisais mon possible pour ne pas avoir l'air maussade. Je ne voulais pas entamer une foutue thérapie de groupe. Je n'aimais pas parler de moi, et n'était-ce pas le but d'une thérapie ? D'un autre côté, et c'était un point décisif, il était hors de question que je frappe Jack de nouveau.

Premièrement, les coups constituent une terrible insulte pour l'homme qu'on aime.

Deuxièmement, Jack risquait éventuellement de me rendre mes coups. Compte tenu de sa force, ce n'était pas un facteur négligeable.

Plus tard, donc, ce matin-là, quand Jack fut parti rejoindre un client à Little Rock, je composai le numéro inscrit sur le flyer que nous avions récupéré à l'épicerie. Imprimé sur du papier vert vif, il avait attiré l'attention de Jack pendant que j'achetais des timbres au kiosque devant le magasin.

Il disait :

VOUS AVEZ ÉTÉ VICTIME D'UNE AGRESSION SEXUELLE ?

VOUS VOUS SENTEZ SEULE ?

APPELEZ DÈS AUJOURD'HUI LE 237-7777

REJOIGNEZ LE GROUPE DE THÉRAPIE

PLUS JAMAIS SEULE !

— Centre de soins du Comté d'Hartsfield, bonjour, annonça une voix de femme.

Je me raclai la gorge.

— J'aimerais en savoir plus sur le groupe de thérapie pour les victimes de viol, dis-je de la voix la plus égale possible.

— Bien sûr, répondit la femme d'une voix tout à fait neutre, qui s'appliquait si bien à ne pas porter de jugement que j'en vins à grincer des dents. Le groupe se réunit le mardi soir à 20 heures, ici au centre. Inutile de me donner votre nom à ce moment-là, entrez simplement par la porte du fond, vous savez, celle qui donne directement sur le parking des employés. Vous pouvez aussi vous garer là.

— Très bien, dis-je ; j'hésitai avant de poser la question cruciale. Combien ça coûte ?

— Nous bénéficions d'une subvention, répondit-elle. C'est gratuit.

L'argent des contribuables à l'œuvre. D'une certaine manière, je me sentis un peu mieux.

— Dois-je dire à Tamsin que vous serez présente ? demanda la femme.

Elle était définitivement du coin ; je le savais au nombre de syllabes que comptait chacun de ses mots.

— Laissez-moi y réfléchir, lui dis-je, soudain effrayée à l'idée de faire un pas en avant qui alourdirait sans le moindre doute ma souffrance.

Carol Althaus vivait en plein chaos. J'avais laissé tomber tous mes clients sauf trois. J'aurais voulu que Carol fasse partie des évincés, mais j'avais eu pitié d'elle, comme cela m'arrive rarement, et l'avais gardée. Je ne m'occupais plus que de Carol, des Winthrop et des Drinkwater, et je les avais tous les trois le lundi. Je retournais chez les Winthrop le jeudi mais restais disponible les autres jours pour les courses inhabituelles ou les ménages exceptionnels. Et je travaillais également pour Jack, ce qui rendait mon emploi du temps passablement compliqué.

D'après mon analyse de la situation, Carol ne pouvait s'en prendre qu'à elle-même si le chaos régnait chez elle, mais c'était tout de même le bazar et moi, j'aimais l'ordre.

La vie de Carol avait échappé à son contrôle quand elle avait épousé Jay Althaus, un commercial divorcé et père de deux garçons. Il avait obtenu la garde de ses enfants, et c'était tout à son honneur. En revanche, il était sans cesse sur les routes et, même s'il avait peut-être été amoureux de Carol – qui était séduisante dans le genre anémique, religieuse et stupide –, il avait surtout besoin d'une baby-sitter à domicile. Il l'avait donc épousée et, malgré leur expérience précédente avec les deux garçons, ils avaient eu leurs propres bébés, deux filles. J'avais commencé à travailler pour Carol quand elle était enceinte de la seconde, qu'elle vomissait tous les jours et restait mollement assise dans un fauteuil le reste du temps. Une seule et unique fois, j'avais gardé tous les enfants pendant une journée et demie, quand Jay avait eu un accident de voiture hors de la ville.

Ces enfants n'étaient probablement pas démoniaques. Il était même possible qu'ils soient assez normaux. Mais tous ensemble, c'était l'enfer.

Et c'était l'enfer pour la maison aussi.

Carol aurait eu besoin de moi au moins deux fois par semaine, pendant six heures d'affilée. Elle ne pouvait se permettre de me payer que quatre heures par semaine, à peine. Mais je rentabilisais son argent mieux que quiconque.

Pendant l'année scolaire, Carol arrivait presque à faire face. Heather et Dawn, âgées de cinq et trois ans, étaient toujours à la maison, mais les garçons (Cody et Tyler) allaient à l'école. L'été, c'était une autre paire de manches.

Nous étions fin juin, les enfants étaient donc à la maison depuis près de trois semaines. Carol les avait inscrits dans quatre écoles bibliques. La Première Église baptiste et l'Église centrale méthodiste avaient déjà achevé leurs programmes d'été, la maison était donc jonchée de poissons et de pains en papier collés sur des assiettes en carton, de moutons faits de boules de coton et de bâtonnets de glace, et de dessins grossiers représentant des pêcheurs en train de remonter des filets remplis de gens. Et l'on attendait encore la rentrée des écoles de l'Église réunie de Shakespeare (une coalition fondamentaliste) et des écoles bibliques épiscopalienne et catholique conjuguées.

J'entrai avec ma propre clé et trouvai Carol debout au milieu de la cuisine, occupée à essayer de démêler les nœuds dans les longues boucles de Dawn. La petite fille gémissait. Elle portait une chemise de nuit avec des imprimés Winnie l'Ourson, des chaussures à talons en plastique pour enfant et s'était servie du maquillage de sa mère.

Je parcourus la cuisine des yeux et commençai à rassembler la vaisselle éparpillée au rez-de-chaussée. Quand, une minute plus tard, je pénétrai de nouveau dans la cuisine les bras chargés de verres sales et de deux assiettes trouvés par terre dans le salon, Carol était toujours à la même place, une expression ironique sur le visage.

— Bonjour, Lily, dit-elle d'une voix lourde de sens.

— Bonjour, Carol.

— Quelque chose ne va pas ?

— Non.

Pourquoi en parler à Carol ? Serait-elle rassurée quant à mon bien-être si je lui disais que j'avais essayé de tuer Jack, la nuit précédente ?

— Vous pourriez dire bonjour quand vous entrez, reprit Carol, avec ce petit sourire flottant toujours sur ses lèvres.

Dawn leva la tête vers moi avec la même fascination que si j'avais été un cobra. Ses cheveux étaient toujours dans une sacrée pagaille. J'aurais pu régler ça en cinq minutes avec une paire de ciseaux et une brosse, et cette idée me parut très tentante.

— Excusez-moi, j'étais ailleurs, dis-je poliment à Carol. Vous voulez que je fasse quelque chose de particulier aujourd'hui ?

Carol secoua la tête, ce même petit sourire sur le visage.

— Seulement la magie habituelle, dit-elle avec une sorte d'ironie désabusée, avant de se repencher sur la tête de Dawn.

Alors qu'elle passait le peigne dans les cheveux de la petite, le plus âgé des garçons entra comme une tornade dans la cuisine, vêtu d'un maillot de bain.

— Maman, je peux aller me baigner ?

Carol avait transmis son teint clair et ses cheveux bruns à ses deux filles, mais les garçons tenaient, je suppose, de leur mère biologique : ils étaient tous deux roux avec le visage constellé de taches de rousseur.

— Où ça ? demanda Carol en nouant les cheveux de Dawn avec un élastique jaune.

— Chez Tommy Sutton. J'étais invité, lui affirma Cody. Je peux y aller à pieds tout seul, tu te rappelles ?

Cody avait dix ans et Carol avait établi un périmètre dans le quartier qu'il pouvait emprunter tout seul.

— D'accord. Sois de retour dans deux heures.

Tyler fit irruption dans la cuisine en hurlant de colère.

— C'est pas juste ! Je veux aller me baigner !

— T'étais pas invité, railla Cody. Moi, si.

— Je connais le frère de Tommy ! Je pourrais y aller !

Tandis que Carol fit la loi, je remplis le lave-vaisselle et nettoyai les surfaces de la cuisine. Tyler partit s'enfermer dans sa chambre à grand renfort de portes qui claquent. Dawn s'éloigna pour jouer avec ses Lego et Carol quitta la pièce si précipitamment que je me demandai si elle n'était pas malade. Heather apparut à côté de mon coude pour épier chacun de mes gestes.

Je ne suis pas vraiment fanatique des enfants. Ce n'est pas comme si je ne les aimais pas, mais on ne peut pas dire que je les aime non plus. Je les aborde individuellement, comme avec les adultes. J'appréciais presque la petite Heather Althaus. À l'automne, elle aurait l'âge d'entrer en maternelle ; elle avait des cheveux courts et faciles à peigner depuis le coup de ciseaux radical fait maison qui avait conduit Carol aux larmes, et elle essayait d'être autonome. Heather me jeta un regard solennel, me dit : « Salut, mademoiselle Lily » et sortit une gaufre surgelée du réfrigérateur. Après l'avoir placée dans le grille-pain, elle se servit elle-même une assiette, un couteau et une fourchette qu'elle posa sur la table. Elle portait un short vert citron et un tee-shirt de la couleur bleu d'un martin-pêcheur, une association pas très heureuse, mais elle s'était habillée toute seule, et ce fait était déjà respectable. En guise de récompense, je lui versai un verre de jus d'orange et le posai devant elle. Tyler et Dawn traversèrent la cuisine au trot pour se rendre dans le jardin clôturé.

Pendant un moment qui fut assez agréable, Heather et moi partageâmes la cuisine en silence. Tout en mangeant sa gaufre, Heather leva les pieds l'un après l'autre pour me laisser passer le balai, et déplaça sa chaise quand je lavai le sol.

Lorsqu'il ne resta plus qu'une petite flaque de sirop dans l'assiette, Heather déclara :

— Ma maman va avoir un bébé. Elle dit que le Seigneur va nous donner un petit frère ou une petite sœur. Elle dit qu'on ne peut pas choisir.

Je pris appui sur le balai quelques instants pour considérer cette nouvelle. Voilà qui expliquait les bruits déplaisants qui provenaient de la salle de bains. Je ne sus quoi répondre, alors je me contentai de hocher la tête. Heather se tortilla pour descendre de sa chaise et courut allumer le ventilateur du plafond pour que le sol sèche plus vite, comme je le faisais habituellement.

— C'est vrai que le bébé ne va pas arriver avant longtemps ? me demanda la petite fille.

— C'est vrai, acquiesçai-je.

— Tyler dit que le ventre de Maman va devenir gros comme une pastèque.

— C'est vrai aussi.

— Est-ce qu'ils vont l'ouvrir avec un gros couteau, comme Papa fait avec les pastèques ?

— Non, dis-je en espérant ne pas mentir. Et elle n'éclatera pas non plus, ajoutai-je pour dissiper une angoisse potentielle.

— Comment il va sortir, le bébé ?

— Les mamans aiment expliquer ça à leur manière, répondis-je après avoir réfléchi quelques secondes.

J'aurais bien voulu lui répondre franchement, mais je ne pouvais pas usurper le rôle de Carol.

À travers les portes vitrées du jardin (portes constamment repeintes d'empreintes de doigts), je vis que Dawn avait emporté ses Lego dans le bac à sable. Il allait falloir les laver. Tyler tirait à l'aide d'un faux pistolet sur une bouteille d'eau en plastique assez éloignée, qu'il avait remplie d'eau. Tous deux semblaient assez sages et *a priori*, je ne voyais aucun danger. Je me rappelai de revenir les surveiller dans cinq minutes, puisque Carol était définitivement indisposée.

Heather sur les talons, je me rendis dans la chambre qu'elle partageait avec sa sœur et changeai les draps. Je songeai que d'une seconde à l'autre, la petite fille aurait épuisé son capital de concentration et irait trouver autre chose à faire. Mais au contraire, elle s'assit sur une petite chaise Fisher-Price et m'observa avec une attention soutenue.

— Tu n'as pas *l'air* folle, me dit-elle.

Je me figeai et lui jetai un coup d'œil par-dessus mon épaule.

— Je ne le suis pas, répliquai-je d'une voix neutre et catégorique.

Il m'était difficile de comprendre exactement pourquoi, mais j'étais blessée. Voilà une chose bien absurde pour laquelle gaspiller son émotion : les mots répétés d'une enfant qui les avait apparemment entendus de la bouche d'un adulte.

— Alors pourquoi tu vas marcher toute seule en pleine nuit ? C'est effrayant de faire ça non ? Il n'y a que les fantômes et les monstres dehors, la nuit.

La première réponse qui me vint à l'esprit fut que j'étais moi-même plus effrayante que n'importe quel fantôme ou monstre. Voilà qui risquait difficilement de rassurer une petite fille, et d'autres idées avaient déjà commencé à germer dans ma tête.

— Je n'ai pas peur la nuit, dis-je, ce qui était très proche de la vérité.

Je n'étais pas plus angoissée, désormais, la nuit que le jour, ça c'était certain.

— Alors tu fais ça pour leur montrer que tu n'as pas peur ? me demanda Heather.

La même douleur déchirante que celle que j'avais ressentie en voyant le nez ensanglanté de Jack s'empara de moi. Je me redressai, les draps sales dans les bras, et observai la petite fille pendant un long moment.

— Oui, dis-je. C'est exactement ça.

Je sus alors immédiatement que le lendemain soir, j'allais assister à cette séance de thérapie. Il était temps.

Pour l'instant, j'expliquai à Heather comment faire un lit avec des plis d'hôpitaux.

10071

Composition
FACOMPO

Achevé d'imprimer en Espagne
par BLACK PRINT CPI (Barcelone)
le 12 août 2012

Dépôt légal : août 2012
EAN 9782290025635
L21EPSN000627N001

ÉDITIONS J'AI LU
87, quai Panhard-et-Levassor, 75013 Paris

Diffusion France et étranger : Flammarion